Le Cœur sous le rouleau compresseur

Du même auteur

Quand j'avais cinq ans, je m'ai tué
Seuil, « Point-Virgule », 1981

Quand j'avais cinq ans, je m'ai tué
suivi de
Le Cœur sous les rouleau compresseur
Seuil, « Point-Virgule », sous coffret, 1987

Monsieur Butterfly
Seuil, 1987
et « Point-Virgule », 1989

Il faudra bien te couvrir
Seuil, 1989
et « Point-Virgules », 1992

Histoire de Rofo, clown
(Howard Buten & Jean-Pierre Carasso)
Éditions de l'Olivier, 1991
Seuil, « Point-Virgule », 1994

C'était mieux avant
Éditions de l'Olivier, 1994
Seuil, « Point-Virgule », 1996

Ces enfants qui ne viennent pas
d'une autre planète : les autistes
illustré par Wozniak
Gallimard, 1995

Quand est-ce qu'on arrive ?
Éditions de l'Olivier, 2000

Howard Buten

Le Cœur
sous le rouleau
compresseur

TRADUIT DE L'ANGLAIS
PAR JEAN-PIERRE CARASSO

Édition du Seuil

Titre original : *Reckless Driving*
© 1984, Howard Buten

ISBN 2-02-050591-6
(ISBN 1ʳᵉ publication poche : 2-02-006736-6)

© Éditions du Seuil, février 1984 pour la traduction française

www.seuil.com

à Barna Ostertag

J'avais M. Meinhart à cinq heures, aujourd'hui. Un ménage qui se casse la gueule. Voilà ce qu'il pense, M. Meinhart. Que son couple part en morceaux. Et il vient me consulter. Et moi, je lui dis comment recoller les morceaux.

— Bien sûr, je lui dis, c'est moche de pas réaliser ses rêves. Et puis parfois, quand on les réalise, c'est encore pire... La femme de ses rêves, je lui dis, il vaut mieux en rêver.

M. Meinhart m'écoute. Il a besoin de mettre de l'ordre dans sa vie. D'organiser les choses pour faire apparaître les vrais problèmes et envisager des solutions rationnelles. C'est ça, une psychothérapie.

Et puis le téléphone a sonné.

J'ai répondu. Elle a attaqué aussi sec :

— Tu es occupé, Gil ? Tu as quelqu'un ? Désolée, docteur, mais il faut vraiment que je te raconte quelque chose : Harvey a un ami à Toronto qui a eu la polio quand il était petit, tu sais ? Il avait huit ans. Il a passé un an à l'hôpital. Je l'ai rencontré aujourd'hui. Il a les deux pieds d'une taille différente. Je lui ai dit : « Ça doit vous coûter cher en chaussures. Vous devez acheter deux paires chaque fois. » Tu ne sais pas ce qu'il m'a répondu ? Figure-toi qu'il y a quelques années, il a trouvé — comme ça, il a rencontré, un jour, par hasard — un type qui a exactement les mêmes pieds que lui, mais inversés. Exactement. Tu te rends compte ? Alors, maintenant, ils achètent chacun une paire de chaussures et ils échangent un pied...

— Jessica...

— Excuse-moi. Il fallait vraiment que je te dise ça tout de suite. Rappelle-moi, Harvey s'en va jeudi. On va pouvoir se voir.

J'ai raccroché le téléphone et poursuivi la séance avec M. Meinhart. J'ai continué à envisager les solutions rationnelles de ses problèmes. Mais je ne pensais plus qu'à une chose, moi : jeudi.

Quand je suis rentré, j'ai vu que la petite lampe rouge de mon répondeur était allumée. Il y a des appareils, elle clignote, mais pas le mien. Moi, je suis pour figurer à l'annuaire ; de cette manière, il y a des clients qui m'appellent chez moi quand ça ne va pas. Je peux éviter des suicides.

Ce matin, à la clinique, un patient m'a dit que je ne pourrais pas éviter son suicide à lui parce que je ne sais pas ce que c'est que de perdre la tête et d'être hospitalisé. Je lui ai dit que je le savais. Perdre la tête, c'est comme de s'endormir au volant. On est assez éveillé pour savoir qu'on s'endort, mais on s'endort. On est là sans y être. C'est nous et ce n'est pas nous. Il m'a remercié et il est retourné dans sa chambre. Je ne lui ai pas dit que je savais ce que c'était que d'être hospitalisé. Je ne lui ai pas dit que, chaque fois que j'appelle Jessica, c'est un suicide.

Ce soir, c'étaient les factures. Je les entasse soigneusement sur mon bureau jusqu'à ce qu'il soit temps de payer.

Mais d'abord, j'ai décidé d'écouter les messages enregistrés sur mon répondeur.

Le premier était de la clinique, à propos d'un de mes patients qui a violé une petite fille de neuf ans. Il a neuf ans. Le suivant venait de ma secrétaire, que je paye sa prime d'assurance.

Le troisième message, c'était Jessica. On ne pourra pas se voir jeudi.

J'ai laissé la bande se dérouler. Elle était pleine de messages. Il y en avait que je reconnaissais, des vieux, enregistrés par des tas de gens, depuis des semaines. Il y avait plusieurs vieux appels de Jessica.

L'appareil a joué toute la bande et puis il s'est arrêté tout seul: La petite lampe rouge s'est éteinte. Je ne comprends pas comment les choses peuvent s'arrêter toutes seules.

Je suis allé dans ma chambre et j'ai pris mon journal. Je le range sous mon lit. C'est le même journal que je tiens depuis vingt et un ans ; depuis que j'avais neuf ans. Je l'ai ouvert à la première page.

« Je ne suis pas normal. »

Je suis allé m'asseoir à mon bureau et j'y suis resté une minute sans rien faire. Je me suis mis à payer mes factures. Le moment était venu de payer. Mais ça sentait un peu le renfermé, alors j'ai ouvert la fenêtre qui donne sur la rue. En regagnant mon bureau j'ai enfoncé au passage la touche d'enroulement du répondeur. Il s'est mis à déverser tout un charabia à l'envers. Avec un silence entre chaque message comme pour reprendre son souffle.

J'ai ouvert chaque facture très soigneusement. Je

jetai chaque enveloppe et déposai la facture elle-
même sous le rabat de l'enveloppe prévue pour la
réponse. Puis j'ai disposé mes chèques en conséquence. Alors, je les ai tous pliés bien bien pour en
faire des avions de papier, que j'ai lancés par la
fenêtre qui donne sur la rue.

C'est effarant, même à l'envers, je repère tout de
suite la voix de Jessica. Même à l'envers.

Première partie

1

Je ne suis pas normal. J'ai fait un truc à Jessica
et du coup on m'a mis très longtemps dans un
hôpital. En fait, c'était seulement une année, mais
pour les enfants, les années c'est long. Je suis un
enfant.

C'était la Résidence Home d'Enfants les Pâquerettes. C'est là que je suis mort. Le Dr Nevele a dit
comme ça que c'était le petit garçon que j'avais à
l'intérieur, le méchant, qui était mort, celui qui
m'avait fait mettre mon zizi à l'intérieur des espèces
de petites fesses que Jessica avait par-devant. Moi
mais pas moi. Sauf que je ne sais pas comment je
peux être mort et puis pas.

Rudyard, lui, disait qu'il n'y avait qu'un seul petit
garçon, moi. Il s'est fait virer de la Résidence Home
d'Enfants les Pâquerettes.

Le Dr Nevele disait que ce que Jessica et moi on a
fait ça m'a fait grandir trop vite. Mais j'en ai marre
d'être un petit. On peut même pas conduire.

Le jour où je suis rentré chez moi de la Résidence Home d'Enfants les Pâquerettes, il y avait une pancarte. Elle disait :

Bienvenue à la maison, Gil !

C'était l'écriture à mon papa.

D'habitude, c'est celle de manman. Elle m'écrivait des lettres à la Résidence Home d'Enfants les Pâquerettes, elle les signait maman et papa, seulement c'était maman. Mais la pancarte, je voyais bien que c'était l'écriture à mon papa parce que les jambes du M se touchaient même pas. L'écriture à mon papa on dirait qu'elle tombe en morceaux.

— Ce que nous sommes contents que tu sois rentré, mon chéri, qu'elle a dit ma manman. Et je parie que toi aussi tu dois être rudement content, hein ? Surtout maintenant, pour les grandes vacances, avoue que c'est une chance.

Mais je ne lui ai pas dit de réponse. Je ne savais pas quoi dire voilà pourquoi. J'ai regardé la pancarte. J'ai regardé le salon. C'était le même tapis. Je suis monté dans ma chambre et j'ai fermé la porte. Il y avait quelqu'un qui me manquait. C'était mon ami. C'était le méchant petit garçon à l'intérieur de moi qui était mort.

Ma chambre n'avait pas changé. Il y avait toujours la photo des joueurs de basket au-dessus de mon lit, que je déteste si vous voulez le savoir. Elle me colle les trouilles parce que c'est plein de bonshommes en caleçons bleus qui sautent très haut. C'est rudement glissant par terre, alors y en a un qui va se casser la margoulette. Il va se faire mal et je n'ai même pas d'antiseptique.

Mon tiroir était plus pareil. Je l'ai ouvert. Il y avait

plein de nouvelles chaussettes dedans. Neuves avec le papier dessus. Et aussi des nouvelles chemises. Elles étaient à Jeffrey qui est devenu trop grand pour elles. Elles sont dégueulbifs, mon vieux. Vraiment pas comme celles d'Elvis. Heureusement, dessous, il y avait ma vieille chemise, ma préférée. Elle a un alligator de dessiné dessus. Il s'appelle Ally. Je la mets après l'école et je me salis que c'est franchement pas croyable. Ma mère la déteste. Elle me l'a dit.

On avait passé l'aspirateur dans ma chambre, je le voyais bien parce qu'il y avait des espèces de lignes là où il était passé. Le tapis rebique. Je suis resté là une minute. Debout sans rien faire, rien. Et puis je me suis mis à courir en rond et j'ai fait comme ça avec mes chaussures comme je fais pour avoir de l'électricité et puis j'ai touché la poignée de la porte et elle a fait comme un éclair et je suis mort, et puis c'était l'heure du dîner.

— Assieds-toi à ta place, chéri, a dit manman. Contre le mur. On te l'a gardée.

Elle a fait un clin d'œil, mais alors, bidon. Bidon, ça veut dire mentir. Le Dr Nevele le faisait tout le temps. Il disait comme ça : « Nous avons une petite pièce spécialement faite pour toi, Gil », et puis un jour j'ai vu un autre petit garçon dedans et il avait des crises de nerfs comme moi. Et quand je l'ai dit au Dr Nevele, il a dit : « Personne n'a de crises de nerfs comme toi, Gilbert, personne. » Et il s'est fendu la pêche. Je l'ai mordu.

Pour dîner, il y avait des spaghettis avec des boulettes. Des boulettes de viande. C'est mon plat plus préféré. Du bureau à l'école tout le monde en raffole ! Manman les avait faites parce que c'était mon premier jour à la maison après la Résidence

Home d'Enfants les Pâquerettes. Avec mes boulettes, j'ai fait une tête, c'était M. Tête de Patate sauf qu'il était en viande. Alors son nom c'était M. Tête de Boulette. Il m'a dit, s'il te plaît, Gil, me mange pas.

Manman a dit :

— J'ai fait la cuisine toute la journée pour que tu aies ton plat préféré, mon chéri. Pourquoi est-ce que tu ne manges pas ?

— Où c'est l'Ohio ? que j'ai demandé.

— Arrête ce raffut, a dit mon papa à Jeffrey.

Il faisait ce raffut avec ses spaghettis. Il les aspirait en faisant *slurp*.

— Eh bien, Gil, tu n'aimes plus les spadittis ? a demandé ma manman.

— Les spaghettis, manman ; spadittis, c'est quand on est petit.

— Oh, pardon, qu'elle a dit ; et elle a cligné de l'œil à mon papa.

Alors j'ai entendu quelque chose dehors, par la fenêtre.

— Dave, quand les plombiers se décideront-ils à réparer cette chose-là, a dit manman. Ça fait une éternité que ça dure. On dirait quelqu'un qui rote, ah c'est agréable. C'est à hurler.

— Les plombiers sont venus, chérie.

— Mais alors pourquoi n'ont-ils rien réparé ? C'est les tuyaux ? Franchement, ce n'est pas beaucoup demander...

C'était dehors, juste de l'autre côté de la fenêtre, tout près de chez moi. Les rideaux sont blancs mais on voit quand même à travers. Et moi j'ai vu. C'étaient pas les tuyaux. C'était un petit garçon qui est mon meilleur ami. C'était Shrubs. Il était devant la fenêtre de la cuisine et il attendait. Il arrêtait pas d'attendre. Ma manman m'avait dit que, pendant que j'étais à la Résidence Home d'Enfants les Pâquerettes, il était venu tous les jours m'attendre devant la fenêtre de la cuisine des fois que je serais revenu. On ne sait jamais. Des fois que je serais revenu.

Je m'ai levé.

— Mais tu n'es pas assis depuis deux minutes, a dit manman.

— *Chérie*, a dit mon papa.

Et il l'a regardée comme ça.

— Mais il a pas demandé la permission de quitter la table, qu'il a dit Jeffrey.

— Laisse-lui le temps, tu veux, a dit papa. C'est son premier jour.

J'ai mis mon blouson. J'ai fermé la fermeture à glissière tout seul. Il est réversible (sauf que, de l'autre côté, il est en laine écossaise). Et puis je suis sorti.

Quand Shrubs m'a vu, il a rien dit. Moi j'ai rien dit. On a rien dit.

D'abord.

Et puis enfin il a dit :

— T'as vu, je les ai eues montantes !

Il a relevé la jambe de son pantalon pour me faire voir.

« Noires avec des lacets blancs et des machins ronds blancs aussi. Je croyais que les machins blancs étaient vers l'intérieur. Mais ils sont vers l'extérieur.

— C'est de la publicité, j'ai dit. T'as vu, il y a le nom d'écrit dessus. PF Flyers.

— Ouais, qu'il a fait Shrubs. Tu vois, moi je croyais que c'était pour quand on se cogne les chevilles, comme ça, seulement, ils sont à l'extérieur.

— C'est de la publicité.

— Ouais.

Et puis il a roté. Shrubs, il rote tout le temps. Il est fort, tu peux y aller. Il s'entraîne. Il peut dire des trucs en rotant.

Je lui ai donné un bonbon. Il adore les bonbons. Il devrait épouser des bonbons, moi, personnellement, je trouve. Je l'avais pris dans le truc en verre à ma manman dans le salon. Il était mauve.

Il l'a pas sucé, il l'a mordu. Faut pas faire ça, c'est pas bien. C'est mauvais pour les dents. Et puis on y est allé.

J'ai fait comme ça avec ma main sur le mur de la maison en passant. Je l'ai caressée. Elle m'aime bien parce que je suis revenu habiter dedans.

Shrubs a dit qu'il croyait que j'allais être chauve et puis il a jeté le papier de son bonbon sur l'allée et ça ça n'est pas bien parce qu'on peut avoir une amende et qu'il faut veiller à la propreté de notre ville. Alors je l'ai regardé en chien de fusil et il l'a ramassé. Et il l'a mis dans sa poche. Shrubs, il met tout dans sa poche. C'est comme si c'était sa cave à lui.

— Pourquoi ? j'ai demandé.

— Je croyais que tu serais chauve.

C'était tout rose dans le ciel. Ça me plaisait plutôt beaucoup. Il y avait des nuages gris dedans mais pas des nuages de pluie. Il y en avait un c'était un chameau. Il partait en Israël pour être juif. Shrubs a avalé le bonbon. Normalement on les suce mais lui il est impatient. Moi aussi d'ailleurs. Mon papa dit toujours que je veux tout avant de l'avoir demandé mais si c'était vrai je le demanderais pas. Mon pantalon était trop court. Ma manman avait défait l'ourlet pour le rallonger ce qui fait qu'il y avait une ligne blanche et que j'avais l'air d'un pauvre. Mais quand je serai grand, je m'en achèterai des serrés serrés comme Elvis. A crédit.

Morty Nemsick était sur le perron devant chez lui. J'ai dit salut. Il a dit salut. On s'est salué.

Devant la maison de Marion Chasen, qui est une pas grand-chose si vous voulez mon avis, je m'ai assis sur un drôle de petit bonhomme rouge avec un chapeau jaune. C'était M. Borne d'Incendie. Je m'ai assis dessus.

Shrubs a demandé :

— Tu vas encore être en troisième ?

— Je sais pas.

— Moi peut-être, il a dit. Je devais redoubler, mais ma manman est allée à l'école parler à M. Costello, et alors je devais plus redoubler. Seulement j'ai pensé que toi t'allais redoubler, et moi je voulais redoubler aussi. J'ai écrit à M. Costello mais il a renvoyé ma lettre. Mlle Messengeller est plus là. Je crois qu'elle est morte de laideur.

Shrubs a sorti un bout de papier qui disait :

> Cher M. Costello,
> Comment allez-vous ? Merci et vous ? Je regrette que je dois redoubler. Ma mère dit qu'elle a parlé à perte de vue pour vous convaincre de me faire passer mais quand elle est rentrée chez nous elle voyait encore. Si ça vous va, j'aimerais autant rester redoublant parce que je viens d'apprendre que j'étais débile mental.
> Salutations empressées,
> Kenneth Arthur Mitchell.

Moi et Shrubs on essaye toujours d'être dans la même classe à l'école tous les ans. Toujours. Mais on n'y arrive jamais parce qu'on est amis et que ce serait mauvais pour la conduite et les bavardages. Et puis aussi il est plus bête que moi.

— Ça n'a pas marché, il a dit.

J'étais assis sur la borne d'incendie. Je cherchais l'Ohio seulement je ne savais pas où c'était alors j'ai regardé la rue Marlowe où Jessica habitait. Shrubs a trouvé un caillou mais c'en était pas un vrai, rien qu'un bout du ciment du trottoir qui s'était cassé. Il l'a mis dans sa poche. Il met toujours tout dans sa poche.

Il me regardait. Je ne disais rien. Je cherchais l'Ohio. Alors il a dit :

— Dis, Gil, t'es aliéné ?

Je l'ai regardé.

« Marty Polaski a dit que tu l'étais alors je lui ai mis mon poing dans la gueule. Et puis il m'a battu. Mais c'est vrai, tu l'es ?

Je ne sais pas comment marchent les bornes d'incendie. Je crois qu'il faut un truc spécial pour le truc. Et les enfants n'ont pas le droit. Mais une fois j'en ai vu une qui fuyait. Je suis rentré à la maison, j'ai pris mes ballons et j'en ai fait des ballons à eau mais ma manman n'a pas voulu que je les garde parce que j'aurais fait des saletés. Seulement il est arrivé quelque chose. Un jour qu'elle faisait cuire des trucs à la vapeur, le torchon a pris feu et moi j'ai descendu l'escalier en courant et j'ai éteint le feu. Je l'ai éteint avec un ballon à eau. Ça faisait un an que je le gardais dans mon placard. J'ai éteint le feu tout seul, mon vieux. Et j'ai dû filer dans ma chambre et y rester parce que j'avais fait des saletés.

— C'est contagieux ? a demandé Shrubs.

— Quoi ?

— L'aliéné, il a dit. C'est contagieux ? Parce que si tu l'as, je veux l'attraper.

Il s'est approché de moi.

« Souffle-moi dessus, il a dit.

Je l'ai regardé. C'est mon meilleur ami, mon vieux. Mon meilleur meilleur.

— Où c'est l'Ohio ? j'ai dit.

2

Avant qu'on m'envoie à la Résidence Home d'Enfants les Pâquerettes, j'avais fait un tableau d'affichage à l'école. C'était dans la classe de Mlle Iris, c'étaient des dieux. C'était Atlas, celui qui soutient le monde. (Sauf que c'est pas vrai parce que c'est un mythe mais Superman, lui, il l'a fait une fois, même que je l'ai vu.) Mlle Iris est très séduisante comme maîtresse, mais des fois je me mets en colère parce qu'elle me taquine et me parle de haut. Elle s'était approchée de mon pupitre pendant la lecture silencieuse (c'est quand il faut lire avec les yeux, chacun pour soi dans sa tête, sans même remuer les lèvres) et elle avait fait comme ça avec sa main à mes cheveux. Elle m'avait demandé si je voulais être son petit ami. Elle m'avait donné un bon point.

Shrubs, il a un atlas qu'il a trouvé sur le bureau à son père qui est défunt. Il y a des cartes. Il y en a une de l'Ohio, alors il l'a apporté chez moi le lendemain du jour où je suis rentré de la Résidence Home d'Enfants les Pâquerettes.

On était sur mon lit. Jeffrey est entré.

— Salut les chiards, il a dit.

Il est allé prendre des trucs sur ma commode.

— Non ! j'ai dit.

— Non, qu'il a répété. Qu'est-ce que vous fabriquez, bande de minables ?

Je lui ai fait voir l'atlas.

— C'est loin, ça ?

— Ça ? Quoi ça ? Loin de quoi ? Loin d'où ?

— Je sais pas.

Jeffrey m'a refilé un coup de poing et il a traversé le vestibule pour rentrer dans sa chambre. Je l'entendais, il a sorti son microscope. Il l'a eu pour Hanoukah. Il regarde du sang dedans. Il y a une boîte en bois pour le ranger mais une fois je l'ai ouverte et il en est tombé une cigarette et moi je me suis mis à pleurer parce qu'il ne faut pas fumer c'est de la délinquance juvénile. Et Jeffrey c'est un délinquant juvénile.

Shrubs a regardé l'atlas.

— C'est seulement à cinq centimètres, il a dit, on peut y aller en bagnole.

Shrubs et moi, on a une compagnie. C'est la compagnie Shru-Gil. On fabrique des trucs. Une fois on a fabriqué des pétards. Sauf que c'étaient pas des vrais avec de la poudre noire qui sent mauvais dedans. C'est des manières de plier des feuilles de papier que quand on tire dessus après comme ça, ça fait du boucan. Et aussi, on fabrique des journaux. Je les écris au papier carbone. Mme Moss les achète tous. Elle aime les enfants. Et des fois on fabrique des voitures.

C'était une boîte. On l'avait eue derrière le Prisu. Y avait des saletés dedans. Mais elle était en vrai bois attention. On a eu les roues de la voiture d'enfant de la petite sœur à Shrubs parce qu'il lui a dit qu'il la poignarderait.

D'habitude, nos voitures se cassent parce que c'est du carton, pas du bois, et que Morty Nemsick, qui est un gros tas, s'amène pour s'asseoir dedans et les écrase. Mais celle-là était comme les voitures pour de vrai.

C'était moi le chauffeur. Shrubs était le moteur. Il sait faire le bruit et même le changement de vitesses. Il me poussait dans la cour derrière la maison.

Et puis il est arrivé quelque chose. Shrubs m'a poussé très fort et j'ai fait aller la voiture dans l'allée et alors elle pouvait plus s'arrêter. Je roulais dans l'allée sans pouvoir m'arrêter. Shrubs m'a crié de freiner. Mais on n'avait pas fabriqué de freins. Je suis passé à côté de ma maison, j'ai traversé le trottoir et je suis descendu sur la chaussée. C'est là que j'ai vu la vraie voiture. Elle arrivait sur moi. Shrubs a crié, la voiture a fait du bruit, elle s'est mise à déraper en tournant comme ça et elle m'est rentrée dedans.

Une dame en est descendue.

— Mais qu'est-ce que vous fabriquez ? Au nom du ciel, qu'est-ce que vous fabriquez ?

La dame tremblait des pieds à la tête. Moi j'étais assis dans ma voiture. La roue était un petit peu cassée. La dame a laissé tomber ses lunettes, elle les a ramassées et puis elle les a laissées tomber encore une fois.

« Où est ta mère ?

— Elle manque.

— Elle quoi ? — très bien où est ton père ? Il ne faut pas jouer dans la rue sans surveillance. Où est...

— Il est en Ohio.

La dame a mis ses gants dans son sac et a tout renversé sur la chaussée. Et puis elle s'est mise à pleurer on aurait dit.

— Tu dois bien habiter avec quelqu'un.

— Chuis orphelin.

— Il habite avec moi, a dit Shrubs.

Il s'est approché et il s'est mis à ramasser les trucs qui étaient tombés du sac.

— Mais où sont tes parents à toi, alors ? a demandé la dame.

— Chais pas, qu'il a dit Shrubs.

— Comment ça « tu ne sais pas » ?

— Chais pas.

— Il sait pas comment ça il sait pas, j'ai expliqué. Et je sais pas non plus.

Il est encore tombé quelque chose de son sac. C'était un long machin en coton avec des ficelles au bout. Elle l'a arraché à Shrubs. Il essayait de le mettre dans sa poche.

— C'est un bandeau pour jouer à colin-maillard ? il a demandé.

— Absolument pas.

— Je peux l'avoir ?

— Je vais appeler la police, qu'elle a dit la dame.

J'ai regardé plus loin dans la rue. Il y avait une petite fille en robe rouge qui faisait comme des manières de vagues quand elle tournait. Elle arrêtait pas de tourner, comme une danse. Mais c'était pas elle. Jessica était pas là.

« Mais qu'est-il arrivé à tes parents, hein ? elle m'a demandé, la dame.

— Ils sont défunts.

— Oh, comme c'est triste, mon pauvre petit, je suis navrée.

— Moi aussi, a dit Shrubs.

Il regardait ses pieds. Il regarde toujours ses pieds quand il ne sait pas quoi faire.

— Comment est-ce arrivé, mon pauvre chou ?

— Les Nazis, que j'ai dit.

Elle s'est mise à regarder par terre elle aussi. Elle s'est remise à faire comme si elle pleurait en continuant de regarder par terre.

— C'est affreux.

J'ai fait oui avec la tête.

— Et c'est arrivé la semaine dernière.

Elle m'a regardé.

— Quoi ?

Alors je m'ai mis à hurler :

— Poisson d'avril !

Et moi et Shrubs on s'est cavalés dans l'allée.

On a attendu qu'elle soit partie pour aller reprendre la voiture. Ça allait. On l'a poussée jusqu'à notre table de pique-nique. On a encore jamais fait un pique-nique dessus. Je m'ai assis sur la table. Je regardais quelque part. Je regardais vers la rue Marlowe oùsqu'habitait Jessica.

— T'es vraiment orphelin ? qu'il a dit Shrubs.

— Je crois que l'Ohio c'est par là.

Et puis ma manman nous a appelés pour le dîner. On y est allés. Et Morty Nemsick a grimpé par-dessus la barrière et il est venu s'asseoir dans notre voiture et il l'a écrasée, ce gros tas.

Shrubs mangeait chez nous. Sa mère lui avait donné la permission mais elle était furax pasqu'elle avait déjà préparé le dîner alors il est allé le chercher chez lui et il l'a rapporté chez nous sur une assiette. Des macaronis au fromage. Orange. La mère à Shrubs elle fait tout le temps ça. C'est une goy.

On s'est lavé les mains. A l'Ajax. C'est chouette. On dirait de la farine, et c'est du savon. Après, on a les mains qui sentent assez âcre. Ma manman veut pas en acheter au citron. Elle dit que c'est pas des jouets.

Quand on s'est assis, ma manman a dit :

— Vous savez, ce Dr Nevele est décidément un homme charmant. Dans sa lettre, il dit que l'expérience aura été enrichissante pour lui — de travailler avec un jeune homme qui a de grands principes, comme toi. Tu ne trouves pas que c'est rudement gentil, Gil ?

— Où c'est l'Ohio ?

— Je t'ai posé une question, mon chéri.

— Chérie, voyons, a dit mon papa. Alors, on mange, oui ou non ? Jeffrey, un peu de tenue, s'il te plaît !

Il était assis au bout de la table, à la place du président (mais le président vient jamais chez nous) pasque c'est le papa. On lui passe tout, et lui il fait rien passer à personne.

Shrubs était assis à côté de Jeffrey sur une chaise pliante qui va avec la table de bridge sous la véranda. Elle pince.

— Eh ben, dis donc, le gars Mitchell, qu'il a dit mon papa, j'voyons que t'as apporté tes provisions.

Moi j'étais assis à ma place. Contre le mur, c'est ma place.

— Tu veux goûter un peu de ce rôti, Kenneth ? a demandé ma manman.

— Chais pas.

Shrubs mange souvent chez nous mais moi je mange pas chez lui pasque sa mère me crie après alors que je suis même pas son fils ni rien. Ma manman elle crie pas après Shrubs. C'est pas poli de crier après les enfants des autres. Si seulement j'avais pas de parents. Y aurait personne pour me crier après.

— Eh ben, les gars ! a dit mon papa.

Il fait ça, il parle comme un paysan, je sais pas pourquoi.

« C'est-y qu'j'avions ben compris qu'vous deux vous êtes fabriqué une manière de véhicule, tits génies qu'vous êtes ?

— Non, j'ai dit.

Je comprenais rien, je croyais qu'il parlait de notre dictée à l'école, qu'on avait rajouté des virgules ou quelque chose.

— Ils ont fabriqué une petite voiture, pas vrai les enfants ? a dit manman.

— Chérie, ils ont une langue, laisse-les parler.

Ma manman a regardé ses petits pois. Jeffrey m'a donné un coup de pied dans le tibia mais moi j'ai rien dit. Rien du tout. Je me conduisais comme un bon petit citoyen. Il le fallait. Si je voulais pas qu'ils me renvoient.

— Le rôti est un peu insipide, chérie, a dit papa.

— C'était une voiture, j'ai dit.

— Pourquoi n'y mets-tu pas un peu de poivre, mon chéri ? Il était en réclame à la boucherie. Le boucher me l'a recommandé... tendre mais pas trop gras...

— C'est très bien, ma petite chérie.

— Seulement elle est cassée, j'ai dit. C'est Morty Nemsick qui l'a cassée.

— C'est mieux comme ça, a dit manman. (Mais papa a fait la grimace — si y a un courant d'air, il restera comme ça toute sa vie.) Bien, rends-moi ton assiette, je vais...

— Assieds-toi, ma petite chérie.

Jeffrey faisait des lacs dans sa purée. On a pas le droit. Ça s'appelle jouer avec ce qu'on a dans son assiette. Il a fait aussi des espèces de rivières, ça coulait jusque sur son pain.

— Je vais lui donner une raclée à ce gros tas, j'ai dit. Où c'est l'Ohio ?

— Ce n'est pas gentil, mon chou. Morty est ton ami.

— Chérie, voyons... Fiston, il reste des pommes de terre ? Fais-moi donc passer quequezunes de ces patates.

— Tu as le droit de te mettre en colère, m'a dit ma manman. Passe donc les pommes de terre à ton père. Pas comme ça. Voilà ! Le Dr Nevele a dit qu'il faut exprimer sa colère à condition que ce soit d'une manière constructive. Kenneth, tu mets ton coude dans la sauce.

Shrubs il avait son coude en plein dedans, mon vieux. Il regardait l'assiette à Jeffrey parce que c'était une vraie inondation, il tenait la saucière aussi haut que sa tête et la faisait couler. Manman la lui a arrachée des mains et Shrubs en a été tout aspergé mais il a même pas vu. Quel cochon, mon vieux. Shrubs, c'est un accident qui attend d'arriver, moi je trouve.

Mais j'aime beaucoup les saladiers, je dois dire. C'est du bois lisse et brillant. Mon papa a attaqué la salade. Il se servait du truc à salade qui est une fourchette et une cuiller seulement c'est des ciseaux. Il adore la salade. Il aurait dû épouser une salade. Il l'avale tout rond. C'est pas une assiette, qu'il a, c'est une jungle. Et il rajoute du fromage bleu à sa sauce.

— Tu ne finis pas ta viande, Gil ? a dit manman. Bah, tu n'es pas encore remis des émotions de ton premier jour à la maison, c'est bien normal, mon chou, ne te force pas. Jeffrey, veux-tu finir la viande de ton frère ? C'est dommage, elle est délicieuse, j'ai passé la journée à la cuisine...

— C'est son deuxième jour, qu'il a dit Jeffrey.

— Je voulais dire sa première journée entière.

— Premier jour, deuxième jour. N'en fais pas tout un plat, voyons ma petite chérie, a dit mon papa. Il faut toujours que tout fasse des histoires, ici.

— Ce n'est pas une histoire. Il n'y a que toi qui as l'air d'en faire une histoire, a dit manman.

— Très bien, très bien, ma petite chérie.

Ma manman a regardé ses petits pois. Elle ne lui dit jamais rien. Elle regarde ses petits pois et voilà.

— Marion Roth m'a invitée à leur réception du club féminin, dimanche après-midi, a dit ma manman. Tu sais, cette pièce de théâtre qu'ils montent chaque année chez les Fischer.

— Formidable, a dit mon père. Mitchell, mon gars, c'est-y que tu pourrais me passer c'te bouteille de sauce de salade que t'as près de toi ?

— Tu ne la trouves pas assez assaisonnée, chéri ? Je n'ai pas mis assez de...

— C'est parfait, ma petite chérie.

— Tu n'as qu'à me le dire, j'en mettrai plus la prochaine fois. Je ne suis pas complètement idiote, tu sais ?

— Ah ? qu'il a fait mon papa. Je ne savais pas.
Ma manman elle a ri, mais c'était du bidon. Mon
papa a secoué la bouteille de sauce de bas en haut, il
l'a regardée, il l'a encore secouée. Il l'a regardée. Puis
il l'a tenue renversée au-dessus de sa salade et il l'a
tapée avec le doigt avec lequel faut pas montrer pour
en faire sortir de la sauce. Il a essuyé la bouteille avec
sa serviette quand il a eu fini.

— Je vais emporter mon microscope en colo, a dit
Jeffrey. C'est Paul Lefton qui m'a dit qu'on pouvait
cette année parce qu'on est dans les grands. Y m'a
demandé si Gil était toujours chez les dingues.

— Jeffrey !

— Ben quoi, c'est ce qu'il a dit. C'est pas de ma
faute à moi si c'est ce qu'il a dit. Tu préférerais que je
raconte des mensonges, c'est ça ?

— Oui, ben fais bien attention à ce que tu dis, mon
bonhomme, qu'il a dit mon papa.

Il m'a regardé. Moi, j'ai fait des lignes de haut en
bas dans mon assiette avec ma sauce. Une prison,
quoi.

— Gil, veux-tu encore des pommes de terre ? a dit
manman. Je les ai préparées de la manière que tu
préfères. Pommes à la Gil. Je les ai faites exprès pour
toi, pour ton premier jour à la maison.

— Son deuxième jour, a dit Jeffrey.

— Dites, les gars, a dit papa, j'aurions quequ'chose
à vous demander. Ça serait-y un effet de vot' bonté de
nettoyer la pelouse, tout à l'heure, après dîner. J'ai vu
un gobelet de carton et des vieux journaux qui
traînaient par là.

— C'est pas moi qui les ai mis, a dit Jeffrey. Et c'est
pas moi qui vais...

— Personne ne te demande qui les y a mis. C'est ta maison et c'est à toi de la tenir...

— Y z'ont qu'à nettoyer, eux. Dis-le-leur, à eux, de nettoyer, tiens !

— Et à qui, s'il te plaît ?

— Aux sales nègres, qu'il a dit Jeffrey. C'est eux qui jettent toutes leurs saletés ici, c'est les nègres !

— Jeffrey ! a dit ma manman ; mais elle souriait. Moi, j'ai posé ma fourchette.

— C'est vrai, a dit Jeffrey. Je les ai vus, ceux qui habitent la maison des Zeigler. C'est eux, c'est ceux-là.

— Je ne savais pas que les Zeigler avaient vendu à des nègres, a dit ma manman.

J'ai renversé mon assiette.

— Gil, qu'est-ce qu'il y a ?

— C'est pas bien, j'ai dit. C'est du racisme.

— Comment ça ?

— C'est pas bien d'être raciste.

— C'est que des nègres, a dit Jeffrey.

— Ferme-la !

Mon papa s'est levé. Il était en rogne.

— Fais un peu attention à ce que tu dis toi aussi. Je t'interdis de dire ferme-la dans cette maison.

— Est-ce que ce sont vraiment eux qui ont jeté ces papiers sur la pelouse ? a demandé ma manman.

— Oui, parfaitement, a dit Jeffrey.

— C'est pas vrai ! j'ai dit, je hurlais. On a pas le droit de...

— Oh, arrête de faire le bébé, a dit Jeffrey.

— Ferme-la !

— Je t'ai prévenu, mon bonhomme, je t'interdis...

— Il reste un peu de sauce, chéri. Veux-tu que je te la fasse réchauffer ?

J'ai posé ma cuiller. Je regardais quelque part.

Jeffrey a rempli sa cuiller de purée et il a commencé à y coller des petits pois. Manman la lui a arrachée et tout est tombé sur les genoux à Shrubs.

— Bah, de toute manière, c'est au moins à deux cents kilomètres, qu'il a dit alors, Jeffrey.

— Quoi ? a demandé mon père. Qu'est-ce que tu racontes ?

— L'Ohio, qu'il a dit. C'est tout. Je dis à Gil que c'est à deux cents kilomètres, qu'il arrête de demander.

Je me suis mis à pleurer dans mes yeux. Je pouvais pas m'arrêter. Je sais pas pourquoi.

— Qu'il arrête de demander quoi ? a dit ma manman.

— Il arrête pas de demander où c'est l'Ohio.

— Quel besoin as-tu de savoir ça ?

— C'est pour l'école.

— Quoi l'école ? Quelle école ? a dit ma mère. C'est l'été.

— Pour l'année prochaine, j'ai dit. (Mais je pleurais, mon vieux.) Pour que je puisse rattraper.

— C'est pas vrai, il a dit Jeffrey. C'est pour Jessica. Il veut retrouver Jessica. C'est pour...

Mon assiette s'est écrasée sur le comptoir derrière lui. J'avais visé ses yeux. Mais je l'ai manqué. Papa m'a attrapé par le bras et il m'a tiré mais je m'ai écarté. J'ai tiré sur la nappe et tout s'est renversé. La sauce est tombée par terre. C'était du sang. Papa m'a attrapé de nouveau. Il m'a soulevé et il m'a emporté. Je lui donnais des coups de pied. J'essayais de lui donner des coups de pied dans le zizi. Il m'a emporté à l'étage. Il m'a jeté sur mon lit. Et puis il est resté là à me regarder. Moi je criais : « Donne-moi la fessée !

donne-moi la fessée ! donne-la-moi, la fessée ! » Mais
non. Il restait là, c'est tout. Alors j'ai compris quelque
chose. Mon papa avait les trouilles. Il avait peur de
moi, mon papa.

J'ai regardé dans mon tiroir. Il y avait des choses
dedans. Il y avait une balle de base-ball avec des
tigres dessus. Ils avaient tous écrit leur nom : les
Tigres de Detroit. On m'en avait fait cadeau une fois
parce que ma manman avait oublié mon anniversaire. Alors j'avais eu le droit de manquer l'école pour
aller au match, seulement je m'étais barbé parce que
c'était avec mon cousin le crétin.
    Il y avait un livre dans mon tiroir. Son titre
s'intitulait *Ha Yehudi Hareshone.* C'est de l'hébreu
pour moi. Ça veut dire le premier Juif. C'est
Abraham.
    Abraham avait un petit garçon que c'était son fils.
Il était petit, il avait neuf ans, comme moi. Un jour,
Abraham entra dans sa chambre et lui dit qu'il venait
de parler avec Dieu. Le petit garçon leva les yeux
pour le regarder. Abraham était très grand. Il avait
une grande barbe. Il avait aussi une hache. « Qu'est-
ce que tu fais, papa ? » demanda le petit garçon, mais
son père lui dit pas un mot de réponse. Il prit le petit
garçon par la main. Le petit garçon le suivit. C'était
son père. Ils grimpèrent sur une montagne. Le petit
garçon devait courir pour aller aussi vite que son
papa mais il courait, il courait pour aller aussi vite
que son papa qui l'emmenait là-haut sur la montagne
pour le tuer avec une hache pasque Dieu avait fait
une espèce de pari avec quelqu'un. Il devait courir

pour aller aussi vite que son papa. C'était pasqu'il était petit, voilà. Il avait neuf ans. Comme moi.

3

J'ai une valise, elle est écossaise. Ma mère l'a achetée exprès pour moi quand je suis parti pour la Résidence Home d'Enfants les Pâquerettes, pour que j'aie la plus belle valise. Je la déteste, cette valise. Je voudrais la tuer. Elle disait que si j'étais un gentil petit garçon et que j'écoutais tout ce que le Dr Nevele disait, j'irais mieux et peut-être même qu'un jour je serais psychologue. Je veux pas. Mais alors pas du tout. Il a plein de poils dans son nez.

J'ai fait ma valise dans ma chambre. J'ai mis des choses spéciales dedans, que je dirai pas parce que c'est des secrets. Et puis je l'ai jetée par la fenêtre. Elle a atterri sur Shrubs. Il m'attendait. On avait un plan. J'ai descendu l'escalier sans faire de bruit du tout du tout. Mes parents étaient dans la cour en train d'engueuler Jeffrey parce qu'il avait fait pipi près du garage. Je m'ai glissé par la porte de devant, sans faire de bruit comme un voleur.

On a pris la valise et on est partis pour Seven Mile Road. On a attendu l'autobus. Il est venu. Il y avait d'écrit « Northland » sur le devant. Shrubs a payé. Il avait de l'argent dans sa poche.

Ce n'était pas la première fois que j'y allais. Ma manman m'emmène à Northland quand elle va faire des courses. Elle achète des bas qui sont des grandes chaussettes de dame transparentes.

Les courses, c'est le boulot de manman. Le boulot de mon papa c'est entrepreneur. A la Résidence Home d'Enfants les Pâquerettes, Carl s'asseyait toujours dans un coin pour faire comme ça avec ses doigts devant ses yeux et puis un jour le Dr Nevele a essayé de le faire arrêter et Carl l'a mordu et il s'est mis en colère et il a tapé Carl. Mais Rudyard disait que Carl pouvait bien faire ça avec ses doigts. Il disait que c'est le boulot de Carl.

J'avais un boulot, moi aussi. C'était pour ça que j'étais venu à Northland. Il y a beaucoup beaucoup de boutiques. Il y en a une qui vend des cacahuètes et du pop-corn au caramel exprès pour donner des caries. Il y en a une autre, c'est la sœur à Maxwells. Maxwells c'est une boutique à deux pas de chez nous. C'est là que manman m'a acheté Câlinot-Singe quand j'étais petit. Il y avait une boutique Maxwells à Northland aussi. C'est des sœurs. Des jumelles.

Câlinot le Singe était à moi, mais maintenant c'est Jessica qui l'a. Il était assis sur le rebord de sa fenêtre le soir où on a fait ça, il a tout vu. Il a vu la mère à Jessica entrer et me jeter par terre. Il a essayé de m'aider mais il était trop petit. Il ne fait que vingt-cinq centimètres, je l'ai mesuré (je ne l'ai pas pesé parce qu'il venait de manger).

Des fois, je me rappelle plus comment elle est, Jessica, et alors j'ai peur. Si seulement je pouvais avoir une visionneuse comme pour les diapositives dans ma tête. Et ça serait en relief. Quand j'étais à la

Résidence Home d'Enfants les Pâquerettes, je me tapais la tête pasqu'elle voulait pas se rappeler. Le Dr Nevele m'attachait les mains. Mais Rudyard les détachait. Il disait qu'on avait le droit de se taper sur la tête, que c'était comme quand on donne des coups à la télévision parce qu'elle marche pas. Seulement il a dit, peut-être que c'est pas une télévision, peut-être que c'est une radio. Peut-être que c'est une radio, il a dit, et que je pourrais entendre Jessica me parler et comme ça ça ne serait pas la peine de me taper. J'ai fait comme il disait. J'ai fait une radio à l'intérieur. Je l'entends. Je l'entends tous les soirs avant de m'endormir, et elle me dit des trucs. Elle me dit de me rappeler.

— Ça presse !

Shrubs se tenait comme ça. Ça veut dire qu'il y a urgence. J'ai pris la valise avec les choses secrètes dedans et je suis allé demander à l'agent de police qu'on a mis à Northland pour gueuler aux enfants qui le lui demandent oùsque sont les toilettes. Et puis des bandits sont sortis de chez Maxwells et ils ont capturé l'agent de police et j'étais bien content pasqu'il gueule après les enfants. Et quand j'ai vu qu'ils allaient le tuer avec des bâtons de réglisse j'ai dit non, laissez la vie sauve à ce pauvre hère et ils m'ont dit oui Gil, tu as raison, et ils sont partis. Finalement cet agent de police était assez gentil.

— C'est là, en bas de cet escalier, qu'il a dit sans trop gueuler.

Il n'était pas aussi gentil que le brigadier Williams quand même, celui qui vient à l'école nous faire des dessins sur les règles de sécurité et qui est barbant, mais alors barbant !

Il y avait d'écrit Messieurs. Ça veut dire cabinets. Il

y avait des urinoirs comme à l'école (mais on n'en a pas à la maison parce que papa voulait que je sois une fille).

A côté des lavabos, il y avait une pièce avec des armoires métalliques dedans comme à l'école qui faisaient un boucan effroyable. Il y avait de grandes personnes dans cette salle. Il y avait une pendule. Elle disait neuf heures.

Il y a eu une sonnerie comme à l'école et des tas de grandes personnes sont arrivées. Tous les casiers ont commencé à claquer comme des canons et les gens me marchaient dessus. Je ne savais pas où était Shrubs. Je faillis me mettre à pleurer parce que je ne voyais plus rien que les jambes de tous ces gens qui marchaient autour de moi.

Et puis je l'ai vue, elle, enfin. Elle se tenait devant une armoire métallique.

Je me suis approché. Je l'ai vue ouvrir son armoire et il y avait une photo accrochée avec du ruban adhésif à l'intérieur. Je l'ai vue. Je ne savais plus quoi faire. Je me sentais tout drôle dans mon ventre. C'était une photo de Jessica.

La mère de Jessica a pris une veste marron dans l'armoire. Elle a voulu la mettre. Elle était marron mais il y avait quelqu'un d'accroché après. Quelqu'un d'accroché après, en bas, qui tirait dessus. Et c'était moi.

— Qu'est-ce que...
— Où est-elle ?
— Quoi ?
— Où est Jessi... ?
— Mais que... quand es-tu... qu'est-ce que tu viens faire ici ?

Elle secoua la tête.

« Mais comment es-tu arrivé jusqu'ici, hein ?

— Où est-elle ?

Je n'arrivais plus à ouvrir les mains. C'étaient des poings accrochés après la veste de la mère de Jessica, elle avait beau tirer dessus je n'arrivais pas à ouvrir les mains.

Les armoires métalliques claquaient. Il y avait beaucoup d'échos dans la grande pièce comme dans un gymnase et toutes les grandes personnes criaient à la fois. Moi je restais là. Mes mains virèrent au blanc.

— Est-ce que ta mère sait que tu es ici ? a dit la mère de Jessica.

La photo de Jessica était derrière elle. Elle chantait à la radio dans ma tête. A l'intérieur, je pleurais. Mes mains étaient des poings. La photo de Jessica était derrière elle. Elle me disait de faire quelque chose.

Il y avait un policier à l'intérieur de chacune des armoires métalliques. Ils allaient sortir me tuer parce que j'étais méchant. Ils allaient me renvoyer à la Résidence Home d'Enfants les Pâquerettes et le Dr Nevele allait m'attacher. Alors je lâchai la veste pour prendre ma valise. J'avais mes choses secrètes à l'intérieur. J'ouvris la valise pour les prendre. C'étaient des revolvers. Je les ai pointés contre la mère de Jessica.

— Ne compte pas sur moi pour te dire où elle est, d'ailleurs elle est très loin et tu ferais donc mieux de rejoindre ta mère et de...

— On ne parle pas, que j'ai dit.

— Ecoute, tu vas encore t'attirer des ennuis. Veux-tu vraiment retourner là où tu étais ? Franchement, j'aurais cru que cela te servirait de leçon...

— C'est moi qui pose les questions. Pas de geste

inconsidéré. Vous allez garder vos mains bien gentiment devant vous que je les voie. Compris ?

Et puis tout s'est arrêté. Il y avait des grandes personnes tout autour de moi. Il en arrivait toujours d'autres. Elles avaient tué Shrubs dans les cabinets. Je pleurais.

Un monsieur m'a attrapé. Il m'a soulevé dans ses bras. Il m'a serré si fort que je ne pouvais plus respirer et je me suis mis à hurler je vous tuerai je vous tuerai et il m'a secoué avant de me lâcher et je suis tombé. Je m'ai relevé et je lui ai donné un coup de pied dans le zizi. Je l'ai visé avec mes revolvers et j'ai tiré. J'ai enfoncé la détente et j'ai fait le bruit avec ma bouche.

Mais il n'est pas tombé. J'ai tiré la détente encore une fois. J'ai fait le bruit. Je l'ai fait et refait plusieurs fois. Il ne tombait toujours pas. Il s'est mis à rire. La mère de Jessica s'est mise à rire. C'étaient des jouets. Tout le monde se fendait la pêche.

4

A la maison dans ma chambre, couché sur Pougnougnou, je regardais par la fenêtre. En bas mes parents parlaient. Ils disaient mais qu'est-ce qu'on va faire de lui. Ma maman pleurait. Elle disait et s'il ne guérissait jamais, hein. Mon papa disait que personne ne lui prendrait son fils encore une fois. Son fils, il disait. Il disait comme ça que c'était seulement une phrase que je traversais.

Et puis je m'ai endormi. J'étais tout habillé. Et j'ai rêvé. J'ai rêvé que je traversais une phrase. Je me perdais à l'intérieur, à l'intérieur des mots, c'étaient les mots de Jessica, elle parlait d'un cheval noir, c'était sa voix. Jessica.

En me réveillant, j'avais mon pyjama. J'ai compris quelque chose. J'ai compris que mon papa était venu pendant que je dormais et qu'il m'avait soulevé dans ses bras pour me le mettre. Il est fort. Il m'avait tenu très fort contre lui. Pour m'enfiler ma veste et mon pantalon de pyjama. Y a des voitures de dessinées dessus.

Et avant qu'on m'envoie à la Résidence Home d'Enfants les Pâquerettes, j'avais fait un pantin pour Jessica. Il s'appelait Jerry le Pantin et je l'avais fabriqué pour elle pasque son père était mort. J'étais allé jusqu'à sa maison et j'étais resté longtemps sous la pluie dans mon imperméable. Il est jaune. C'est un ciré. J'avais Jerry le Pantin dans ma poche. J'étais resté longtemps, longtemps. Puis j'avais mis Jerry le Pantin sur sa pelouse, sous le petit réverbère. Je l'avais mis sous le petit réverbère et je lui avais fait une couverture avec mon chapeau. Il avait dormi là toute la nuit et, le lendemain matin, Jessica l'avait trouvé et l'avait emmené vivre avec elle.

J'ai regardé par la fenêtre, c'était la nuit.

J'ai écouté dans le vestibule. Tout le monde dormait.

Je m'ai levé.

J'ai ouvert la porte d'entrée. En été, il y a une moustiquaire qui est comme un grillage à poule fin fin fin. Je suis sorti. J'ai marché dans ma rue. J'ai pris la direction de la rue Marlowe. On ne doit pas sortir la nuit quand on est petit pasqu'on se fait écraser. Mais je m'en fiche. Je me fiche de tout.

Il y a des arbres vers le pâté de maisons de Jessica. En été, ils se donnent la main en travers de la rue. Il fait noir même pendant la journée. Alors la nuit, quand le réverbère du coin de sa maison est éteint, il fait encore plus noir. Il faisait très noir. Si noir que je ne voyais presque rien. Je suis allé jusqu'à sa maison.

Tout était coi. Je me suis arrêté devant. Il n'y avait aucune lampe d'allumée, elle était vide pasqu'elle était partie pour l'Ohio et que personne habitait plus là. Je suis resté longtemps, longtemps. Il n'y avait personne. Il faisait noir.

Sous la véranda, j'ai vu un petit point rouge. Il s'allumait et s'éteignait, s'allumait et s'éteignait. Je l'ai regardé. Ça faisait comme une espèce de petit feu. Et puis je l'ai entendu. Ça chantait. Ça chantait d'une grande douceur dans le noir.

> *Je vois que son image*
> *Vous a frappée.*
> *Faut dire qu'elle est jolie,*
> *Oui, si jolie.*
> *Mais son histoire est bien triste :*
> *Par un bel après-midi*
> *Elle s'est fait écraser*
> *Par un ballon bleu.*

C'était à peine une ombre. C'était un nègre de couleur. Il chantait tout seul, comme ça, sous la véranda, en fumant une cigarette.

Quand il l'a quittée
Elle a perdu les pédales.
Elle restait assise à sa fenêtre
Et c'est là qu'elle est morte,
A ce qu'on raconte.
Mais quel drôle de type
Fallait-il que ce soit
Pour conduire comme un fou
A tombeau ouvert
Un ballon bleu
Par un bel après-midi.

Je m'étais approché du perron. J'avais appuyé mon menton dessus. Il n'arrêtait pas de chanter et de rechanter. Moi je n'arrêtais pas de l'écouter et j'ai fini par connaître sa chanson par cœur. Sa cigarette s'allumait et s'éteignait, s'allumait et s'éteignait. Et puis il s'est arrêté de chanter.

J'ai posé mon menton dans mes mains. Elles sont petites parce que je suis un enfant. J'ai traversé la pelouse. Je suis allé jusqu'au petit réverbère. On dirait un réverbère pour enfant. Je me suis assis dessous. Longtemps, longtemps. Et puis je me suis allongé. Allongé sous le réverbère, j'ai dit un nom. La radio dans ma tête s'était éteinte. J'ai dit un nom.

Je l'ai répété, répété sans arrêt.

Un agent de police m'a trouvé le lendemain matin. Il m'a ramené à la maison. Il a dit à mes parents que j'étais sous le réverbère. C'était le réverbère à Jessica oùsque j'avais laissé Jerry le Pantin un an plus tôt quand j'étais petit. Ma manman a demandé si je n'avais pas eu froid. Mais non. J'avais mon pyjama. Avec des voitures de dessinées dessus.

Deuxième partie

1

J'ai bien failli tout lâcher dans mon jean. C'était à deux doigts, vraiment. Ce qui m'a sauvé, c'est sans doute que j'étais littéralement pétrifié à l'idée que les parents de Bonnie allaient nous tomber sur le poil d'une seconde à l'autre. Bref, j'ai pas tout lâché dans mon jean. Mais c'était à deux doigts. On était sur le canapé. Bonnie gardait son petit frangin Maurice, soi-disant. Comme le frangin dormait, pour flirter, aucun problème. Je savais bien ce qu'elle avait derrière la tête parce qu'elle s'était aspergée d'une quantité de « Shalimar » à assommer un bœuf, si vous me passez l'expression.

(Moi, le parfum des nanas, c'est fou l'effet que ça me fait pour ne rien vous cacher. Et pas seulement l'odeur, mais le nom aussi, « Péché mignon », par exemple. A Bonnie Goode, j'avais offert « Escapade », pour sa confirmation — oui, l'intention était peut-être un peu appuyée —, total elle a découvert plus tard que ça lui collait des allergies. Résultat, elle se met du « Shalimar », que Tommy Matrione lui a offert, il l'aura chouravé probablement, et ça, ça me met positivement hors de moi. Elle prétend qu'elle n'a jamais rien fait avec lui, mais on m'a dit qu'il la tripotait. Je dis tripoter, pas peloter. C'est Norman Archport qui me l'a dit, ce salaud.)

Quand je dis que ça me met hors de moi, il ne faudrait quand même pas croire que j'en perds les pédales. Non, c'est fini tout ça. Je ne suis plus du genre instable.

Pour garder Maurice, Bonnie Goode portait un jean blanc et des bottes en plus du « Shalimar ». J'étais pas sitôt arrivé chez elle qu'elle m'a demandé si je voulais que Pete Yablonowitz aille nous acheter à boire. C'est son voisin et il fait beaucoup plus que ses dix-neuf ans. Bref, il a une sale gueule, mais jamais les boutiquiers ne songent à lui demander une pièce d'identité pour prouver qu'il est majeur. Elle a suggéré qu'il nous rapporte des « Colt 45 », c'est fort, ça vaut deux bières normales. Mais moi, je suis contre l'usage de l'alcool par les mineurs. C'est comme ça. J'ai demandé de la limonade.

(Je dis limonade. Bonnie préfère « soda ». Depuis qu'elle a passé un été à New York, cette péronnelle dont le vocabulaire est par ailleurs des plus limités, je ne vous dis que ça, manifeste une étrange propension à utiliser tout un verbiage spécialisé. Tiens, elle dit sofa pour canapé, par exemple.)

On était vautrés sur le canapé quand j'ai cru entendre la porte. J'ai fait un bond de huit mètres. Bonnie s'est écriée :

— Où tu vas, mon vieux ?

— Nulle part, j'ai répliqué. Fausse alerte.

Alors elle a roulé sur moi en se marrant bien que je puisse vous certifier qu'elle n'est pas du genre poids plume et elle a enfoncé sa figure dans mon ventre en

tirant sur mon chandail de cachemire et sur ma
chemise tout en se tortillant et gigotant d'une
manière très peu naturelle si vous voulez mon avis.
Elle s'est retrouvée la figure entre mes jambes et j'ai
bien cru qu'elle allait me vous-savez-quoi.

— Bonnie !

Elle a déboutonné ma chemise.

— Elle est vraiment géniale, ta chemise, a-t-elle
commenté. J'adore le madras.

— Elle est à mon frangin, j'ai dit. Il vient de
s'acheter plein de fringues neuves chez *Teen Man* la
semaine dernière. Et il essaye de se laisser pousser
des rouflaquettes, en plus. Des grosses, comme John.

Elle m'excitait vraiment. Elle s'est mise à me
lécher l'oreille qui est probablement chez moi la zone
érogène la plus sensible en dehors de l'évidence.

— Bonnie...

La télé en noir et blanc nous baignait d'une lumière
surnaturelle. Elle avait une antenne en oreille de
lapin comme sur les prospectus (permet de capter les
chaînes UHF pour les programmes éducatifs et de
télévision scolaire — emmerdant comme la pluie, je
pense en particulier à *Regard sur le monde rural*), et
sans la regarder j'entendais quand même les dialo-
gues de ce feuilleton débile.

> *Zut, Wallie, qu'est-ce que je vais*
> *bien pouvoir raconter à maman et papa ?*
> *Je n'ai jamais eu d'animal de compagnie...*

— Tu veux qu'on aille au sous-sol écouter des
disques ? m'a demandé Bonnie dont les intentions
étaient claires.

— Tu parles, Charles. Pour que tes parents se
ramènent !

— Mais je t'ai dit qu'ils ne rentreraient pas. Allez, viens. J'ai envie d'écouter des disques, *baby*.

Je ne sais pas ce que ça vous fait à vous mais, moi, je n'ai jamais pu résister à une nana qui m'appelle baby. Je dois l'avouer. C'est franchement érotique, surtout avec accompagnement de « Shalimar ». J'ai seize ans et dois me reconnaître assez facilement excitable, en grande partie pour une question d'hormones, comme le dit Jeffrey. Il a entendu dire ça quelque part. (Mais je réprouve ses fréquentations. Tous ses amis fument.)

Bonnie me léchait les oreilles.

Parfois, je m'évade dans un monde de rêves. Il y a un château habité par des nanas qui portent la lingerie qu'on peut voir dans les publicités des journaux féminins et des bas nylon avec des dessins. J'ai fréquemment l'occasion de feuilleter cette presse féminine, allongé sur le ventre sur le tapis. Ma mère me demande ce que je regarde et je réponds la bouffe. Evidemment, ce monde de rêves dans lequel je m'évade est une pure création de mon esprit et je peux en sortir à volonté. Mais, parfois, c'est la volonté qui manque. Je n'en parle jamais à personne. D'ailleurs, tout le monde s'en fout. Et si je l'écris dans ce cahier c'est pour ne pas l'oublier. Je ne veux pas oublier le monde de mes rêves, ce qui ne doit pas être très normal puisque, si je l'oubliais, tout le monde s'en foutrait encore plus. A commencer par moi qui l'aurais oublié.

— Arrête, Bonnie.

— Pourquoi ?

— Ce n'est pas bien.

Et parfois, mais la nuit, je rêve. Je rêve que Bonnie et moi on va jusqu'au bout. Mais le rêve se termine toujours en cauchemar. Les lumières s'allument et on me jette par terre en m'insultant. Quand je me réveille, le lit est mouillé. Je ne sais jamais si c'est de la sueur, du sang ou de la jute.

Bonnie a tiré la langue et l'a retroussée sur sa lèvre supérieure, puis elle a retroussé sa lèvre inférieure. Ça donne de très grosses lèvres, ce qui est une manière de se moquer des Noirs et puis elle a fait mine de m'embrasser comme ça et je l'ai un peu repoussée. Elle a fait une grimace de petite fille et s'est assise sur mes genoux et m'a embrassé avec la langue. Mais elle m'avait mis franchement en rogne et je l'ai encore repoussée. Cette fois, elle est tombée à la renverse sur le plancher. Elle était pas jouasse, elle s'est mise à pleurer. Elle m'a traité de tapette. Je me suis mis à donner des coups de poing dans le canapé. Si fort que le plancher s'est mis à trembler. Bonnie poussait des cris et il y a eu un grand bruit.

Maurice est entré dans le salon. Il portait un pyjama dont j'ai bien vu qu'il était décoré de nounours. Il a dit :

— Le lit s'est cassé.

— Ah oui ? a dit Bonnie. Eh bien fais-en autant, casse-toi.

Maurice a regardé ma chemise déboutonnée.

— T'as pas d'ordres à me donner, il a dit.

— Voyez-vous ça ? a dit Bonnie.

— Je vois rien du tout, a dit Maurice.

— Eh ben, je vais te faire voir moi, a dit Bonnie.

Je me suis mis à rentrer ma chemise dans mon pantalon sous le regard fixe de Maurice.

— Je vais le dire, il a dit.

— T'as pas intérêt, a dit Bonnie. Si tu tiens à la vie.

— Je vais le dire, je vais le dire.

— Ferme-la, Maurice.

— Essaye de m'empêcher de parler.

— Ce que tu peux être bébé.

— La bave du crapaud n'atteint pas la blanche colombe.

— Tu peux bien parler de bave, eh, petit merdeux.

Moi je me suis levé pour partir. Quand elle dit « merdeux », ça ne m'excite plus du tout.

— Je vais le dire, a répété Maurice.

— Vas-y, dis-le, a hurlé Bonnie. J'en ai à foutre !

— Ah, ah, t'en as à foutre, a dit Maurice. T'en as *rien* à foutre, tu sais même pas parler !

Bonnie s'est levée. Maurice s'est mis à pleurer. Elle l'a pourchassé jusque dans sa chambre et l'a recouché. Ensuite elle est passée directement dans sa chambre à elle qui est contiguë. Il y avait un miroir derrière la porte ce qui me permettait de voir ce qu'elle faisait. Il y avait des tas d'animaux en peluche dans sa chambre, y compris un brontosaure gonflable qu'elle avait eu à la station-service Sinclair, dans Seven Mile Road, une publicité. Il y avait aussi des tas de colliers. Dans le miroir j'ai vu qu'elle se mettait encore du « Shalimar ». Elle se le mettait sous ses vêtements.

Quand elle est rentrée dans le salon j'étais toujours debout au milieu. Elle m'a regardé et s'est mise à danser sur place alors qu'il n'y avait pas d'autre musique que celle des publicités télévisées — Winston, le bon goût d'une vraie cigarette. Je me suis rendu compte qu'elle était en train d'enlever son soutien-gorge.

Je suis resté là les bras ballants. Elle l'a ôté. Je n'arrive pas à comprendre comment elle a pu faire sans retirer son chandail, mais c'est un fait. Un truc à la Houdini, si vous voyez ce que je veux dire.

Elle me l'a lancé à la figure. Je l'ai fourré entre les coussins du canapé.

2

J'ai rencontré Bonnie Goode l'été dernier le soir des quarante ans du père de Norman Archport, j'étais bourré comme un coing. Comme on avait plus de seize ans Shrubs et moi on s'occupait de garer les voitures des invités avec Norman pour gagner « de quoi nous acheter des cigarettes », comme dit la mère de Norman alors que je ne fume pas, contrairement à bien des garçons de mon âge. Le maître d'hôtel que Mme Archport avait engagé pour l'occasion nous avait reconnus parce qu'il avait déjà servi à nos Bar Mitzvah trois ans plus tôt et il nous avait refilé du champagne avec lequel on s'était saoulé autour du billard dans le sous-sol.

On s'était embarqués dans une sacrée discussion sur la déprime dans laquelle nous plongeait le fait de ne pas avoir une seule nana alors qu'on était enfin en âge de conduire et puis on avait parlé des colles qui sont injustes la plupart du temps, il faut bien le dire, même si la discipline est, en soi, un principe dont il faut bien reconnaître la nécessité. Ensuite je me suis lancé dans un débat — une vraie guerre, oui — avec

Norman qui disait que les Beatles avaient pris du LSD pour faire *Sargent Peppers* alors même que John avait déclaré dans un journal que *Lucy in the Sky with Diamonds* était une phrase qu'il avait entendu son fils prononcer. Pourquoi mentirait-il, hein ?

En tout cas, on a vite été poivrés et on a décidé d'aller faire un tour pour prendre l'air de manière à pas se faire pincer et pour éviter de dégueuler. Mais je crois, moi, que Norman faisait semblant. Il chantait *I can't get no satisfaction* et il a déconné en passant devant la maison de Betsy Wolfson parce qu'elle l'avait cafté au surgé quand il lui avait fait claquer l'élastique de son soutien-gorge, en route pour le réfectoire. Shrubs, lui, jouait au hockey sur la chaussée en se servant d'un bâton. Il a essayé d'entrer dans les Junior Redwings mais sa moyenne est trop basse au bahut et il s'est fait jeter, une pure injustice parce qu'il est très doué pour le hockey.

S'il faut les croire malgré le fait qu'ils étaient eux-mêmes complètement beurrés, j'aurais passé un quart d'heure en grande conversation avec un poteau télégraphique. Même que je lui aurais dit que j'allais engager un détective privé pour retrouver Jessica.

Brusquement, Norman a hurlé « écoutez voir ! » et je lui ai balancé un pain parce qu'écoutez-voir est une expression de notre prof d'éducation physique et que la gym est ce que je déteste le plus au monde.

Shrubs a hurlé « achtung, achtung ».

C'était une radio. Elle braillait *Memphis*, par Johnny Rivers, qui doit être la seule chose que je déteste plus que la gym. S'ils ne le balancent pas littéralement mille fois par jour à la radio, c'est qu'on ne l'entend pas du tout. Je pense que les animateurs doivent passer à la caisse ou un truc dans ce goût-là.

On a entendu une voix :

— Et alors, on dit plus bonjour ?

Elle était assise sur une Chevrolet bleue, une Impala plus précisément, on en a une aussi mais c'est une deux-portes. Je l'avais vue à l'école avant les examens. Elle était coiffée à la loubarde, c'est-à-dire qu'elle avait les cheveux crêpés, et elle portait du rouge à lèvres blanc. Il y avait quatre loubards autour de la Chevrolet.

« Bêcheur ! »

— Mais je t'ai dit salut, Bonnie, dit Norman.

Moi, ne sachant pas qu'il la connaissait, j'ai vraiment fait une drôle de gueule. Mais, en fait, ses parents à lui sont amis de ses parents à elle. Elle n'a que quinze ans et déjà une sacrée réputation. On dit que c'est une putain. Elle s'est fait choper un jour qu'elle volait un sac et elle a redoublé plusieurs fois. Norman prétend qu'elle a couché avec Tommy Matrione qui déteste les Juifs. J'avais beau être complètement poivré, je voyais bien qu'elle avait les yeux faits.

— Tu veux une sèche ? qu'elle a demandé. Au menthol.

— Ouais, a dit Shrubs, ce qui m'a franchement foutu en rogne bien qu'il soit mon meilleur ami.

— T'as du feu ?

Un des loubards a dit alors :

— Il a le feu au cul, oui !

Et Shrubs s'est fendu la pêche, ce qui m'a d'autant plus fichu en rogne que ce n'était vraiment pas amusant. Je reconnus le loubard qui avait dit ça, c'était Tommy Matrione en personne. C'est un voyou. On dit qu'il est toujours armé mais c'est manifestement la raison pour laquelle Shrubs s'était marré, pour ne pas montrer qu'il avait peur. Mais alors les trois autres loubards se sont mis à se moquer de Shrubs parce qu'il riait. Je me suis mis en rage. Puis brusquement tout le monde cessa de rire. Bonnie Goode soufflait de la fumée par son nez. Elle me dévisageait. Elle ne m'avait pas quitté des yeux une seconde.

3

— Maurice dort, Gil, si tu veux...
— Bonnie...
— Quoi ? Tu ne sais pas comment il faut faire ? C'est ça ?
— Mais non.
— Tu ne m'aimes pas ?
— Si.
— Non, mais vraiment, tu ne m'aimes pas vraiment ?
— Si.
— Dis-le alors.
— Je t'aime.
— Oh, ne te force pas.
— Mais je ne me force pas. Je t'aime, là, ça va ?
— Alors qu'est-ce que tu attends ?
— Non.
— Pourquoi ?
— Je ne sais pas.

— Tu n'en as pas envie ?
— Si.
— Alors quoi ?
— Je ne sais pas.

Elle a croisé les bras. On n'a plus dit un mot pendant longtemps. A la télé, c'était l'heure du coucher de Castor. Bonnie a éteint la lumière.

— Gil ?
— Quoi ?
— Viens !
— Non.
— S'il te plaît ?
— Non.
— Oh, s'il te plaît s'il te plaît ?
— Non. C'est trop tôt.
— Trop tôt pour quoi ?
— Pour le faire.
— Pour faire quoi ?
— Tu le sais bien. C'est trop tôt.
— Et quand est-ce que ce ne sera plus trop tôt ?
— Je ne sais pas. Bientôt.
— Quand ça — une ou deux semaines ?
— Non.
— Trois semaines ?
— Non.
— Quatre alors ?
— D'accord.
— Quatre semaines à compter de ce soir ?
— D'accord.

Elle s'est levée et elle a couru dans la chambre de ses parents. Elle est revenue avec un calendrier qu'elle avait pris sur le bureau de son père et qui disait : « Avec les meilleurs vœux de la Detroit Bank and Trust, la Banque du Bonheur. »

— Alors le 10 ? Je fais un gros cœur rouge à la date du 10 avec mon feutre.

— D'ac.

Je suis absolument convaincu que la mère de Bonnie a trouvé le soutien-gorge entre les coussins du canapé et aussi que son père a vu le cœur à la date du 10 novembre. Mais Bonnie m'a dit qu'ils n'en ont pas dit un seul mot. Je savais bien qu'ils ne diraient rien d'ailleurs.

Avec la moyenne que j'ai au bahut, ils m'adorent.

4

En sortant de chez elle je me suis fait écraser. C'était la Chevrolet bleue sur laquelle elle était assise quand j'avais fait sa connaissance l'été dernier. Elle est sortie de la station-service dans Seven Mile Road, et elle m'est rentrée dedans. Mais je me suis barré. Je connaissais le conducteur.

Tommy Matrione, si vous voulez savoir.

— Oh, le Juif !

Je ne me suis pas arrêté. On est censé éviter les querelles, c'est une question de maturité. Je me suis mis à courir.

« Oh, arrête ! le Juif, j'ai dit.

Cause toujours.

« Bonnie Goode est une pute, qu'il a dit.

Du coup, je me suis arrêté.

— Vous dites ?

— Je t'ai dit de t'arrêter. Pourquoi ne t'es-tu pas arrêté quand je te l'ai dit ?

— Peut-être que je ne vous ai pas entendu.

— Ah oui ? Moi je t'ai entendu dire que t'avais pas peur de moi.

— Vraiment ? J'ai jamais dit ça.

— Je crois que si.

— Non, vraiment, vraiment pas.

J'ai croisé les bras. Je ne sais pas pourquoi, mais j'avais l'impression que c'étaient les bras d'un autre.

— Et pourquoi que tu t'es pas arrêté, alors ?

— Je ne vous ai pas entendu.

— Bien sûr que si.

— Non.

— Si.

— Mais non, j'ai...

J'ai vu son poing quitter sa hanche et devenir de plus en plus gros à mesure qu'il s'approchait de ma figure. Couché sur le trottoir je l'ai regardé s'éloigner. Je lui ai fait signe d'aller se faire foutre, mais il avait le dos tourné. Il est monté dans sa tire et il est parti. Je me serais cru au cinérama.

— Mon Dieu ! Mon Dieu !

— Ecoute, maman.

— Mon Dieu ! Mon Dieu !

— Ecoute...

— Mais qu'est-ce que tu as à hurler comme ça, Charlotte ? Tu ne pourrais pas... mon Dieu !

— Salut p'pa.

Ma mère me tirait par la manche.

— Tu as vu, Dave ? Tu as vu ? Je t'avais bien dit

que nous aurions dû déménager quand les Nemsick ont vendu à des nègres.

— Mouais, ben moi, je vais appeler la police.

Mon père a pris le téléphone et moi, je suis entré dans la salle de bains du rez-de-chaussée. Je me suis regardé dans la glace. J'avais la lèvre comme une citrouille. On aurait dit que j'avais reçu une bombe atomique sur la cafetière, sans exagération.

— Où étais-tu ? demanda ma mère quand je sortis de la salle de bains.

— C'est Tommy Matrione. Il m'a roulé dessus en voiture.

— Il t'a roulé sur la bouche ? Que s'est-il passé ?

— Bah, j'étais chez Bonnie et...

— Je le savais ! Dave !

Mon père a posé la main sur le récepteur pour étouffer le son.

— Qu'y a-t-il, chérie ?

— C'est cette fille, s'écria-t-elle. C'est cette fille ! c'est cette fille !

5

En un sens, je n'étais pas mécontent de moi. Les flics m'ont posé toutes sortes de questions et j'ai déposé sous serment contre Tommy Matrione. Les flics étaient deux, un brigadier et un Chinois, et ils avaient l'uniforme bleu habituel, rien à voir avec le feuilleton télé. Je me suis contenté de leur rapporter des faits et rien que des faits.

Mon père m'a emmené ensuite aux urgences du Sinaï Hospital où j'ai attendu, mêlé à la populace, qu'on veuille bien me passer à la radio. Puis nous sommes rentrés à la maison.

Dans la bagnole, j'ai regardé par la fenêtre les yeux perdus dans l'obscurité semblable à une mer de goudron. J'ai beaucoup d'imagination. Il y a huit ans, quand on m'a envoyé là-bas, les toubibs m'ont dit que si je n'apprenais pas à la maîtriser, c'était elle qui me maîtriserait. Ils disaient qu'alors ce ne serait pas productif, c'est leur façon à eux de dire que je serais dingue, mais, dans mon for intérieur, je ne peux pas m'empêcher de me demander si Robt. Frost maîtrisait son imagination. J'ai même posé la question à Mlle Pitner au bahut, sans lui cacher que j'étais de l'opinion inverse. Elle m'a répondu que c'était différent, parce que Robt. Frost était poète. J'ai répondu que s'il s'agissait seulement d'être poète on ne pouvait pas dire que la différence était énorme. Et la mère Pitner m'a répondu que la psychiatrie n'était pas vraiment son domaine.

Rentré à la maison, je me suis mis de la glace sur la lèvre. J'ai proposé d'y coller un steak comme j'avais vu faire dans un feuilleton, mais ma mère n'a pas trouvé ça drôle étant donné le prix du bœuf en notre pauvre époque. Je lui ai raconté la façon dont Tommy Matrione m'avait appelé eh, le Juif ! Il était presque minuit quand elle s'est enfin arrêtée de pleurer.

— C'est une *shiksee*, pleurait ma mère. Jamais nous n'aurions dû te permettre...

— Mais non, maman, elle est juive, la corrigeai-je. Son vrai nom c'était Goodman.

— Une jolie Juive ! Quel genre de Juifs changerait de nom comme ça !

— Mais elle n'y est pour rien, c'était il y a long-temps, du temps des immigrants.

— Mais elle sortait bien avec un Italien, non ?

— Oui.

— Alors c'est une *shiksee*. Tu peux bien dire ce que tu voudras.

Mais Bonnie m'a dit qu'elle n'est jamais allée jusqu'au bout avec Tommy Matrione malgré Norman Archport qui dit le contraire tout en reconnaissant lui-même qu'il ne connaît pas « les détails les plus croustillants ». Rien que d'y penser, j'ai des accès de pleurodynie. Une maladie de la région abdominale que mon médecin, le Dr Nicosan, a diagnostiquée voilà bien longtemps quand j'étais petit. Ça se ter-mine par des diarrhées. L'ennui, c'est que ce brave Dr Nicosan a fait le même diagnostic dans le cas de ma cousine Linda qui n'avait qu'une angine. A qui se fier de nos jours, ma bonne dame ? Si vous voulez savoir, je crois que ce sont les nerfs parce que je suis hyper-sensible. Mais ça ne change rien à la façon dont ça se termine, ce qui ne laisse pas de m'occasionner des difficultés supplémentaires dans la mesure où les chiottes de Cooley sont occupées en permanence par des loubards fumeurs de dimension impressionnante, situation inconfortable pour un bizut juif comme votre serviteur.

Après le départ des flics, quand mes parents sont montés se coucher, j'ai appelé Bonnie pour lui apprendre la « grande nouvelle ». Mes parents étaient en train de déménager le vieux poste de télé de leur chambre dans celle de Jeffrey pour faire de la place pour le nouveau qu'ils venaient d'acheter — en couleur bien que ce ne soit pas au point comme chacun sait. Il y a une table qui va avec, que ma mère a teintée au sous-sol empuantissant tout l'établissement — pour reprendre les termes de l'humour paternel.

Au téléphone, Bonnie m'a dit que je n'aurais pas dû appeler les flics parce que maintenant Tommy Matrione va me tuer.

— Qu'est-ce que tu me racontes, j'ai dit. Il y a des lois interdisant le meurtre, Bonnie, figure-toi.

— Tu ne connais pas Tommy, il est vraiment cinglé.

— Alors que toi ? m'enquis-je.

— J'en suis sûre, Gil. Où veux-tu en venir ?

— Tu sais très bien où je veux en venir.

— Je sais qu'il est complètement cinglé. Et que c'est un dur, tu peux y aller.

— Et quoi d'autre encore, hein, Bonnie ?

— Quoi, quoi d'autre ?

— Bah, qu'est-ce que tu sais d'autre encore ? Qu'est-ce que tu as appris EN COUCHANT AVEC LUI ? HEIN ?

J'ai entendu tomber la télé à l'étage. Ma mère s'est mise à beugler : « Il est encore en train de parler à cette fille, Dave ! » Bonnie m'a raccroché au nez. Mon père s'est amené. Il était tout rouge.

— Très bien, mon petit gars, ça suffit comme ça. Tu vas me faire le plaisir de cesser de la voir, point final. C'est compris ? Cette histoire devient beaucoup trop compliquée pour un garçon de ton âge. Cette fille te rend fou. Ça suffit comme ça.

— Tu la connais même pas.

— Qu'est-ce que tu racontes ?

— Elle a une personnalité remarquable.

— Oh, ça va, mon gars, je la connais comme si je l'avais faite. Il suffit de voir l'effet qu'elle te fait. Grâce à elle, tu t'es fait écraser, tu as sans arrêt mal au ventre et tu traînes ici comme si tu avais perdu ton meilleur ami chaque fois que tu l'as au téléphone.

— Tu ne comprends pas.

— Je comprends très bien, mon petit bonhomme. Tu n'étais pas né que je comprenais déjà des tas de choses, figure-toi. Tu es naïf et elle te mène par le bout du nez, alors Monsieur erre comme une âme en peine à la maison et s'enferme dans sa chambre pendant des heures pour écrire des poèmes.

— Papa...

— Non mais regarde-toi. On dirait que tu as perdu ton meilleur ami.

Je l'ai regardé.

— C'est peut-être le cas.

Le téléphone a sonné.

— Je t'interdis de répondre ! a hurlé mon père.

Il a décroché et il a beuglé :

« Vous allez cesser de téléphoner ici, c'est compris ! et il a raccroché.

Mais c'était Oncle Morty.

— Qu'est-ce qui te prend de me raccrocher au nez ? a-t-il demandé quand il a rappelé.

— J'ai un procès sur les bras ! a gueulé mon père. J'attaque un Rital. Son gamin a agressé le mien.

— Il a pas de père, j'ai dit.

J'étais franchement en rogne.

Mon père a mis la main sur le combiné.

— Il a bien une mère ?

— Oui.

— J'ai un procès sur les bras, a-t-il répété à Oncle Morty.

Je suis sorti par la porte de derrière. Je suis descendu dans Seven Mile Road où j'ai traîné un moment et puis je suis allé appeler Bonnie depuis la cabine téléphonique qui est devant la Petite Crêperie. J'ai laissé sonner deux fois et j'ai raccroché. Je pensais à ce que mon père avait dit, que j'avais perdu mon meilleur ami. Il était très tard et, je ne sais pas pourquoi, j'avais l'impression que tout avait changé brusquement. J'avais l'impression d'être dans un autre pays, où personne ne comprenait ce que je disais, comme dans ces rêves où on parle aux gens, où on hurle mais où personne ne vous entend. J'aurais bien voulu dormir, d'ailleurs, parce que alors ce n'aurait été qu'un rêve.

J'ai appuyé mes yeux fermés contre le téléphone. J'ai mouillé mon doigt dans ma bouche et puis, sur la vitre crasseuse de la cabine, j'ai écrit

Jessica.

Le lendemain matin, Shrubs a séché les répétitions de l'Harmonie du bahut — il joue du basson — pour me servir de garde du corps des fois que Tommy Matrione se serait embusqué quelque part sur le trajet, derrière l'arrêt du bus de Hubbell. Shrubs prétend qu'il le voit souvent traîner par là. Du coup, on a pris le bus de Greenfield. Shrubs a eu une amende d'un dollar pour avoir séché. C'est ma mère qui a payé.

6

On ne me voit pas souvent sur le terrain de foot
contrairement à tant d'élèves de mon âge, parce que
j'avoue posséder bien d'autres centres d'intérêt dans
la vie, la poésie, par exemple. C'est pour cette raison
très personnelle que les autres me jugent souvent
« bizarre », « un drôle de coco » ou quelque chose
dans ce goût-là. Mais je m'en fiche. Après tout, c'est
peut-être vrai.

Si j'aime la poésie, c'est à cause de son symbolisme
et de l'usage qu'elle fait tant d'homonymes pour
représenter les choses. Le poème que je préfère est de
Robt. Frost. Il s'intitule *le Pré.* Le voici :

> *Je vais au pré nettoyer le ruisseau ;*
> *J'en ôterai les feuilles au rateau*
> *(J'y attendrai de voir couler l'eau claire) :*
> *Ce ne sera pas long. — Viens avec moi.*
>
> *Je vais au pré chercher le petit veau*
> *Debout près de la vach'. Si jeune et beau*
> *Et titubant quand le lèche sa mère.*
> *Ce ne sera pas long. — Viens avec moi.*

Mlle Pitner dit que le pré symbolise l'innocence que
nous avons perdue dans l'agitation du monde
contemporain, mais je crois qu'elle se trompe. Je
crois qu'il ne symbolise rien du tout et surtout pas

l'innocence. Je crois que le pré est un poème sur un
pré tout simplement et que Robt. Frost cherche
quelqu'un pour l'y accompagner. J'ignore qui est
cette personne, mais je sais qu'elle existe. D'abord et
d'une parce qu'on ne se promène pas dans un pré
avec un symbole. Il s'agit d'une personne. Je pense
qu'il s'agit d'une personne qui n'est pas là. Je pense
que Robt. Frost pensait à quelqu'un qu'il aurait
voulu là et qui n'y était pas. Et c'est ça, le pré,
justement. C'est là. C'est une manière poétique de
dire qu'il aimerait que cette personne soit là pour
pouvoir l'emmener dans un pré s'il y en avait un — ce
dont je doute. Je pense, moi, que Robt. Frost se
sentait seul et que c'est pour ça qu'il écrivait de la
poésie.

Il se trouve que j'ai l'occasion d'écrire de la poésie
moi aussi. Confiné la nuit dans ma chambre, dans le
noir pour ne pas être trahi par le rai de lumière sous
la porte, je fais semblant de n'être pas seul.

Le dernier poème que j'aie composé s'intitule *Vous
trouvez ça drôle ?* Il est en vers libres, contrairement
au *Pré* dont la structure est AABC. Je l'ai écrit il y a un
an. Je ne l'ai jamais fait voir à personne et ne le ferai
probablement jamais voir à personne puisque personne ne le comprendrait, surtout pas Mlle Pitner,
parce qu'il contient un mot grossier et qu'elle, elle
symbolise l'innocence — bref, c'est une conne.

VOUS TROUVEZ ÇA DRÔLE ?

Parfois je me demande pourquoi je n'arrive pas à
   m'arrêter
De rire à cause de quelqu'un que je n'ai même pas
Vu depuis huit ans, et ça ronge ma putain

De tête et ça n'arrête pas et ça n'arrêtera jamais, mais
Je ris je ris je ris
Ha Ha
Jusqu'à m'en mordre le poing pour arrêter
Et je vois alors que ma main est couverte de larmes.

Je ne montrerai jamais ce poème à quiconque sauf
— sauf peut-être à une personne, qui est celle que je
n'ai pas vue depuis huit ans. Quoique, si Robt. Frost
n'était pas mort, je le lui montrerais. Parfois, je pense
que si Robt. Frost était vivant, il me demanderait de
l'accompagner dans le pré.

7

Et donc si je suis allé au match, c'était seulement
pour voir Shrubs dans l'Harmonie. Il doit se lever à
cinq heures du matin et marcher jusqu'à l'arrêt du
bus de Greenfield, ce qui est horriblement chiant
quand il neige, mais il adore l'uniforme. Rouge et
noir aux couleurs de Cooley. Malheureusement, je me
suis assis un jour sur le plumet de son chapeau, il a
voulu réparer les dégâts au fer à repasser et l'a
complètement fichu en l'air. Il a eu cinq dollars
d'amende. C'est moi qui ai raqué.

Et si je suis allé au match, ce n'était pas seulement
pour voir Shrubs dans l'Harmonie. C'était pour Mary
Lynn Zupke. C'est une des groupies de l'équipe du

bahut et elle est aussi secrétaire du club de danse moderne. Tout le monde l'aime. Le capitaine de l'équipe, dont je ne connais même pas le nom pour la bonne raison que le foot m'est absolument équilatéral, n'arrête pas de lui coller au train. Il traîne toujours près de son casier au vestiaire pour la baratiner, mais Mary Lynn Zupke, tout en se montrant parfaitement gentille et courtoise, le dédaigne totalement. J'en ai été témoin en personne parce que mon casier est exactement en face du sien au vestiaire. C'est pourquoi elle me parle. Elle m'a offert un recueil de poèmes la semaine dernière intitulé : *Viens vivre avec moi ô amour.* Donna Mallick, qui sait tout, dit qu'elle s'est éprise de moi. Nous suivons ensemble les cours de Mlle Pitner.

J'ai décidé de ne pas m'inscrire au Cass Tech avec les élèves les plus doués parce que c'est un ramassis de snobs et de prétentiards et que ça limiterait mon horizon. J'ai préféré m'inscrire à Cooley malgré l'agitation raciale qui est censée y régner. Ça m'a permis de rester avec Shrubs qui n'avait aucune chance de s'inscrire au Cass Tech avec la moyenne qu'il a eue, mais nous n'avons aucun cours ensemble sauf éducation physique. Shrubs et moi, nous versons cinq dollars par semaine à un géant noir nommé Clement WG Braddock III pour qu'il nous protège contre les loubards et les empêche en particulier de nous anéantir à la piscine, quand tout le monde doit se mettre à poil.

Pendant la classe de Mlle Pitner, Mary Lynn Zupke est assise exactement à l'autre bout de la salle. J'ai remarqué que son écriture est tout à fait ronde, ce qui est assez fréquent chez les nanas ; elle fait même des petits ronds à la place des points sur les i. Elle m'a envoyé un billet :

> Cher Gilbert
> Quand on a parlé du feuilleton l'autre jour, les remarques que tu as faites sont les plus sensibles que j'aie jamais entendues. Oui, je suis entièrement d'accord avec toi, je suis convaincue qu'on peut aimer quelqu'un toute sa vie sans le voir pendant des années et plus.
> J'aimerais vraiment faire un peu mieux connaissance avec toi, si tu comprends ce que je veux dire par là. Je te crois très sensible, ce qui est vraiment rare pour un garçon.
> Viens donc au match aujourd'hui ! Ça va être génial ! Je t'embrasse. Mary Lynn Z.
> P.-S. Je t'aime beaucoup avec les cheveux longs comme en ce moment.

Et donc j'ai décidé d'aller au match, mais je serais bien incapable d'expliquer pourquoi, ce qui est quand même râlant puisque c'est uniquement pour essayer de l'expliquer que j'écris ces lignes. Je ne sais pas... mais Mary Lynn Zupke s'est mise à tailler son crayon au même moment que Mlle Pitner a commencé d'écrire au tableau noir. J'ai déjà remarqué depuis bien longtemps qu'il est impossible de se servir d'un taille-crayon ou d'écrire au tableau sans remuer les fesses. Les fesses de Mlle Pitner et de Mary Lynn Zupke ont remué exactement en même temps alors que quarante ans les séparent. Je ne peux pas l'expliquer, mais c'est pour ça que j'ai décidé d'aller au match. Et c'est là que tout a recommencé.

8

Pendant le match, j'étais assis devant un couple qui se bécotait et flirtait tellement que le garçon et la fille n'ont pas dû voir grand-chose du jeu — à supposer que ça les intéresse. Moi aussi ça m'a distrait. J'ai jugé que c'était vraiment un manque d'attention et de courtoisie. Sans compter qu'il y avait dans les gradins toute une bande d'élèves qui hurlaient leur soutien de si bon cœur que ça rendait de toute façon toute concentration impossible.

Allez les Rouges ! Allez les Rouges !
Allez Cooley.

Comme si ça ne suffisait pas, je me suis retrouvé assis à côté du Président des terminales que je méprise parce que je le trouve creux. Il trouvait le moyen de me rappeler son rang toutes les cinq minutes d'une manière intelligemment détournée comme, par exemple : « Je ne te reconnais pas, tu ne dois pas être en terminale, parce que logiquement je connais tous les élèves de terminale. » Il espérait évidemment que j'allais lui demander pourquoi, lui permettant ainsi de me répondre qu'il était Président. C'était raté avec moi. Je ne me suis pas abaissé à le faire. Compte là-dessus et bois de l'eau.

Il y a ainsi plein de types et de nanas qui ne songent qu'à leur popularité, prix de camaraderie et compagnie. Et c'est précisément ce que je trouve creux parce qu'il y a quand même autre chose dans la vie que de chercher à savoir si des tas de gens vous aiment — je ne sais pas, moi, on peut faire du bénévolat auprès des enfants handicapés, ou encore écrire de la poésie. Ce n'est malheureusement pas le souci principal de la plupart des gens de mon âge. Et, ce qui est encore pire, c'est qu'ils se fichent carrément de la gueule de ceux qui le font. Heureusement que je m'en fiche. Qui voudrait de leur amitié ? Il s'agit simplement d'appartenir à une bande dont le seul souci est la popularité de ses membres. Ils n'aiment pas les gens que tout le monde n'aime pas. Ils n'ont pas la moindre idée de ce que c'est que de se sentir seul entre les cours.

Au bahut, ce sont les interclasses que je déteste plus que tout. Tout le monde s'entasse dans les vestiaires, et les portes des casiers font un tel boucan qu'on ne s'entend même plus penser. Ils s'agglutinent autour du casier d'un joueur de foot, d'une groupie ou d'un quelconque prix de beauté et ils restent à baratiner jusqu'à la sonnerie en se foutant complètement de l'enseignement, de la culture et des trucs de ce genre. Ils ne remarquent même pas les autres, ceux qui n'ont personne à qui parler.

— C'est sympa, dit Bonnie Goode en prenant une bière des mains du Président des terminales.

Elle n'avait même pas pris la peine de me demander si j'avais envie qu'elle vienne au match avec moi. Elle s'était amenée comme une fleur et voilà. Elle était venue en stop, encore un truc qui n'arrange pas sa réputation (même si elle vient seulement d'avoir son permis). Elle m'a tendu sa boîte, mais je ne bois pas de bière. Ce n'est qu'une façon de faire le malin.

Mary Lynn Zupke sautait au bord du terrain et elle

me fit des grands signes en hurlant : Houhou, salut
Gil ! détournant ainsi mon attention de Bonnie.

Elle bectait des bonbons en buvant sa bière. Elle les
croque en faisant exactement le même bruit que ma
mère. Quand j'ai renvoyé son signe à Mary Lynn
Zupke, elle a posé sa main entre mes jambes ce qui
m'a fait faire un bond d'un kilomètre, et elle s'est
fendu la pêche. Elle a renversé de la bière sur
moi.

— Ce que tu peux être gamine, j'ai dit.

Elle m'a fait une grimace comme une petite fille. Je
me suis levé pour frotter mon pantalon, et un loubard
m'a dit de m'asseoir. Bonnie Goode s'est retournée et
lui a dit « Ferme-la si tu veux pas qu'il te casse la
gueule », alors que le type était du genre athlète.

J'ai remarqué que, derrière les buts, l'Harmonie de
Cooley se préparait pour la mi-temps. J'ai vu Shrubs.
Il était avec son basson dans la section des clarinet-
tes. Il a choisi le basson parce que c'est l'instrument
qui permet d'imiter le plus fidèlement le bruit des
pets — qu'il dit. Chacun sait que ce n'est pas une
raison suffisante pour choisir un instrument. Mais
Shrubs est dans l'Harmonie depuis que nous nous
sommes inscrits à Cooley parce qu'il est le seul joueur
de basson de tout l'enseignement secondaire. Ça lui
permet de sécher des tas de cours à cause des
répétitions, pour les concerts et ainsi de suite.

Mary Lynn Zupke continuait de sauter comme une
folle en faisant des entrechats et des jetés battus et en
levant la jambe comme une majorette, toutes choses
dont je ne la savais pas capable, encore que ce soit
son domaine puisqu'elle est groupie de l'équipe de
foot. Je lui ai fait un signe.

— Qui c'est celle-là ? a demandé Bonnie Goode.

Je ne lui ai rien répondu parce que ce n'était pas ses oignons.

Et puis le Cardinal de Cooley s'est amené. C'est une espèce de costume qui est porté par un élève de terminale du nom de Gene, un type incroyablement maniéré dont on dit qu'il est tapette. Il disparaît entièrement sous le costume. C'est tout un falbalas de plumes rouges qui se détachent l'une après l'autre au fur et à mesure qu'il fait des pirouettes. Un jour, la queue s'est entièrement détachée et a été recousue par M. Parsival, le prof de dessin qui *en* est sans l'ombre d'un doute.

Ce que je déteste le plus chez Bonnie, c'est la manière qu'elle a d'écorcher notre langue, de dire *un* espèce et des trucs du même genre. Je me rends bien compte que cela pourrait passer pour prétentieux de ma part alors que je réprouve la prétention, mais il est des cas où il est humainement impossible de faire autrement. C'est peut-être parce que je suis poète que je n'aime pas qu'on écorche la langue. Il existe pourtant des poètes qui l'écorchent exprès pour ajouter de la force à ce qu'ils disent. Comme E. E. Cummings qui écrit son propre nom e e cummings.

Je n'ai jamais dit à Bonnie que je détestais ça. Je garde beaucoup de choses pour moi. Comme la plupart des poètes. Ils expriment leur solitude dans la poésie plutôt qu'à haute voix en s'inscrivant dans un club de discussion. Mlle Pitner dit que la poésie est la sténographie de l'âme.

Le Cardinal de Cooley a fait un saut périlleux arrière pour atterrir exactement sur les genoux de M. Gordon, le surgé, au grand ravissement des loubards qui adorent voir les profs ou les membres de l'administration se faire chahuter, et encore plus M. Gordon qui est noir.

Le coup de sifflet a indiqué la fin de la première mi-temps et l'Harmonie a démarré aussi sec. Bonnie Goode s'est fendu la pêche parce que Shrubs a perdu son chapeau qui a été piétiné par les sections des trombones. Je lui ai dit d'aller se faire dorer et elle m'a répondu qu'on était en république et, du coup, elle a demandé une autre bière au Président.

Un autre truc me chiffonne et c'est que le drapeau américain soit accompagné d'armes à feu pendant les matchs de foot. Deux EOR montent la garde avec un fusil. Je suis une colombe. C'est-à-dire que je suis contre la guerre par conviction, mais je ne porte pas le badge pacifiste que Jeffrey m'a rapporté de l'université parce que ce serait sombrer dans un autre conformisme. Lui, il porte le sien, ainsi que des tas de colliers de perles que lui a refilés une nana l'an dernier, quand il était parti en stop pour Ann Arbor en séchant les derniers cours de l'année. Il m'a dit qu'elle fumait du hash.

L'Harmonie a attaqué *Vive Cooley à toi notre fidélité* et toutes les groupies se sont mises à chanter en chœur, y compris Mary Lynn Zupke, mais les loubards des gradins se sont levés en gueulant :

> Cooley,
> A bas Cooley,
> Cooley c'est de la merde.

Et puis il y a eu une explosion sous les gradins. J'ai compris que les loubards faisaient sauter des pétards. J'ai fait un bond d'un kilomètre et Bonnie Goode s'est fichue de moi. Je l'ai poussée d'une bourrade. Elle s'est mise à chialer, ce qui m'a mis encore plus en rogne. Un accès de pleurodynie m'a tordu les tripes et je lui ai agité mon poing sous le nez. Avec un hurlement, elle m'a balancé sa bière et m'a raté d'un bon kilomètre. Elle est allée s'asseoir à côté du Président, qui était déjà complètement poivré. Elle s'est mise à le bécoter. Brusquement, j'ai eu comme un incendie dans l'estomac qui irradiait jusque dans mes jambes et je me suis levé. Mary Lynn Zupke me faisait des grands signes. Un loubard de la bande m'a hurlé de m'asseoir. L'Harmonie s'est mise à jouer *Tijuana Taxi* qui est à gerber, moi je trouve. Le plumet de Shrubs s'est encore cassé. Cinq flics se sont précipités sous les gradins, et les loubards ont essayé de s'échapper en grimpant au-dessus du grillage de clôture.

Il arrive parfois qu'on puisse dire de très loin que quelqu'un a les yeux verts, alors qu'on ne les voit même pas à cette distance, et puis, en s'approchant, on voit bien qu'on avait raison. Je suis resté debout une minute au milieu de tous ces hurlements et je me suis dirigé vers l'escalier.

On a parfois l'impression d'être noyé dans un pot de vaseline, tout a l'air brouillé, gluant. On n'entend plus rien, on est comme sourd, mais on est seul à le savoir, seul à le sentir. C'est dans sa tête qu'on est brouillé et gluant soi-même.

Je l'ai vue à travers tout le terrain de football.

Alors je me suis mis en marche vers elle, comme ça, tout droit, à travers les rangs de l'Harmonie qui défilait. Shrubs m'a crié quelque chose. Il est venu vers moi et il m'a attrapé le bras.

J'ai entendu Mary Lynn Zupke me crier je t'aime et j'ai entendu Bonnie Goode me crier je te déteste et j'ai cru entendre des canons mais c'étaient des tambours, les tambours de la fanfare qui s'éloignaient. Il y a eu un coup de sifflet. Quelqu'un m'a hurlé de me manier le cul. Shrubs lui a dit d'aller se faire foutre.

J'avais parcouru la moitié du chemin quand elle m'a vu. Elle s'est levée. Le type, qui était assis à côté d'elle et qui avait une cravate, lui a dit : « Qu'est-ce qu'il y a, mon chou ? » mais elle ne lui a pas répondu et il a dit : « Quelque chose qui ne va pas ? » et elle ne lui a pas répondu. Elle avait des poignets de fourrure aux manches de son manteau. Le type les tenait.

C'était comme si elle était allumée, lumineuse, différente en tout cas des gens qui l'entouraient. Elle était habillée comme une autre mais elle ne ressemblait qu'à elle.

« Jessie, tu vas prendre froid sans... », a dit le type assis près d'elle avec sa cravate, mais elle a ôté son manteau pour qu'il ne puisse la retenir. Elle a descendu les gradins jusqu'à moi.

Nous sommes passés derrière le bahut, près des poubelles, là où ils jettent les ordures. Elle a dit qu'elle n'y était encore jamais venue et je lui ai demandé derrière le bahut ou au bahut ? Mais elle a seulement souri. Il y avait une bouteille de pinard, au coin de Hubble et de Five Mile Road, abandonnée par un clochard. Je savais qu'elle devrait l'enjamber pour traverser la rue, alors j'ai couru la ramasser avant pour la jeter dans la rue, mais c'est sale et c'est interdit, alors je l'ai gardée en main parce qu'il n'y avait pas de poubelle.

Elle m'a dit :

— Ne bois pas ça.

Alors, elle me l'a prise des mains et l'a posée debout sur un tuyau.

« Allons-y, elle a dit. C'est vert.

Elle portait des talons hauts.

En arrivant à la hauteur du Tip Top Snack Shop, il y avait une bande de Noirs qui traînaient. Ils ont tous regardé Jessica pendant que nous nous approchions. J'ai songé que nous ferions peut-être mieux de traverser mais non, elle a continué et elle les a salués en passant. Ils lui ont tous rendu son salut courtoisement.

Du stade, nous est soudain parvenue une énorme ovation.

— Un à zéro, a dit Jessica, pensant que Cooley avait marqué.

Elle a souri au trottoir. Je me suis dit qu'elle ne pensait peut-être pas que Cooley avait marqué.

Le long de Five Mile Road il y a beaucoup de boutiques fermées et murées à cause des difficultés de l'urbanisation (la pauvreté). Quand les fenêtres ne sont pas masquées de planches, la délinquance juvénile s'en donne à cœur joie dans les carreaux. Il y a aussi beaucoup de bombage. Je regardais Jessica marcher, et ça faisait tout à fait comme un film en relief ou comme une visionneuse stéréoscopique. C'était peut-être à cause de l'heure, c'était l'après-midi mais il faisait encore très clair et le soleil brillait de biais faisant tomber des ombres sur les choses et les rendant colorées et spectaculaires. Un chien est passé portant dans sa gueule un journal qui disait : « LBJ donne son accord à l'escalade. » Il l'a lâché pour manger un morceau de gâteau qui traînait, et le vent l'a emporté.

Il m'arrive de penser des trucs bizarres, quand je vois un journal emporté par le vent dans la rue, par exemple, un instant, je suis convaincu qu'il est vivant, que c'est pour ça qu'il remue. Je ne l'ai jamais dit à personne mais une fois, dans Seven Mile Road, un journal qui traînait sur le trottoir a été soulevé soudain et s'est plaqué contre ma poitrine. Il y est resté comme accroché. Je sais bien que c'était à cause du vent qui souffle toujours dans Seven Mile Road, mais pour une raison ou pour une autre, parce que je suis fou, probablement, je n'ai jamais cessé de penser quelque chose d'autre. Je n'ai jamais cessé de penser que ce journal m'étreignait.

Je ne pourrais pas expliquer comment et pourquoi Jessica ne ressemblait qu'à elle-même. Elle tenait ses cheveux dans le vent et regardait le journal emporté le long de la route. Je la regardais le regarder. Quand elle s'est retournée et qu'elle a vu que je la regardais, nous nous sommes fixés. C'est moi qui ai dû détourner les yeux le premier. Nous nous sommes remis à marcher. Moi devant, elle juste derrière, et quand nous sommes arrivés à la hauteur du journal elle l'a ramassé et elle l'a gardé en main. Nous sommes passés devant une corbeille dans Sussex Street, mais elle ne l'a pas jeté. Elle l'a gardé en main.

— Tu te ressembles, j'ai dit.

Elle a seulement souri en bougeant vaguement la tête. Elle a dit merci. J'ai remarqué qu'elle avait de très jolis doigts. C'était tout juste s'ils étaient rouges aux phalanges.

— Et moi ? j'ai demandé.

— Quoi, toi ?

— Est-ce que je me ressemble ?

— Je ne sais pas. A quoi ressembles-tu ?

Elle m'a dévisagé très sérieusement un instant avant de se dissoudre en un sourire. Elle me regardait, mais je ne la comprenais pas. Et puis elle a fermé les yeux et s'est remise à marcher. Moi, craignant qu'elle ne trébuche, je me suis rapproché d'elle, les bras ouverts. Elle a parcouru toute la distance d'un pâté de maisons les yeux clos. Elle les a ouverts et m'a vu debout près d'elle les bras écartés. Elle a dit :

— On joue au basket ? On dirait que tu me marques.

— Je ne te marque pas, j'ai dit.

Elle a souri de nouveau et s'est remise à marcher mais les yeux ouverts.

— Je ne sais pas, Gil. Tu sais, c'est comme quand on est couché, parfois, la nuit, et qu'on essaye de se représenter quelqu'un, quelqu'un qu'on connaît peut-être très bien, ou qu'on vient de voir dans la journée, mais on n'y arrive pas. C'est comme ça.

— Ah.

J'ai gratté l'endroit de mon crâne qui est un petit peu chauve. J'ai ça depuis que j'ai neuf ans.

Le temps était clair, mais pas clément — c'est-à-dire qu'il faisait froid. Nous avons longé Five Mile Road. C'était la fin novembre. Novembre. Le mois où nous avons fait ce que nous avons fait, voilà huit ans.

Nous sommes passés devant un marchand de bagnoles. Il y en a des tonnes à Detroit, la « Capitale de l'automobile ».

— Il fait froid, a dit Jessica. Entrons une minute. Il y aura peut-être du café ou quelque chose d'amusant.

Je me suis demandé si elle fumait. Il n'y avait pas de café, sinon derrière une vitrine qui s'est avérée être celle du bureau d'un vendeur. Jessica a ouvert la portière d'une Mustang et s'est assise sur le siège du passager en disant au type dont le revers s'ornait d'un macaron proclamant : « Monsieur Bonnes Affaires ! » :

— Mon mari veut examiner la finition intérieure.

Quand j'ai refermé la portière, le silence était complet à l'intérieur. C'étaient des sièges baquet — il n'y avait pas de bosse. Les voitures neuves sentent toujours la même chose, mais celle-là était pleine d'un parfum bien différent, celui de Jessica. Cela sentait comme Dieu.

Elle s'est mise à parler, a posé la main sur sa bouche et a repris, un ton plus bas. Des yeux, je suivais la ronde des vendeurs autour de nous.

— J'ai l'impression que tu dois déjà tout savoir, a dit Jessica, mais comment pourrais-tu, bien sûr.

Elle m'a dévisagé pendant quelques instants, les sourcils froncés par la concentration.

« Est-ce que tu sais déjà tout ?

— Non.

Elle a secoué la tête.

— A vrai dire, ça ne doit plus avoir tellement d'importance, aujourd'hui.

Elle s'est mordu la lèvre inférieure. Ça lui a fait des marques blanches.

« Oui, enfin...

« Bref, j'ai une tante qui habite l'Ohio, à Tiffen, c'est chez elle que ma mère m'a envoyée. Il y a un pensionnat de jeunes filles, et ma mère a pensé que ma tante pourrait m'avoir à l'œil. Elles sont jumelles, ma mère et ma tante. Elles se détestent. Le pensionnat s'appelle Evelyn Janeway School. Spécialisé dans les jeunes filles de bonne famille. J'imagine que c'est pour ça qu'on m'y a envoyée... A vrai dire, ça n'avait pas d'importance, je m'en fichais. J'adorais ma tante, alors qu'elle était rudement désagréable, probablement parce qu'elle détestait tellement ma mère. C'est bizarre, une tante qui est la sœur jumelle de votre

mère. Elles sont identiques — sauf les cheveux. Ma
tante est mieux — pour les cheveux, je veux dire. Elle
est plus moderne. Mais, je ne sais pas pourquoi, je
n'ai jamais pu les voir autrement que comme deux
petites filles qui se chipent leurs vêtements et se
chamaillent sans arrêt — des jumelles, quoi.

« J'aimais bien ma tante parce qu'elle était gros-
sière. Maman ne jure jamais. Cela m'a toujours
intriguée. Les parents ont toujours l'air tellement
scandalisé quand on prononce des gros mots devant
eux. Comme s'ils n'en avaient jamais fait autant à
notre âge. Est-ce que c'est possible ? Tous les jeunes
sont grossiers, non ?

— Je ne sais pas.

— Forcément. Ou alors les quakers, des gens
comme ça, je ne sais pas, moi...

J'ai haussé les épaules. Des quakers, j'en avais vu,
une fois, quand j'étais en colo. Il y avait un village
près de la colonie et on les voyait conduire leurs
petites voitures à cheval, des trucs comme ça. Un
jour, j'en ai entendu un dire à son cheval qu'il était un
« enculé » — mais il paraît qu'il lui avait seulement
dit de reculer. Le moniteur m'a expliqué que mon
propre subconscient m'avait joué des tours parce que
j'étais « un enfant à problèmes ». Il suivait des cours
de psychologie.

« Je t'ai écrit une lettre, tu sais, dit Jessica. Je l'ai
envoyée à l'endroit où tu étais. Juste après que nous...

Elle s'est interrompue et elle a fait une petite
grimace avec la bouche.

« C'est quand même ridicule qu'il n'existe pas un
seul mot pour en parler. Soit c'est répugnant, soit on
dirait une espèce d'opération chirurgicale.

— Je sais, j'ai dit.

— On devrait fabriquer un mot rien que pour nous. C'était arc en ciel.

— Arc-en-ciel ? Non, c'est trop cucul. Quelque chose de...

— Ta lettre. Tu disais que tu avais rêvé d'arcs-en-ciel après que nous...

Je me tus.

— Tu vois ? Il faut vraiment un mot.

Elle ne s'en souvenait même pas — je me dis que c'était probable, elle avait eu tellement d'autres expériences depuis... Il suffisait de la regarder. Elle était très mûre pour son âge. Elle avait des ongles parfaits.

Par la fenêtre du conducteur, j'ai regardé le vendeur. Je me suis demandé s'il pouvait vraiment nous croire mariés. (Il est rare que les Juifs se marient aussi tôt.) Il retouchait sa coiffure dans le pare-brise d'une Continental. C'était manifestement un utilisateur de brillantine.

« Ma mère était furieuse, tu dois tout de même savoir ça ? dit Jessica.

Je me suis tourné vers elle.

« Nous nous sommes disputées tout le long du chemin, jusqu'à Tiffen. Et puis on a conclu un marché. Ma mère faisait toujours des marchés avec moi quand j'étais enfant. Elle avait eu cette idée en lisant un bouquin de psychologie. Elle m'a dit que je serais autorisée à t'écrire autant que je le voudrais, à condition d'attendre d'abord deux mois.

Elle fit une autre grimace et hocha du chef comme pour elle-même.

« Elle était très intelligente, ma mère. Non, pas intelligente, futée, voilà.

Elle me regarda.

« J'aime bien ce mot, futée, il veut bien dire ce qu'il veut dire, tu ne trouves pas ?

— Une onomatopée, j'ai dit.

— En tout cas, elle savait que les enfants ont la mémoire courte. En deux mois, j'avais le temps de tout oublier, surtout à Tiffen.

Je la regardais, attendant qu'elle en dise plus, mais elle a seulement pincé les lèvres en hochant du chef.

— Et alors ? finis-je par demander parce que je n'y tenais plus.

Elle a relevé la tête comme si elle était surprise.

— Et alors quoi ?

— Est-ce que tu as oublié ?

Elle n'a rien dit. J'ai appuyé par mégarde mon coude sur l'avertisseur et il a couiné. Tout le monde nous a regardés. Le vendeur s'est approché.

— Un petit essai, je lui ai dit.

Quand je me suis retourné vers elle, Jessica tapotait de la main contre la portière. Elle ne répondait toujours pas mais tapait de plus en plus fort, au point que ça devenait presque gênant.

— Je me demande, a-t-elle fini par répondre. Je ne sais pas ce que ça veut dire « oublier ». Mais, bon sang, Gil, nous avions huit ans, quoi, huit !

Elle a secoué la tête, troublée.

« Bon sang ? Je crois que c'est la première fois de ma vie que je dis " bon sang ". C'est complètement incroyable, tout ça.

Elle a baissé la vitre à la manivelle, il n'y avait pas de commande électrique.

« Monsieur !

Elle appelait le vendeur.

« Combien coûte-t-elle, cette voiture ?

Il s'est ramené.

— Le prix est marqué sur le pare-brise, madame.
Elle a regardé la grosse étiquette.

— C'est beaucoup trop cher, a-t-elle dit. Tu viens,
chéri ?

Five Mile Road est censée être « un mauvais quartier », c'est-à-dire habité par des Noirs — pour moi,
c'est du racisme pur et simple. Je crois que le racisme
est le pire défaut de l'humanité, d'abord parce que
c'est injuste, et puis les Juifs, qui ont été esclaves en
Egypte, comme on le raconte à Pâque, devraient être
moins bêtes que les autres à ce sujet — voilà mon
opinion.

— Ma mère n'aurait jamais voulu me laisser aller
à Cooley, dit Jessica.

Nous passions devant une petite boutique qui
vendait tout un bric-à-brac hippie.

— J'aurais dû m'inscrire à Cass, répondis-je. Mais
c'est vraiment trop snob. Je déteste les snobs pour
parler franchement.

— Je comprends, a dit Jessica en s'appuyant des
deux mains contre la vitrine. Mais ça fait de toi une
espèce de snob aussi, n'est-ce pas ?

— Quoi ?

— Si tu t'imagines que tu vaux mieux que les
snobs, c'est que tu es snob toi aussi, tu ne crois pas ?
Tu as le snobisme anti-snob. De toute manière c'est
un mot ridicule.

— Tous les mots sont ridicules, dis-je. C'est parler
qui est ridicule.

Jessica écrivit *snob* dans la crasse qui recouvrait la
vitrine de la boutique hippie. Son écriture était
penchée sur le côté, élégante, comme celle d'une

femme mariée. Elle essuya son doigt sur sa robe, ce qui me surprit immédiatement et puis me le fourra dans la bouche. J'en fus tout étonné.

— Les pêches ne sont pas en daim, dit-elle en se remettant à marcher. Moi je croyais que la peau des pêches c'était du daim. Pas toi ? Oh, regarde !

Au coin de Greenfield Street et de Five Mile Road, un vieux était en train d'inspecter une poubelle. Il en tira un ballon bleu qu'il fit rebondir sur le trottoir. Mais comme il était presque tout dégonflé il rebondit de travers. Le vieux le ramassa et le jeta droit en l'air. Un souffle de vent se leva, qui parut le faire flotter comme une baudruche. L'homme portait un veston, ce qui me parut intéressant.

Otant ma propre veste, je la passai autour des épaules de Jessica. J'ai vu faire ça dans des tas de films, avec Troy Donahue, par exemple, qui est assez godiche, à mon humble avis. En Italie, il est fréquent que les gens portent ainsi leur veston simplement posé sur les épaules sans enfiler les manches.

— Je n'ai pas froid, Gil, m'a appris Jessica. Merci quand même. Tu es très attentionné.

Je la lui ai laissée de toute manière. Je n'aurais pas voulu la porter si elle ne la portait pas. C'est le genre de truc que je fais avec les ceintures de sécurité. Quand je conduis une voiture avec des gens qui n'attachent pas leur ceinture, je n'attache pas non plus la mienne. Si on a un accident, je ne veux pas être le seul survivant.

— Regarde celles-là, dit-elle en montrant quelque chose dans la vitrine d'un autre bric-à-brac hippie. Il y en a des tonnes dans Five Mile Road parce qu'il y a une communauté dans le voisinage. On dirait celles que fumait le chat du Cheshire.

— Le chat du Cheshire ne fumait pas, je l'ai corrigée. Tu veux dire la chenille ?

— Plaît-il ? elle a dit. (Et moi j'ai trouvé que c'était incongru parce que la plupart des gens disent quoi, voire hein, pas plaît-il ?) Mais alors quel est celui qui disparaissait ?

— Celle qui disparaissait — la chenille.

— Ben, le chat du Cheshire, qu'est-ce qu'il faisait ?

— Rien. Enfin, il souriait.

— Ah oui. Mais ce n'est pas rien. Et qu'est-ce qu'elle disait la chenille ? Qu'est-ce qu'elle répétait sans arrêt ?

— La chenille ne parlait pas. C'est le chat du Cheshire qui parlait.

— Bon, bon, très bien. Que disait-il ?

Je l'ai regardée.

— « Qui êtes-vous ? »

Elle s'est regardée dans la vitrine et avec les lèvres elle a répété qui êtes-vous qui êtes-vous sans arrêt. Elles étaient entièrement roses alors que j'étais sûr qu'elle ne portait pas de rouge à lèvres.

Une voiture de pompier a descendu Greenfield Street, dans laquelle nous avions tourné, à toute vitesse, sa sirène beuglant à tout va. On a regardé. Elle était suivie par une petite voiture rouge.

— Elles ne sont pas ensemble, j'ai fait remarquer. C'est un hasard. Une voiture privée peinte en rouge qui suit la voiture des pompiers par pure coïncidence.

— C'est passionnant, a dit Jessica.

Ça m'a mis tout à fait en rogne d'un seul coup. Parce que je n'apprécie pas que les filles de mon âge se fichent de ma gueule pour une simple remarque. Jessica a vu que j'étais en pétard et elle a dit :

— Pardon, Gil, je ne voulais pas te taquiner. Je ne t'ai jamais taquiné.

Alors elle a réfléchi un instant et elle s'est mordu la lèvre de nouveau.

« Quand j'y pense, je ne t'ai même pas taquiné, jamais.

Et voilà soudain qu'elle pleurait. Mais elle a essuyé son visage et elle a cessé.

J'avais mal au ventre. Nous marchions sans parler. Nous balancions tous les deux les mains comme tout le monde fait toujours dans la marche, par automatisme, et j'ai songé « et si jamais elles se touchaient par accident ? ». Je me suis écarté d'elle alors que c'était précisément ce que je voulais. Le soleil faisait à son nez une ombre violette de travers sur son visage. Le rebord en était parfaitement droit, rectiligne, à cause de la forme de son nez, comme si quelqu'un l'avait dessiné.

« Tu dois être gelé, elle a dit.

J'ai répondu que non, ce qui était faux, mais je ne souhaitais pas qu'elle le sache. D'ailleurs, elle n'a pas offert de me rendre ma veste, montrant bien par là qu'elle avait froid elle aussi, alors qu'elle avait dit le contraire. J'ai cru qu'elle allait se remettre à pleurer mais elle s'est remise à parler.

« Au bout de quelques mois à Evelyn Janeway — voilà que je me remets à te raconter ma vie, au cas où tu ne t'en serais pas rendu compte — au bout de quelques mois, je m'ennuyais tellement que j'ai commencé à faire des fugues. A partir, quoi. J'allais toujours dans une grande cafétéria qu'il y avait et personne ne m'ennuyait parce qu'il y avait sans cesse des allées et venues innombrables et tout le monde pensait que j'étais la fille d'un des clients. Je m'asseyais dehors, dans la rue, pour bavarder avec les gens en faisant semblant d'attendre mes parents qui devaient sortir d'une minute à l'autre. Je mentais constamment. Je disais que j'étais à Tiffen provisoirement, parce que mon cheval était à l'hôpital pour y subir une opération à la suite d'une chute dans une course d'obstacles. Je devais me prendre pour une vedette, vraiment. Je disais aux gens qu'on avait entièrement enroulé mon cheval dans des bandes velpeau après l'avoir enduit de pommade.

« Et puis une fois, à un bonhomme, j'ai raconté que j'étais une prostituée. Je crois bien que j'avais onze ans. Je ne savais même pas ce que le mot signifiait, je l'avais entendu quelque part. Je croyais que c'était une espèce d'infirmière, je pense. Ce que c'était drôle, il me bombardait de questions et moi j'inventais des réponses, et puis voilà que d'un seul coup la lumière s'est faite, j'ai compris ce que cela voulait dire, j'ai compris ce dont le bonhomme parlait...

Elle a porté la main à la bouche et elle s'est mise à trembler. Je ne savais pas quoi faire. Je la regardais. Elle a pris une profonde inspiration.

« Je me suis rendu compte qu'il parlait de ce que nous avons fait, Gil, cette nuit-là. Cela ne m'était jamais apparu de cette façon et voilà que, d'un seul coup, c'était comme ça, si horrible.

J'ai mis ma main sur son dos. Elle a appuyé sa tête contre moi.

« Le lendemain, je suis allée chez ma tante et je lui ai parlé du bonhomme. Elle n'a pas pipé mot ; elle m'a laissée pleurer comme si elle s'en fichait éperdument. Et puis elle m'a dit que je grandissais, voilà tout, et qu'il me faudrait faire face à l'avenir, et plus seulement au passé et que d'ailleurs je découvrirais probablement que c'était la même chose. J'ai couru dans l'autre pièce en criant et en sanglotant, mais elle n'est pas venue à mon secours. J'y ai pensé pendant une semaine. Je ne suis pas allée à l'école du tout. Et puis je me suis avisée que ce qu'elle avait dit n'était pas si terrible parce que le passé avait été beau, j'avais été heureuse. Seulement, désormais, il me fallait démêler tout ça. Le passé, je veux dire. Et c'était toi, tu sais. Le passé, c'était toi.

Moi, le trottoir, j'ai toujours trouvé qu'il ressemblait à un cake avec des fruits. Il y a des cailloux, des morceaux de pierre de différentes couleurs, et puis le béton pour faire le gâteau proprement dit ; en tout cas c'est comme ça que je le vois. Brusquement, Jessica a laissé sa main toucher la mienne, elle l'a fait exprès, mais moi je me suis écarté. Alors elle a fait semblant que ç'avait été un accident. Et puis je me suis mis à me demander si elle avait fait semblant ou si ç'avait été un accident. Alors j'ai touché sa main d'un air dégagé.

« C'était toi, disait Jessica en remuant doucement la tête.

J'ai fermé les yeux. Une voiture a tourné le coin de la rue, elle était pleine de garçons et de filles qui nous ont crié des choses. L'un d'entre eux portait un pompon rouge et noir qui signifiait Cooley. J'avais l'impression d'en être à des kilomètres, à des années, je ne sais pas.

Nous sommes arrivés à Coyle Park. C'est le lieu de plus d'une escapade de mon enfance, et pas forcément heureuse. J'y allais parfois pendant l'école, quand j'étais petit, parce que les « grands », dans la cour de récré, écrasaient des sauterelles pour en faire sortir du « jus de tabac » et que c'était cruel d'après moi et que les sauterelles aussi ont le droit de vivre. Shrubs le faisait aussi, mais pas quand je regardais parce qu'il savait que cela me mettait dans tous mes états et qu'une fois il avait même dû se battre avec un grand à cause de ça et que j'étais allé à son secours.

Les balançoires étaient mouillées. Jessica a choisi une planche à ressorts et s'est assise dessus. Elle a poussé avec les pieds. Les ressorts faisaient du bruit. Je jure qu'ils disaient *oui*. Il faisait presque noir.

« Ma tante était dans l'armée, elle était WAC pendant la guerre, a dit Jessica. Elle était à Amsterdam en Hollande. Elle a rencontré un type là-bas, qui était tailleur, et ils sont tombés éperdument amoureux. Seulement, elle était en permission — c'est comme ça qu'on dit ? — Bref, elle a dû s'en aller. Ils se sont jurés de s'écrire. Elle est revenue à Tiffen et elle n'a jamais reçu de lettre.

« Elle habitait avec sa mère et la mienne. Elle écrivait à l'homme d'Amsterdam, mais il ne lui répondait jamais. Elle continuait à lui écrire malgré tout.

« Elle a fini par se marier, là-bas, à Tiffen, avec un brave homme qui lui a fait deux enfants. Et puis un jour ma grand-mère est morte. Et ils ont découvert dans le grenier une boîte gigantesque qui contenait sept cents lettres du tailleur d'Amsterdam. Sa mère le lui avait caché pendant toutes ces années. Elle les interceptait parce qu'elle estimait que ma tante était trop jeune pour une relation aussi profonde et tout ça et, disait-elle, ce n'est pas bien qu'une personne occupe toutes vos pensées. Ma mère aussi était au courant, à ce qui est apparu alors.

« Et ma tante est partie pour Amsterdam, en Hollande, comme ça. Elle a abandonné son mari et ses enfants. Et figure-toi que le tailleur y était encore et même qu'il habitait au même endroit. Elle s'est installée avec lui. Il ne s'était jamais marié parce qu'il n'aurait jamais pu s'habituer, disait-il, à une autre que la femme de ses rêves. Evidemment, j'ai du mal à imaginer comment ma tante a pu être la femme des rêves de qui que ce soit. Mais ils se sont mariés. Six semaines plus tard, il est mort. Une espèce de cicatrice, quelque chose, dans son cœur, qui avait lâché, et il est mort.

« Des choses comme ça, ça n'arrive pas dans la vraie vie, a dit Jessica.

Elle a immobilisé la planche à bascule avec son orteil et elle s'est levée.

« Et puis pourtant, si, quand même.

J'ai appris beaucoup plus tard que Bonnie Goode avait quitté le match avec le Président des terminales, bourrés tous les deux, sans aucun doute. Mary Lynn Zupke était probablement avec toutes les autres groupies et les joueurs à la surboum qu'ils sont censés organiser après chaque match et qui se termine par des parties de strip-poker. Et Shrubs m'a raconté qu'il avait pris le bus tout seul pour rentrer à la maison. Il avait attendu à l'arrêt dans le noir avec son uniforme et son basson, et quand il était monté une fille lui avait demandé ce que l'uniforme signifiait. Il lui avait dit qu'il allait s'engager dans la légion étrangère. Un truc qu'il avait vu au cinoche.

— Tu l'as vu, toi, le bonhomme de la lune ?
— C'est un visage ? Une tête, je veux dire ? Je n'ai

jamais réussi à savoir si les gens pensent à un visage ou à un bonhomme tout entier avec son corps. Tu l'as vu, toi, Gil ?

— Une fois, à la télé, dans l'émission de Jackie Gleason. Au début, sa tête recouvre la lune, en surimpression, comme si c'était lui le bonhomme de la lune...

Nous étions assis à l'intérieur de la diligence pour rire qu'on a construite dans Coyle Park pour que les gosses grimpent dessus. Nous regardions la lune par la fenêtre.

« Qui c'était, assis près de toi au match ?

— Un ami, a dit Jessica. Quelqu'un que je connais. Mon fiancé. Il est avocat. On dirait vraiment du fromage, tu ne trouves pas ?

Je me suis souvenu d'un dessin animé de Tom et Jerry. Ils allaient dans la lune à cheval sur un pétard et découvraient qu'elle était en gruyère. Tom et Jerry ne parlent pas. Il y a toujours de la musique classique et ils se refilent des grands coups de poêle à frire sur la tronche. C'est vraiment pour les gosses. Je les déteste affreusement. J'ai pensé à Tom et Jerry dans la diligence quand Jessica a parlé de son fiancé et j'ai eu mal au ventre à cause de cette haine que j'ai pour Tom et Jerry, probablement — mais c'était peut-être autre chose. Tom et Jerry sont une insulte à mon intelligence, qui n'est pas négligeable, bien que j'aie seulement seize ans et que je ne sois pas si vieux que ce type, ni avocat. D'un seul coup, j'ai fondu en larmes mais je suis assez mûr pour savoir m'arrêter. Je suis plus mûr que la moyenne pour mon âge même si je ne suis pas aussi vieux que ce type, ni avocat.

« Ne fais pas ça, elle a dit.

Parce que je donnais des coups de poing dans la diligence comme elle avait fait dans la Mustang, seulement moi je saignais.

« Allez, viens, on a besoin d'exercice, elle a dit.

Et elle a attrapé ma main, elle m'a fait descendre de la diligence et elle s'est mise à courir. Mais je l'ai lâchée et elle a disparu dans le noir. Alors je suis resté là, seul avec mon mal au ventre, si épouvantable que je tenais à peine debout. La lune s'est couverte d'un nuage. J'avais l'impression d'être perdu quelque part, j'aurais voulu m'endormir.

Elle m'a attrapé par-derrière en riant aux éclats et ça m'a surpris et je l'ai frappée et je ne sais vraiment pas pourquoi. Elle m'a tourné le dos. Je l'ai suivie. Je lui ai dit que je ne l'avais pas fait exprès, que je ne l'avais pas fait exprès que j'avais été surpris et elle a dit je sais je sais. On a traversé le parc alors sans dire un mot mais on entendait les télévisions qui gueulaient dans toutes les maisons. Jessica s'est arrêtée sous un arbre, elle a laissé les branches basses lui frotter le visage, les yeux.

— Une fois j'ai vu un homme qui courait dans un parc comme celui-ci. Il riait comme un fou parce qu'il avait son petit garçon sur les épaules et qu'ils s'amusaient tellement. Il ne savait pas, il ne se rendait pas compte que les branches des arbres fouettaient le visage du petit garçon. Le petit garçon hurlait, seulement son père ne l'entendait pas tellement il riait fort. Quand il s'est arrêté, le petit garçon avait la figure toute couverte de sang. C'était la première fois de ma vie que je voyais un homme pleurer.

Je l'ai regardée.

— Pourquoi tu es revenue, Jessica ?

Elle a pris la branche dans sa main et elle en a arrache les plus menues brindilles.

— Je n'ai eu que des A à Evelyn Janeway. J'étais brillante sans jamais travailler. Je ne me suis jamais intéressée à l'école, sauf une fois. C'était un homme, un prof. J'avais envie de l'impressionner, alors j'ai travaillé un peu. Je l'ai invité à venir prendre un café avec moi, ça a déclenché une émeute. Il était barbu je me souviens. J'avais quatorze ans.

> *T'es pas sympa*
> *Mais je t'aime.*
> *Je peux pas t'embrasser,*
> *Mais je peux pas m'en passer.*

Jessica a passé ses doigts à travers le grillage et elle a appuyé son menton sur ses mains. Quelqu'un dans la rue a gueulé c'est pas bientôt fini ce boucan, mais les autres ont pas baissé la télé.

> *Oh oh oh*
> *L'effet que tu me fais.*
> *J' t'aime comme un fou.*
> *Tu m'as vraiment mis le grappin dessus.*

Jessica a secoué la tête.

« Je ne veux pas devenir folle, elle a dit.

Dans le ciel la lune a été coupée en deux par un autre nuage. Jessica a lâché la clôture, puis elle l'a reprise.

« Je ne veux pas devenir folle, elle a dit.

J'ai écarté ses mains de la grille et nous sommes sortis du parc. Elle a pris une de mes mains et elle l'a mise derrière son dos puis elle a pris l'autre dans une des siennes et elle l'a tenue — comme ça, un peu écartée sur le côté. On est restés dans cette position longtemps. Et puis elle a commencé à avancer et à reculer les pieds devant les miens, si petits qu'on les voyait à peine bouger, ses pieds. J'ai remué les miens. Nous les avons remués l'un devant l'autre et puis l'un à côté de l'autre et puis les uns entre les autres.

Un peu plus tard, la musique qui venait de l'autre côté de la rue s'est arrêtée. Peut-être que quelqu'un avait fermé sa fenêtre. Mais Jessica gardait sa main derrière ma nuque. J'ai remarqué que dans le ciel la lune était, semblait, bien plus bleue que d'habitude, et on aurait dit qu'elle planait, comme si quelqu'un avait lâché sa ficelle ou quelque chose comme ça, à peu près.

9

John dit que *Lucy in the Sky* est un truc que son fils a dit, mais ça paraît une rude coïncidence et c'est peut-être une chanson sur la drogue comme tout le monde a l'air de le penser. Shrubs, lui, ne croit pas que ce soit vrai et il pense que *With a Little Help from my Friends* est une chanson sur les amis. Mais Jeffrey, bien sûr, dit que tout ça, c'est des histoires de drogue. Il n'a la tête qu'à ça.

Nous en avons discuté le lendemain du match, quand Shrubs est venu, comme d'habitude, parce que c'était samedi matin. Il a fait sa « descente » habituelle sur la bonbonnière du salon et puis il s'est amené dans ma chambre où j'étais sur mon lit, en position allongée.

— C'est tout ce que t'as ? il a dit. Rien que de la « soul » ? Rien de psychédélique ? Tu as ces disques-là depuis des années. Quand est-ce que tu vas t'en payer des nouveaux ?

Je ne me suis pas donné la peine d'exprimer une réponse, totalement épuisé que j'étais pour des raisons évidentes. J'avais encore eu mon rêve, pendant la nuit, celui que je fais souvent depuis l'âge de huit ans. Shrubs ramasse toujours tout ce qu'il y a dans ma chambre comme s'il était détective privé ou je ne sais pas quoi du genre alors qu'il connaît certainement tout par cœur puisqu'il est mon ami depuis avant la naissance.

Il s'est allongé sur l'autre lit. C'était celui de Jeffrey quand Sophie couchait chez nous. Ensuite il a pris sa chambre. Il y dort encore quand il vient à la maison en fin de semaine.

« Je ne sais pas, moi, The Association, paye-toi au moins ça, a dit Shrubs.

Il adore The Association parce qu'il a réussi un jour à embrasser Rochelle Weinstein pendant que *Cherish* passait sur l'électrophone.

« Jeff revient ?

— En principe, répondis-je. Pose donc ça.

— Je ne l'abîme pas. Il revient en car ?

— En bécane.

— Tes vieux sont au courant ?

— D'après toi ?

Les vieux, c'est-à-dire les parents. Ils ne le savaient évidemment pas, je crois qu'ils en seraient morts.

— C'est la bécane à son copain de chambre, poursuivis-je. Une Harley. Ils viennent tous les deux passer samedi et dimanche ici.

— Ça doit encore être un hippie.

— Effectivement.

— Ça va chier dans la colle.

— T'es vraiment obligé de parler comme ça, comme un débile ? Figure-toi que je ne sais même pas ce que cette métaphore signifie.

— Pas la peine de me traiter de débile simplement parce que tu n'es pas intelligent. Si t'étais un si grand poète, tu comprendrais sûrement ce que ça veut dire.

— Mais tu l'es, débile ! Il faut être débile pour oublier sa propre combinaison.

— Je ne l'ai pas oubliée. Je me suis un peu emmêlé les pédales. Quelqu'un a essayé de forcer mon casier et mon basson y était.

— Ben voyons, tout le monde veut te piquer ton basson.

— D'où vient cette photo ? a demandé Shrubs, préférant changer de sujet comme il n'arrête pas de le faire pour éviter de faire la preuve de son imbécillité.

— Tu rigoles ? Ça fait seulement sept ans qu'elle est là. Tu es aveugle ou quoi ?

— Décide-toi, qu'est-ce que tu veux savoir au juste ? Si je rigole ou si je suis aveugle ?

— L'un n'empêche pas forcément l'autre. J'ai écrit pour me la faire envoyer, figure-toi, quand j'étais gosse, je l'avais vue sur la dernière page de *Parade*. Elle est au mur depuis mes neuf ans.

En fait, c'était un tableau intitulé *Courir libre* et représentant un troupeau de chevaux sauvages dans les plaines de l'Ouest. Oh, bien sûr, à côté de Picasso, c'est du travail d'amateur, mais ça me rappelle quelque chose que personne d'autre ne comprend. On dirait parfois qu'ils sont réels et qu'ils sortent du tableau pour sauter dans ma chambre. J'entends même le tonnerre de leurs sabots. Je ne l'ai jamais dit à personne de peur de passer pour dingue.

— Et puis quoi, hein ? T'as vraiment que de la « soul » ? Rien de psychédélique ?

Eh bien oui, moi c'est la « soul ». Surtout les Temptations. Il se trouve qu'ils sont de Motown, c'est-à-dire de Detroit. Tous les ans, nous allons au Folks Theatre voir la *Motown Review ;* il y a les Temptations, les Miracles et Little Stevie Wonder, qui est aveugle, et encore des tas d'autres. Nous sommes les seuls Blancs de la salle et nous craignons pour nos vies mais on y va quand même parce que c'est vraiment génial.

De tous les succès des Temptations, c'est *My Girl* que je préfère.

« On est vraiment obligés d'écouter ce truc-là encore une fois ? dit Shrubs.

— Je ne m'abaisserai même pas à te répondre.

Et puis je me suis rendu compte qu'il me dévisageait. Je me suis tourné sur le côté. J'ai soutenu son regard et j'ai vu qu'il était tout à fait sérieux. J'ai attendu qu'il détourne les yeux, mais il n'en a rien fait.

— Pas la peine de me demander si je veux ta photo, hein, qu'il a dit. Parce que je te connais depuis avant ta naissance et que j'ai le droit de savoir, figure-toi.

— De savoir quoi ?

— Tu le sais très bien.

Evidemment, il parlait de Jessica. Je me suis retourné contre le mur. On ne sait jamais quoi dire. J'ai fermé les yeux. J'avais la tête comme une citrouille par manque de sommeil. C'est ce que Shrubs appelle une « excursion existentialiste » parce que nous en avons fait une ensemble l'an dernier, quand nous sommes allés rendre visite à Jeffrey à la fac à la suite d'une dispute avec mes parents et que nous avons fini par passer une nuit blanche avant de rentrer à la maison en Greyhound. Shrubs était venu pour me tenir compagnie dans ma fugue.

Il a dit qu'il avait la tête comme une citrouille le lendemain. C'est ce qu'il dit aussi au lendemain de ses soirées d'ivresse — oui, il en a, parce que c'est un faible et qu'il se laisse entraîner.

« Alors ? qu'il a fait.

Je me suis retourné vers lui et je l'ai regardé. On a entendu quelque chose cliqueter dans la cour et puis le bruit d'un moteur. J'ai tout de suite su que c'était la Harley Davidson.

— Eh, les gars ! a beuglé mon père dans l'escalier, signalant que le déjeuner était prêt.

Je me suis levé pour passer dans le vestibule.

« V'nez donc manger c'te soupe !

— Pourquoi est-ce que ton père parle toujours comme un péquenot ? a demandé Shrubs.

Je suis descendu dans la salle de bains du rez-de-chaussée pour faire ma toilette. Shrubs m'y a suivi et nous avons fait de l'escrime au-dessus des chiottes avant d'aller à table.

— Tout est en place, tout est décidé, disait Jeffrey, debout les bras ballants. Il y a bien longtemps que tout était en place. Ça fait des millénaires. Des années-lumière.

Il souriait en dodelinant de la tête. Il avait les yeux troubles, presque vitreux, et il passait sans arrêt la main dans ses cheveux longs. Puis il s'est couvert le front et les yeux et il a laissé tomber :

« Tout est si beau.

— Qu'est-ce qui est si beau ? a demandé ma mère. Dave, qu'est-ce qui est si beau ?

Mon frangin a cessé de s'intéresser à ses cheveux pour la regarder.

— Tout. Tout est beau. Tu ne le vois donc pas ?

— Qu'est-ce que je ne vois pas ?

— Ecoute, Jeff..., a commencé papa.

— Non ! Ne dis rien ! Les mots ne sont qu'illusion ! Ils mentent. Ils sont sans magie.

Il a refermé les yeux et souri encore une fois.

« Et ça aussi, c'est beau.

Un type se tenait près de lui. Il était grand, blond, portait un maillot serré, un blue-jean et des bottes de moto. Il était bronzé. Il ne cessait jamais de sourire béatement mais ne disait strictement rien. Il avait des yeux bleus avec lesquels il jetait de temps à autre un regard à la Harley dans son dos. Elle était peinte en noir et une espèce de fourche chromée se dressait derrière la selle à la place du dossier.

— Je ne comprends pas, Jeffrey, a dit notre mère. De quoi parles-tu ? Qu'est-ce que tu racontes ?

— Je parle de tout, maman. De tout qui est dans tout et réciproquement, à jamais dans les siècles des siècles.

Il s'est couvert les yeux de la main et a rejeté la tête en arrière. Ses ongles étaient rongés jusqu'au sang.

— Tu ne crois pas que ça fait beaucoup ? a dit ma mère.

Elle a regardé Shrubs.

— Je crois qu'il parle de tout, qu'il a dit ce débile.

— Bon, eh ben, ça ne change rien à rien, mon p'tit gars, a dit mon père. Parce que moi je te fiche mon billet que tu ne vas pas tailler la route vers le Nord sur cet engin de mort, et puis un point c'est tout.

— Tu pourrais te tuer là-dessus, ajouta ma mère.

— Je ne sais pas quelles fadaises on t'a mises dans la tête dans cette université, mais j'aime mieux te dire que si c'est ça que doivent me rapporter mes deux mille dollars par an de frais de scolarité, tu vas pouvoir cesser de compter sur moi, mon bonhomme.

— Ce que ton père veut dire...

— Chérie, je n'ai pas besoin de traducteur. Ce que je veux dire, c'est que je suis encore ton père et que t'as beau me dépasser d'une tête, je suis encore capable de m'occuper de toi, mon bonhomme. Alors dis-toi bien que je n'aime pas beaucoup ton allure, ni celle de ton petit copain, d'ailleurs. Tu vas me faire le plaisir de cesser de raconter des conneries — au risque de choquer tes oreilles fragiles — et tu n'iras nulle part sur cette moto. Maintenant si tu veux discuter, on sera deux et ce sera à coups de botte dans le train, mon p'tit bonhomme.

Jeffrey regardait mon père.

— Comme c'est beau, il a dit.

Mon père s'est frappé les flancs en un geste qui lui est très caractéristique.

— Non mais ! On se saigne aux quatre veines pour l'envoyer à Ann Arbor et il nous revient de Mars...

— Peut-être que nous le comprendrons mieux quand il aura mangé, dit ma mère. Il s'exprimera différemment.

Elle entreprit de cuire les œufs qu'elle avait préalablement brouillés.

— Non ! a hurlé Jeffrey tout d'un coup. Non ! Non ! Non !

Il s'est avancé au centre du cercle de famille (qui n'a pas applaudi à grands cris) et il s'est laissé tomber à genoux.

« Oui ! Oui ! Oui ! a-t-il vociféré.

— Quoi ? a demandé ma mère.

— Quoi ? Quoi ? Quoi ?

— Fiston...

— Fiston !

Jeffrey s'est couvert les oreilles avec les mains. Alors sa bouche s'est ouverte et ses yeux se sont un peu agrandis. Il a levé les yeux sur le globe qui pendait du plafond. Il s'est frappé la poitrine du poing.

« Fiston ! a-t-il hurlé en élevant les mains vers la lampe sur laquelle on pouvait lire au pochoir GE pour General Electric. Je suis fils du soleil !

Ma mère a détourné les yeux. Shrubs s'est penché vers elle.

— C'est une image, qu'il a dit.

— Debout ! a dit mon père. Conduis-toi comme un homme au lieu de te vautrer par terre comme une mauviette !

— Mais je suis un homme, a répondu Jeffrey, pleurant à chaudes larmes. Je suis tous les hommes. Je suis l'homme et l'homme est moi.

Il a rampé jusqu'à son copain qui restait comme une statue.

« Nous ne faisons qu'un, c'est pourquoi nous devons y aller ensemble.

— Dans le Nord ? Parfait. Mais allez-y en autocar.

— Non, nous devons chevaucher Pégase.

— Pégase ?

— C'est la motocyclette, Dave, c'est le nom qu'il donne à sa motocyclette.

— Chérie, je me fous du nom qu'il donne à sa motocyclette...

— Il faut qu'on chevauche Pégase ! Mais bon Dieu ! Essaye de me comprendre !

Jeffrey s'est mis à marteler le plancher de ses poings, riant et pleurant alternativement.

« Nous ne faisons qu'un, tous, tu ne vois pas ? Nous sommes tous des anges et des putains. Je suis un ange moi aussi. Tu es un ange et une putain. Maman est une putain...

— Debout, salopard !

Papa a attrapé Jeffrey par sa chemise et l'a repoussé contre le lave-vaisselle.

« Tu traites ta mère de putain, maintenant, bougre de salopard !

Il l'a violemment tiré en avant puis d'une secousse l'a repoussé contre le four.

« Tu vas voir, je vais te casser la gueule, moi...

— Oui ! a hurlé hystériquement Jeffrey. Oui, casse-moi la gueule !

— Ferme-la !

— Casse-moi la gueule puisque t'es tellement con...

Alors là, Jeffrey a brusquement regardé sur le côté, mais ce n'était pas un vrai regard, c'était simplement la baffe de papa qui lui avait fait tourner la tête. Il s'est dégagé d'une bourrade et il a commencé à tituber en rond, pliant et redressant les genoux, les yeux fixés au plafond, la bouche ouverte.

Et puis il a frappé notre père. Il était plus grand mais pas aussi musclé. Mais il l'a frappé sauvagement en pleine poitrine parce qu'il n'était pas loin d'avoir totalement perdu les pédales. Papa est tombé

à la renverse sur la machine à laver la vaisselle qui a
reculé cette fois sur ses roulettes et il a bien failli se
flanquer la gueule par terre. Sauf qu'il s'est retenu à
la dernière minute. Il a regardé Jeffrey en riant. Il
s'est redressé et s'est mis en garde, les poings fermés
comme un boxeur. Et il s'est approché en soufflant
et en décochant à Jeffrey des directs du gauche. Il
lui en a balancé un dans l'épaule en riant. Jeffrey
est tombé par terre en braillant comme un bébé.
Jamais je ne l'avais entendu brailler comme ça, à
croire que le sang allait lui jaillir de la gorge. Brusquement, il a bondi et s'est jeté sur mon père à toute
vitesse.

— Entre père et fils ! a crié ma mère.

Moi je regardais calmement. Je me suis approché
du copain de Jeffrey et je l'ai regardé dans les yeux. Il
souriait toujours. Je l'ai fixé jusqu'à ce qu'il détourne
les yeux. Ses regards allaient d'un membre de ma
famille à l'autre. Il n'arrêtait pas de sourire.

— Tu as tort, je lui ai dit.

Et puis je suis sorti par la porte de derrière, j'ai
écarté la moto et j'ai sorti l'Oldsmobile du garage.

— Son pantalon était entièrement couvert de peinture fluorescente. Ma mère a dit qu'elle l'avait payé
treize dollars chez Hudson.

Elle riait. L'odeur de son parfum me parvenait à
travers toute la banquette avant, une distance plus
grande que je ne l'aurais souhaité parce qu'elle était
assise tout contre sa portière au lieu de se glisser
contre moi comme j'espérais dans mon for intérieur
qu'elle allait le faire.

— Et moi ? a-t-elle demandé.

— Toi ?

— Qu'est-ce que tes parents pensent de moi, de mon retour ?

— Je ne leur ai rien dit.

Eh oui, je cache des choses. Ma poésie, par exemple. Parce que ma mère la lirait, quand elle passe l'aspirateur dans ma chambre, et puis elle irait s'imaginer que je suis torturé, ce qu'elle ne se prive pas de faire en tout cas. Elle ne me comprend pas, mais j'imagine que c'est normal puisque personne ne me comprend.

— Tu l'as dit à Shrubs ?

— Pas vraiment. Il m'a posé des questions. Il a peur de toi.

Je m'attendais à ce qu'elle me demande pourquoi, mais non. Elle a simplement hoché du chef de l'air de savoir.

« Il a peur de ce que tu me feras faire, ai-je ajouté. Elle m'a regardé mais n'a pas pipé mot.

— Je déteste cette maison, a-t-elle dit. Ma mère n'a absolument aucun goût.

Je n'ai pas répondu. Je n'arrivais pas à décider si Jessica évitait certains sujets de conversation ou si elle avait au contraire une manière de penser inhabituelle qui expliquait le décousu de nos conversations. C'était peut-être moi. La maison avait l'air très respectable pour une maison de banlieue. Southfield est surtout habité par des Juifs, mais Jessica ne l'est pas, ce qui tuerait ma mère si elle l'apprenait.

— De quelle religion es-tu ? j'ai demandé à Jessica.

— Quelle importance ?

J'ai donné un coup de poing dans le volant. L'avertisseur n'a pas résonné — il est de côté sur les Oldsmobile.

— Je demande, comme ça.

Bouddhiste, comme les Beatles.

— Ils ne sont pas bouddhistes. Hindouistes.

— Ma mère n'a absolument aucun goût.

Elle a passé le doigt le long de la vitre en le faisant monter et descendre comme un enfant. La vitre était sale. Elle a essuyé son doigt sur son blue-jean, l'a léché puis l'a sali de nouveau. Elle a croisé les mains et les a décroisées deux fois de suite. Et puis elle a pris une profonde inspiration et elle s'est vidée les poumons. Elle remuait les épaules.

« Je te demande pardon de t'avoir rendu fou, elle a dit. J'en accepte l'entière responsabilité.

— Je ne suis pas fou, ai-je dit avec colère.

— Non, je veux dire avant. Autrefois.

— Je n'étais pas...

Il n'y avait pas moyen qu'elle me regarde, c'était très inhabituel chez elle, une vraie championne pour vous faire baisser les yeux.

« Je n'étais pas fou non plus à ce moment-là. Mentalement instable, c'est tout.

Elle a de nouveau hoché la tête. Elle le faisait énergiquement, comme une machine, comme une voiture qui n'aurait pas réussi à démarrer.

— Très bien, Gil. Pardon de t'avoir rendu instable, alors.

— Jessica...

— Pardon pour tout, ça va comme ça ?

— Non.

— Très bien. Pardon pour rien alors.

— Où va-t-on ? a demandé Jessica.

Je pensais m'éloigner, mais je ne savais pas trop de

quoi. L'endroit que Jessica habitait, Southfield, est un véritable dédale de petites rues banlieusardes qui tournent dans tous les sens, contrairement à la ville à laquelle je suis plus habitué et où tout est rectiligne. Alors je conduisais en faisant attention à la signalisation et tout ça. Il y a des tas de noms d'arbres, de fleuves et d'oiseaux dans les banlieues. Il y a même une rue qui a été baptisée en mon honneur. Mon père a fait des travaux dans un lotissement et ils l'ont appelée Gilbert Lane. Je n'y suis jamais allé.

Je conduisais assez vite malgré la limitation à trente-cinq kilomètres heure. J'ai débouché dans Eleven Mile Road. Il n'y avait pas beaucoup de circulation en cette fin de semaine et je pouvais rouler longtemps sans m'arrêter. J'ai gagné la voie express, j'ai pris la file de gauche, et j'ai foncé. Jessica avait sans aucun doute un peu peur de ma façon de conduire, mais j'en avais marre que les autres me dictent toujours ma conduite. Et puis je pensais à quelque chose.

Je me mis à m'imaginer que Jessica et moi étions en route pour quelque part, une espèce de voyage. Je me représentais des vaches et tout ça, un décor agreste avec des pins, que je trouve extrêmement ravissant quant à moi. J'imaginais un pré avec une génisse et sa mère et puis Jessica et moi, je nettoyais le ruisseau.

— Attention ! m'a averti Jessica quand j'ai failli heurter une barrière signalant des travaux sur la chaussée.

Mais elle n'a pas ajouté un mot. Elle a baissé sa vitre. J'ai compris qu'elle aimait ça, la vitesse.

— Ta ceinture est attachée ? me suis-je enquis.

Je savais que non. J'ai détaché la mienne.

— Tu sais, c'est souvent en roulant trop lentement qu'on cause des accidents, elle a dit.

— Tu es bien bonne de me l'apprendre, j'ai répondu.

Je n'avais pas envie de bavarder parce que j'étais plongé dans mes pensées. Je suis sorti de la voie express, j'ai fait demi-tour par la bretelle et je suis reparti dans l'autre sens, en respectant scrupuleusement la limitation de vitesse.

— Où allons-nous ? a demandé Jessica.

— Qui sommes-nous, d'où venons-nous..., j'ai dit.

— Quoi ?

— ... Où allons-nous ? Qui sommes-nous, d'où venons-nous, où allons-nous ?

— Qu'est-ce que tu racontes ? Ce type va nous rentrer dedans si tu n'accélères pas.

Je ne lui ai pas répondu. Je ne sais pas pourquoi je lui avais dit ça. La maladie mentale, probablement.

— Et ta mère ? ai-je demandé.

— Et ma... Mais qu'est-ce que tu racontes d'un seul coup ? a dit Jessica.

Je suis resté muet et elle s'est rapprochée de moi sur la banquette. Elle a posé la main sur ma jambe, réussissant ainsi à attirer mon attention.

— Ta mère, Jessica. Elle est au courant ?

— Ah.

Elle a retiré sa main. Je lui ai jeté un coup d'œil et j'ai vu qu'elle fixait la rue au loin. Elle a fermé un œil et sa tête s'est mise à dodeliner.

Elle m'a regardé.

Je savais qu'elle regardait une petite tache sur la vitre, un œil fermé, pour la faire sauter par-dessus les maisons et les arbres à mesure qu'ils défilaient derrière la fenêtre. C'est quelque chose que je faisais quand j'étais petit, et qu'il m'arrive encore de faire parfois, sans que personne ne le sache. Je savais qu'elle le faisait aussi.

Elle m'a dévisagé. La route a viré d'un côté puis de l'autre et la circulation est devenue plus dense quand nous sommes arrivés au centre. Nous avons pris Eight Mile Road. Je sentais ses yeux fixés sur moi, sans cesse, avec insistance, mais je gardais les miens sur la route, songeant à la sécurité mais par timidité aussi. Elle avait les yeux très puissants, mais je n'ai jamais compris comment on peut sentir un regard avec son épiderme, ça doit être de la para-psychologie.

« Elle a peur de moi, a fini par dire Jessica.

— Qui ?

— Ma mère. Elle a peur de moi. Elle sait que je me moque de ses opinions et que je ne compte plus sur elle pour rien.

— Ah bon, ai-je répondu en tournant dans Greenfield.

Northland se profilait de l'autre côté de la voie express. C'était ironique — au moment même où nous parlions de sa mère.

« Tout le monde a peur de toi.

— Il n'y a pas de quoi se vanter, elle a dit.

— Est-ce qu'elle t'a parlé de la fois où..., commençai-je, mais elle n'écoutait pas ; elle avait recommencé à regarder par la fenêtre et j'ai décidé d'invoquer le cinquième amendement.

Il m'arrive de penser que mon cerveau est comme un œuf cru. Tant qu'il est dans mon crâne bien au sommet, tout va bien. Et puis ils se met à couler, à rouler lentement de côté. Je peux bouger la tête juste à temps pour le remettre en place et bientôt il se met à couler vers l'autre côté. Il faut que je le remette en place à chaque seconde, que je l'aie perpétuellement à l'œil. Si je relâche mon attention et que je le laisse couler, je serai fou. Je ne suis tranquille que quand je dors. Et le matin, ça recommence.

Je me suis garé devant Big Boy, le restaurant d'une chaîne de hamburgers, nous sommes allés nous asseoir à une table qui n'avait pas encore été débarrassée et il y avait du ketchup partout. Je suis un expert en ketchup. Le meilleur c'est Heinz, qui est aussi le plus utilisé. Le pire, c'est Del Monte, parce qu'il a beaucoup trop goût de tomate (je sais que ça paraît bizarre, mais c'est comme ça). Jessica a commencé à empiler les assiettes et elle a éclaboussé sa chemise de ketchup.

— Tu m'as eue, a-t-elle dit en faisant semblant de mourir.

J'ai ri parce qu'elle était vraiment drôle. Je l'avais déjà vue jouer la comédie, à l'auditorium de l'école, quand nous étions petits. Je riais sans pouvoir m'arrêter. Quand elle m'a vu rire, elle a souri.

« Tu devrais essayer ça plus souvent, ça te va bien, qu'elle a dit.

Je me suis arrêté aussitôt. Ça ne m'avait pas plu. Elle avait dit ça — comme ma mère.

Brusquement, elle m'a jeté du ketchup.

— Tu es vraiment puérile, je lui ai dit.

— Oui, m'a-t-elle répliqué.

Nous nous sommes regardés. Le ketchup était juste à la place de mon cœur.

La serveuse est venue et nous a foudroyés du regard parce que nous nous étions conduits comme des

gamins et que nous avions fait du bordel — alors que
le bordel existait déjà à notre arrivée. Elle a ramassé
les assiettes, ses ongles étaient tous rongés.

« Pourrions-nous voir la carte ? a dit Jessica.

Brusquement, sa voix était celle d'une vedette de
cinéma.

Deux nanas étaient assises dans le compartiment
voisin du nôtre. Nous n'étions séparés que par des
plantes en plastique, ce qui fait qu'on ne perdait pas
un mot de leur conversation si on avait envie de
l'écouter.

— Je me souviens des miennes, disait la blonde
dont la voix était un peu rauque pour une fille et qui
avait les ongles vernis de rose. Ça m'a flanqué une de
ces trouilles, je te jure. Et puis ma mère m'a dit que
c'était normal, naturel.

Elle mâchait violemment du chouinegomme. On
l'entendait de notre place. Elle le faisait craquer
comme ma mère.

« Et pourtant je m'y attendais et ça n'a rien
changé. Ça m'a quand même flanqué la frousse.
J'avais acheté un truc un an à l'avance, à tout hasard.
Je gardais ça dans mon sac. Tu sais à quoi ça
ressemble après que...

— Oh, écoute, t'es dégueulasse, a dit l'autre. J'aimerais mieux que tu parles d'autre chose en man-
geant, si ça ne te dérange pas.

— T'as une sèche ?

— Je n'ai que des Kool.

— C'est mieux que rien. Donne.

— T'avales la fumée ?

— Oh, eh, l'autre, c'est moi qui t'ai appris !

— Ça me ferait mal.

La blonde a pris la cigarette et l'a tapotée sur son

poignet comme un homme. Elle s'est assurée qu'on la regardait — on, c'était moi.

— Oh, là là, voilà Bill. Oh, là là, non, ne regarde pas, je t'en prie. Il est avec, tu sais, le grand, là.

— Ah, celui-là. C'est une tapette. Qu'est-ce que c'est que ça ?

— Rien, rien ! C'est rien, je te dis.

— Mais c'est... quoi, tu trimbales une poire à lavement dans ton sac ?

— C'que tu peux être gamine.

Elles ont allumé leur cigarette. Elles recrachaient la fumée par le nez. C'était ce qu'elles appelaient avaler. Bonnie Goode fume comme ça. « A la française », comme elle dit. Les deux nanas avaient l'air prodigieusement sérieux.

— Hon-hon, Bill regarde par ici.

— Tu m'étonnes !

— Si, si, il me connaît, il m'a fait un signe.

— Mon œil.

— Il voulait sortir avec moi.

— Va te faire voir, c'est pas vrai.

— Si, si. J'ai refusé. Wendy Skinner est allée jusqu'au bout avec lui. Deux fois.

— C'est une garce.

— Elle croit que tout le monde l'aime, mais elle se fiche le doigt dans l'œil. Tout le monde l'aimait mais depuis qu'elle s'est mise à fréquenter des loubards elle se paye une réputation pas possible.

— Elle le regrette bien maintenant.

— Ouais, mais c'est trop tard.

Jessica ne les écoutait pas. Elle parcourait la carte des yeux. Elle faisait des petits bruits avec sa langue. Je regardais les nanas puis de nouveau Jessica. On aurait dit qu'il y avait des centaines d'années entre elles. Brusquement, Jessica s'est mise à pleurer.

Par certains côtés, elle était même trop mûre pour son âge, et ça, je m'en suis souvenu alors, c'était quelque chose qu'elle avait toujours été, quelque chose que j'admirais déjà quand nous étions petits. Elle avait toujours été mûre, elle avait des opinions sur tout et elle était prête à les défendre, contrairement à la plupart des enfants. Elle ne laissait jamais les grandes personnes le prendre de haut avec elle. Elle n'avait pas changé. Cela me donnait le sentiment de mon incompétence. Et puis, soudain, au beau milieu de toute cette maturité, elle éclatait en sanglots pour une raison mystérieuse, comme une gosse. Je comprends ça, pourtant. Ça m'arrive fréquemment, à moi aussi, c'est comme si elle était mes propres sentiments dans une autre personne. C'était l'impression qu'elle me donnait quand nous étions petits et c'est l'impression qu'elle me donne aujourd'hui. Personne ne me donne cette impression. Personne d'autre.

La serveuse a apporté un sandwich aux deux nanas derrière nous. A l'extérieur, quelqu'un klaxonnait. Le restaurant était plein de jeunes comme nous et je me sentais totalement perdu. Jessica a essuyé ses yeux avec une serviette. Le portrait de Big Boy était imprimé dessus et quand elle l'a reposée on aurait dit qu'il avait mouillé son pantalon. Ça l'a fait rire. Je n'avais jamais vu personne changer si rapidement d'émotion. Ça me rendait nerveux, mais je ne pouvais pas cesser de la regarder.

— Tu vas commander ? j'ai dit.

— T'es sûre qu'elle est allée jusqu'au bout et qu'elle a pas seulement flirté ? demanda notre voisine.

— Je n'ai pas tellement faim, a dit Jessica.

J'ai replié la carte et je l'ai regardée. Ses yeux semblaient faits mais je savais bien que ce n'était pas vrai. Les larmes faisaient des diamants sur ses cils. Elle a tendu la main en travers de la table vers mes cheveux.

— Qu'est-ce que tu fais ? j'ai demandé.

— Je te fais un petit accroche-cœur, comme à Big Boy, elle a dit. Tu ne veux pas être un Big Boy ?

— Oh, si, j'ai dit. Je veux être un grand garçon.

On est allé voir *le Lauréat,* et c'était vraiment quelque chose — merveilleusement filmé et bien joué par les comédiens. Bien que ce qui arrivait à la fin ne soit pas expliqué et qu'on ne sache pas non plus s'il était juif alors qu'il en avait l'air.

Après on s'est promené en voiture. On a parlé du film. Jessica ne pleurait pas. J'ai remarqué par hasard qu'on n'avait presque plus d'essence et comme les fonds étaient bas on a décidé de se ranger quelque part. C'était un coin très tranquille pas très loin de Southfield et de la maison de Jessica, un lotissement en construction où n'habitait encore personne. Il y avait de gros pousseurs et un rouleau compresseur qui a longtemps été mon engin préféré parce que j'avais vu un dessin animé, quand j'avais cinq ans, dans lequel Pluto se faisait écraser et en ressortait mince comme une feuille de papier à cigarette.

Jessica était assise plus près de moi, presque à me toucher. Nous avons parlé des enfants que nous connaissions quand nous étions enfants, mais je n'avais pas beaucoup de nouvelles à leur sujet et

Jessica, à cause de son absence, moins encore. J'ai trouvé remarquable de ne pas connaître certains des gosses dont elle me parlait alors que nous avions fréquenté ensemble la même école élémentaire. Il m'a fallu du temps pour me rendre compte qu'alors même que nous y avons été ensemble, nous ne connaissions l'un de l'autre que nous-mêmes.

Nous sommes restés assis à rêvasser en silence. De temps en temps je la regardais et de temps en temps elle me regardait, mais pas toujours ensemble. Nous ne disions pas grand-chose et ça me plaisait bien. Nous restions assis dans la bagnole, quoi, à rêvasser.

J'ai cru que je m'endormais mais non. C'était un peu comme si je n'étais plus à l'intérieur de mon corps, l'impression qu'ont les yogi quand ils méditent, ou les Beatles. Surtout George.

Les yeux de Jessica étaient fermés. J'ai cru qu'elle dormait jusqu'à ce qu'elle dise :

— Emmène-moi chez moi, Gil.

Alors j'ai démarré et j'ai tourné à gauche dans la voie express, vers Southfield.

« Non, Gil, elle a dit. J'ai dit chez moi.

Les arbres de Marlowe Street étaient plus sombres que le ciel et s'y découpaient en silhouette. Jessica a dit qu'elle avait longtemps cru que rien n'était plus noir que le noir puis qu'elle avait vu la nuit avec des ombres dedans. Elle a dit qu'elle attendait de voir les nuages devenir plus clairs que le ciel pour savoir que l'obscurité était à son comble. Elle a dit qu'elle ne s'intéressait pas tellement au noir, mais plutôt au noircissement.

— Mon père m'avait dit que rien n'était réellement

noir. Il disait que les aveugles sont les seuls à voir le vrai noir.

« Nous faisions de grands feux de joie ici, à l'automne. Je croyais que la couleur coulait des feuilles ou quelque chose comme ça parce qu'elles étaient toutes noires quand c'était fini. Mon père me l'avait expliqué. C'est une question de pigmentation. Les pigments c'est la partie du spectre solaire qui est reflétée. Marilyn Kane me disait toujours que les Noirs étaient des Blancs brûlés. Mais je savais que ce n'était pas vrai. J'étais certaine qu'ils étaient en chocolat. Je pensais que c'était la chose la plus merveilleuse que Dieu ait jamais pensé à faire — des gens en chocolat.

Elle m'a regardé.

« C'est vrai, non ?

— Oui, j'ai dit. C'est vrai.

Tout le long du trottoir, des voitures étaient rangées et les arbres cassaient la lumière des réverbères pour la faire tomber en petits morceaux sur les carrosseries. Jessica s'est encore rapprochée sur la banquette. Nous étions assis l'un près de l'autre et puis elle s'est appuyée contre moi.

— Je n'ai pas de parfum, elle a dit.

— Ah.

— Tu as remarqué ?

— Je pensais que tu en avais.

— Ça doit être d'hier. Hier soir.

— Hier soir ?

Elle s'est tue quelques instants.

— Parfois je me mets du parfum avant de dormir. Je ne sais même pas pourquoi.

— J'aime le parfum, j'ai dit. Je sais bien que ce n'est pas bien.

— Ce n'est pas bien ?

— C'est creux.

— Ah, oui.

Jessica a posé son doigt sur mon nez puis elle l'a fait descendre en travers de mes lèvres, puis elle a tracé un petit cercle autour de mes lèvres. C'était d'une douceur totale. Puis son doigt est descendu sur ma chemise. Il s'est arrêté sur la tache de ketchup. Juste à la place du cœur.

« Je t'ai eu, elle a dit.

Je crois que j'ai seulement baissé la tête pour la voir et que sa bouche s'est trouvée là, ou peut-être bien que ça s'est passé autrement. Ses lèvres étaient comme des oreillers, le genre dans lequel la tête s'enfonce et s'enfonce sans jamais toucher le matelas. J'ai gardé les yeux ouverts mais elle avait fermé les siens. Elle les a ouverts une fois et nous nous sommes vus, et puis nous les avons fermés tous les deux. Un instant, j'ai cru que le vent avait ouvert la fenêtre, mais elle était fermée bien sûr quand j'ai levé les yeux.

Jessica a tourné mon menton vers elle.

— Qu'est-ce que tu regardes ? a-t-elle dit.

Elle m'a embrassé encore puis elle s'est arrêtée pour regarder ma figure. Je l'ai embrassée. Des fois, je pense que je suis dans un film et que je me regarde marcher. Et puis au premier mouvement, j'oublie. Le froid du dehors embuait les vitres.

« Je me demande qui est là-dedans en ce moment, elle a dit. En ce moment même, dans ma chambre.

— Ce n'est plus ta chambre.

— C'est juste.

— En fait, c'était notre chambre. C'était devenu notre chambre, je veux dire, au bout d'un certain temps.

— Oui.

— Et maintenant nous n'avons pas de chambre.

— C'est cette voiture notre chambre. Pourquoi as-tu ouvert les yeux ?

J'ai dit :

— Pour être sûr que tu es vraiment là.

Elle a touché mes lèvres encore, ses doigts avaient goût d'orange.

— Je suis vraiment là.

Un peu plus bas dans la rue, quelqu'un est monté en voiture, a démarré puis s'est éloigné. L'échappement faisait un nuage dans la rue. Je l'ai regardé jusqu'à ce qu'il s'évapore dans les arbres. Une voiture arrivait dans l'autre sens et ses phares ont fait des étoiles sur le pare-brise, des étoiles qui s'agrandissaient à mesure qu'elle approchait, comme deux explosions qui seraient venues à notre rencontre sans un bruit.

Jessica a pris ma figure entre ses mains et elle a embrassé mes yeux. Elle essayait de les fermer sous ses baisers pour m'empêcher de voir. Dans ma tête j'ai pensé : quand je les rouvrirai elle ne sera plus là. Elle a déboutonné ma chemise.

J'ai cru voir un rouleau compresseur s'amener du bout de la rue — à peine une ombre — et quand elle a fermé mes yeux, je l'ai vu. Mais il n'était pas rigide. C'était comme une tornade, une forme mouvante, tourbillon de vent qui aurait été un rouleau compresseur. Quelqu'un le conduisait mais je ne voyais pas qui. Jessica a passé ses mains sur ma poitrine. Je suis poilu pour mon âge, comme mon père, bien que je ne me rase qu'une fois par semaine. Elle m'a embrassé là. J'ai dit quelque chose mais si bas qu'elle ne pouvait pas l'entendre, j'ai dit s'il te plaît ne me quitte plus jamais parce que quand tu n'es pas là il me manque un morceau de moi-même et je n'ai nulle part où aller où je ne sois pas en morceaux. Je l'ai serrée contre moi. Je l'ai tenue, serrée comme ça. J'ai dit une prière à Dieu auquel je ne crois même pas pour qu'il fasse qu'elle ne me quitte plus jamais, pour qu'il fasse arriver quelque chose, là, tout de suite, qui la ferait rester toujours.

J'ai cru entendre la radio mais je me trompais... j'ai fermé les yeux et le rouleau compresseur s'est amené de nouveau, simplement il changeait un peu de forme sur les bords, comme s'il avait contenu des gens qui cherchaient à en sortir et poussaient de l'intérieur.

Jessica respirait tout contre mes oreilles. Je transpirais. Son parfum est devenu plus puissant dans mes narines. J'ai lu dans un journal, il y a longtemps, l'histoire d'un petit garçon qui jouait assis sur le trottoir quand une fourmi lui est entrée dans le nez ; un an plus tard, il était mort, le cerveau mangé. Le parfum de Jessica montait puissamment à l'intérieur de ma tête. Elle a embrassé mon ventre et m'a caressé du bout des doigts lentement, lentement, en petits cercles concentriques, je tenais ses cheveux dans mes mains. C'était comme un nuage entre mes mains.

Le rouleau compresseur s'est rapproché le long de Marlowe Street. Il venait vers nous. La radio aussi s'est faite plus forte, mais ce n'était pas la radio. Et puis les tambours ont commencé.

Je me suis imaginé que j'étais fait de routes, comme Detroit, et que Jessica roulait sur moi, de retour de l'Ohio. Elle roulait avec sa langue le long de ma poitrine et puis plus bas, en bourdonnant comme une voiture. Elle a posé ses lèvres sur moi, alors, sur mes lèvres et partout. Les nuages autour du rouleau compresseur se dissipaient comme fumée dans le vent, de sombres nuages noirs dans la nuit, et j'ai su que les tambours arrivaient. Les tambours.

Elle a pris ma main et lui a fait faire des choses à l'intérieur d'elle mais c'était moi qui les faisais, les yeux fermés. Je ne savais plus si c'était, si c'était moi ou si c'était elle, je ne savais plus bien, et puis je n'ai plus su du tout.

Les tambours se sont rapprochés avec le rouleau compresseur, la musique à l'intérieur du rouleau compresseur à l'intérieur de moi et pas à l'intérieur de moi. Jessica était à l'intérieur de moi. La musique était très forte à mes oreilles, les tambours. Le rouleau compresseur est venu. Il se rapprochait, venait encore sur moi, et alors j'ai su que c'était Jessica. J'ai essayé de m'échapper de devant lui mais sans y arriver. Il me suivait comme une tornade mais dans le plus grand silence, une tornade qui se tordait et suivait chacun de mes mouvements. Jessica a défait mes boutons et m'a tiré sur elle. J'ai tenté d'ouvrir les yeux mais ils ont refusé de s'ouvrir. Je voulais bouger mais je n'y arrivais pas. Et puis je n'ai plus voulu bouger. Je suis resté là avec sa bouche elle a avalé la mienne alors je n'étais même plus là. Et puis le rouleau compresseur est venu.

Nous avons dormi dans les bras l'un de l'autre. Les voitures passaient mais sans explosion. Son haleine effleurait ma poitrine comme si j'avais été des dunes de sable ou je ne sais pas quoi et je me suis éveillé une minute et j'ai vu que nous respirions exactement en même temps.

Cette même nuit, mon frère Jeffrey est parti vers le Nord sur la motocyclette et puis, brusquement, a deux cent cinquante kilomètres de la maison, il a changé d'avis, il est descendu et il a pris un autocar pour rentrer dormir chez nos parents.

C'était l'aube quand j'ai reconduit Jessica chez elle. Elle pleurait mais n'a pas voulu dire pourquoi. Il était cinq heures du matin, c'était dimanche. Je suis rentré et j'ai dormi, remarquant pour la première fois que j'avais toujours ma lampe avec des cow-boys qui pendait au plafond. Je me suis senti gamin et, cet après-midi-là, Jessica s'est mariée avec l'avocat.

Le lendemain, j'ai reçu un colis qu'elle m'avait expédié — une espèce de cadeau de mariage en somme — la peluche râpée, usée jusqu'à la corde, c'était Câlinot-Singe.

Troisième partie

1

Ils avalent du coton. Le maelström nous conduit au
bord de l'apocalypse dans l'abandon de toute décence,
de tout sens de l'honneur. Epouvanté, on ne peut que se
demander : Pourquoi ? Y a-t-il un Dieu ? Car il ne peut
faire de doute que le ciel lui-même s'évanouirait dans
un tel enfer, une telle folie. Il faut les renverser. Le roi
est nu. Il y a d'abord eu le vieux chien de chasse texan
et maintenant nous avons le menteur de Californie
avec ses bajoues de hamster. Aussi est-il temps d'en-
tonner avec Phil Ochs : « Protestons, contestons, c'est
tout ce qu'il nous reste à faire/En ces temps de hideur
la vraie beauté est dans le camp des contestataires. »

C'est le groupe de travail du SDS sur la conscription qui a découvert que les petites boules de coton
donnent une image d'ulcère à l'estomac aux
rayons X. Alors tout le monde ici en avale avant le
conseil de révision. On sait que ça se fera bientôt par
tirage au sort mais tout le monde les a à zéro quand
même. Surtout ceux qui ont des numéros peu élevés.
Shrubs est devenu franchement parano depuis qu'il a
merdé aux exams. Il a avalé du coton pour faire
l'expérience alors qu'il n'a même pas encore reçu sa
convocation. Total, il a gerbé toute la nuit et c'était

pas idéal pour mes exercices de méditation. Heureusement que ça m'a inspiré le papier dont je donne un extrait ci-dessus et qui a été publié dans *The People's Free Press*.

— T'as entendu ce qui est arrivé à Pauly Baronholz ?

— Qui ça ?

— Ce type, là, ce hippie qui était assis près de nous à la conférence sur le Biafra et qui pouvait chanter tout *Firesign Theatre* par cœur. Le type qui habitait Markley, l'année dernière, juste en face de Marty Polaski.

— Ah, çui-là. Dis donc, il paraît que Polaski s'est inscrit à la corpo ! Oublie-moi. Je croyais qu'il ne s'intéressait qu'à l'acide et voilà que ça devient un étudiant bon chic bon genre. Je ne savais même pas que la corpo existait encore.

— Elle revient très fort. Si c'était que ça. Il y a aussi les sportifs qui essayent de la ramener. Tout ça c'est rétro. Comme *Leave it to the Beaver,* à la télé ! Ils ont même voulu installer un stand devant la bibal du deuxième cycle. Mais les Weathermen les ont tellement fait chier qu'ils ont préféré se barrer. Toute cette merde me fout la frousse à moi.

— Bah, elle est nécessaire, mon vieux. Il arrive des périodes où le changement ne se fait pas sans violence. La naissance est un acte violent, tu sais.

— Et pas qu'un peu.

— L'histoire est faite de conflits.

— Pas possible ? Et comment se fait-il que je ne te voie jamais dans les manifs où on en prend plein la gueule pour la cause ?

— C'est pas mon truc. Et alors, Pauly Baronholz ?

— Il s'est fait sauter le pied avec un flingue. Il est à l'hosto.

— Quoi ?

— Quand il a reçu sa convoc, il a salement flippé. En plus, tu sais, Baronholz c'est le mec qui n'a jamais rien pris, tu vois. Bof, un peu de mescaline, peut-être, mais pas beaucoup. Il a voulu se faire sauter un ou deux orteils seulement, comme ce type qu'on avait vu au festival du film contestataire. Mais il a mal calculé son coup, tu vois, et il s'est fait sauter tout le pied. Remarque, ça a marché. Il s'est retrouvé RD2 sans problème. Merde !

Shrubs est vraiment devenu hypersensible, il flippe pour un oui pour un non, mais je crois que, chez lui, ça vient d'un sentiment général d'insécurité parce qu'il ne domine pas ses rapports avec l'espace. C'est pour ça que je me suis inscrit au groupe de thérapie de communication non verbale. C'est une manière de contourner les moyens traditionnels d'interaction tels que le langage parlé.

C'est la nana qui est assise à côté de moi pendant les cours sur le bouddhisme qui m'a fait rentrer là-dedans. Tout a commencé quand elle m'a demandé où j'avais trouvé ma veste de treillis. Je lui ai répondu que ces choses-là ne comptaient pas. (En fait, c'est ma mère qui me l'a achetée quand mes vieux sont venus pour le match contre l'équipe universitaire d'Ohio. Mon vieux et moi on est allés au match pendant qu'elle est restée faire le ménage dans ma piaule.) La nana appartient au SDS mais pas à la tendance Weathermen parce qu'elle est pacifiste et qu'ils sont partisans de la violence.

Moi, mon truc, c'est plutôt la réincarnation, les

voyages de l'âme. Tout au fond de moi-même je n'arrive pas à concevoir le Temps ni le Mal. Et je déteste les maths, en plus.

L'année dernière, Shrubs et moi on logeait ensemble dans le bâtiment ouest. Le plus vieux de l'université du Michigan. Quelle merde.

— Mais qu'est-ce qu'on fout ici ? disait Shrubs. Tout le monde va vivre à Markley. Markley est mixte, il y a des nanas. On rencontre des nanas à la cafet, tu vois. Marty Polaski en a rencontré une devant les boîtes aux lettres.

— Quoi ?

— Il lui a demandé si elle voulait lire le courrier de quelqu'un en particulier. Qu'il était serrurier, tu vois, et qu'il lui ouvrirait la boîte qui lui plairait. Elle en a indiqué une en disant « celle-ci ». Il a tenté de l'ouvrir avec un trombone. Quarante minutes plus tard elle s'est barrée. C'était sa boîte à elle, figure-toi. Elle avait perdu sa clé et elle a dû payer une amende. Entre-temps quelqu'un avait vu Marty et appelé les flics. Je crois qu'il est en taule.

— Je ne vois pas où on pourrait mettre de pareils connards. Il n'y a que des cons en taule.

Shrubs déroulait une affiche de Dylan.

— Tu vas à la boum, ce soir ?

— Et toi ?

— C'est moi qui te l'ai demandé le premier.

Je passais du lit au fauteuil et du fauteuil au lit, vautré dans l'ennui. Je roulais mes manches.

— Je ne sais pas, et toi ?

— Je te dis que c'est moi qui te l'ai demandé le

premier. Quand est-ce que tu te décideras à te payer une autre chemise ?

— Mais je possède d'autres chemises. J'en ai cinq de ce modèle-ci.

— Oui. Je voulais dire une chemise différente. D'ailleurs, quitte à porter une chemise de flanelle pour faire la preuve de ta simplicité rustique et de ton caractère spartiate, tu devrais porter toujours la même pour qu'elle soit bien crasseuse et puante.

— Je me sens bien dedans. Elles sont confortables.

— Moi je me sens bien dans un lit, un lit c'est confortable, et tu vois que je n'en porte pas. Tu sais très bien que la seule raison pour laquelle tu portes ces chemises c'est que personne d'autre que toi ne les porte.

Il déroulait une affiche de Jimmy Hendrix.

— Ecoute, ce n'est qu'une chemise, tu ne vas pas nous en chier un tank.

— Oui, ben, tank ou pas, je vais te dire une bonne chose. Je compte aller à la boum de ce soir avec ou sans toi. De préférence sans parce que je ne voudrais pas que tu me casses la baraque quand je me serai levé un joli petit lot que je compte bien ramener ici pour lui causer du pays.

— Ah qu'en termes galants...

— Oui ben ça va. Ta gueule. J'en ai ma claque de vivre à l'isolement. Je vais aller à cette surboum et je vais draguer.

Il s'asseyait sur mon lit.

« Bon, je ne mettrai pas les pieds à cette boum à moins que tu ne viennes avec moi. Alors, j'y vais ?

— Non.

— Et Meeerde !

Il s'allongeait sur mon lit.

« Je n'en peux plus. Je deviens dingue. Tu deviens dingue. On va donc mourir puceaux ? Oh pardon, j'oubliais. Mais moi, hein, moi ? Ah t'as raison, je ferais mieux de bosser de toute manière. C'est déjà une chance d'être en vie avec le boulot que j'ai ! Je ne comprendrai jamais la note que j'ai eue à ces tests.

Il avait eu une note faramineuse aux tests d'aptitude aux études universitaires. C'était pour ça que son inscription à Michigan U avait été acceptée.

— Si seulement j'avais une bagnole, plus de problèmes.

— Les bagnoles n'améliorent en rien la vie amoureuse. On sait au moins ça depuis le bahut.

— Bien sûr que si. Cent soixante contre une pile de pont et paf ! Fini le besoin d'améliorer ta vie amoureuse. Le suicide, je te dis, y a que ça.

2

Cette année, nous partageons un petit appartement. Shrubs vient de louper l'admission à l'école d'ingénieur. Il passe sa vie devant la table de la cuisine à se rouler des joints sur le double album blanc des Beatles. Il fume sans arrêt maintenant, en prétendant que ça le détend pour réfléchir à ce qu'il va faire pour se faire réformer. Moi ça m'inquiète.

— Qu'est-ce que je vais foutre si je tire le mauvais numéro ? Suppose, hein ? Qu'est-ce que je vais foutre ? Même à OCC on ne voudra plus de moi avec les notes que je me paye. Même une fac de merde comme l'Oakland Community College pourrait me refuser. Mais pourquoi il a fallu que je tombe sur Sullivan, en trigo ?

— Mais l'ingénieurie, c'est de la merde mon vieux. La technocratie des marchands de canons. C'était normal que tu merdes.

— Peut-être ouais, mais ça a un côté pratique. T'es sûr de trouver du boulot avec le diplôme. C'est quand même plus sérieux que tes conneries hindouistes. Ton vieux a raison.

— Mon vieux n'a jamais raison.

— C'est vrai, c'est ton père.

— Mais tu sais, toi, tu débordes de colère rentrée, hein. Pourquoi est-ce que tu n'attendrais pas le groupe, ce soir ? On se réunit ici justement. On t'aiderait à retrouver ton...

— Va te faire foutre. Je vais chez Blimpee. Manger pour oublier. Si je ne suis pas rentré à minuit, préviens les flics. Exige un lavage d'estomac. Oh, pardon, j'oubliais que tes principes t'interdisent de faire appel à la police. Eh ben convoque quelques hippies alors. Et laisse tomber le lavage d'estomac. Je dégueulerai bien tout seul.

Depuis notre perron on aperçoit les grands stores rouge et noir du Blimpee Burger de Jimmy le Dingue, le plus ostentatoire des palais de la mangeaille du campus, spécialisé dans le graillon qui macule jusqu'à l'enseigne qui surmonte la porte et proclame : « Encore moins cher que ce qu'on met dedans. » A l'intérieur, un athlète sur le retour, que tout le monde appelle le Rouquin, est campé derrière le comptoir et dévisage un à un, les yeux plissés, les étudiants qui font la queue pour brailler leurs commandes. Ensuite, le Rouquin prend de minuscules boulettes d'une substance baptisée viande et les aligne comme un maniaco-dépressif sur le grill où il les aplatit férocement d'un revers de spatule digne d'Attila et qui les rend presque transparentes. On raconte que Jimmy le Dingue a fait de la prison pour avoir vendu la viande de divers quadrupèdes non identifiés. Manger là, c'est la mort. Shrubs y est installé à demeure. Il va finir par se tuer.

Les membres du groupe de communication non verbale se sont amenés. J'ai serré sur mon cœur chacun de mes frères et sœurs et nous avons tous ôté nos souliers. Je sens que je ne fais qu'un avec eux. Nous avons commencé par le « Cercle de Confiance » et nous avons poursuivi par divers exercices de bourdonnement.

Deux heures plus tard, Shrubs était de retour, rotant comme un vieil évier devant la porte. Nous en étions à nos exercices de « Connaissance par le Pied » quand il est entré.

— Oh, pardon, qu'il a dit. Je ne savais pas que vous étiez encore...

— Ça ne fait rien, j'ai dit en me levant pour l'accueillir gentiment, les bras ouverts pour bien manifester mon désir de partager l'espace. Veux-tu te joindre à nous ?

Il a dit :

— Désolé, mais je n'ai pas la permission de quitter ce monde.

Plus tard, je lui ai reparlé de consulter un avocat spécialiste de la conscription. Il m'a dit qu'il le ferait mais je sais que non. C'est son incroyable inertie. Il est au trente-sixième dessous depuis qu'il a loupé l'exam et il préfère rester assis devant la télé, complètement pété, à regarder de vieux épisodes de *Star Treck* en bectant des Chipsters. Et il pionce toute la journée.

— Qu'est-ce qu'il va bien pouvoir me raconter que je ne sais pas déjà, ton expert ? Que je n'ai qu'à trouver une inscription dans n'importe quelle fac merdique pour garder mon sursis ? Que je peux toujours aller vivre au Canada ? Que je peux m'engager dans les Bérets verts et crever la bouche ouverte ?

Il s'est ouvert une bière.

« Je sais tout ça. Je pourrais aussi prendre six doses d'acide le jour du conseil, mais il paraît que ça ne marche pas. Une analyse d'urine et hop, ils te font revenir, alors...

— Mais enfin, il y a des avocats, tout de même, des fortiches qui seraient capables de te tirer de là.

— Ben voyons ! Pour mille dollars ! Où tu veux que je les trouve ? Ma mère ? Elle est prête à payer le double pour m'y envoyer, alors ? Tu veux un taf ?

Parfois je me reproche de lui imposer mes trucs. Maintenant que nous sommes loin de la sécurité du foyer, plongés dans le dur monde de l'université, il faut que nous apprenions chacun à faire ce qui nous plaît.

« Si on commandait une pizza, a dit Shrubs. J'ai la dent.

— Tu viens de bouffer.

— Et alors, c'est une contre-indication ? Qui a bu boira, non ?

— Tu viens à la manif pour les allocations familiales, demain ?

— Dis donc, vieux, qui était cette rouquine, tu sais celle avec l'avant-scène vachement fournie ? Celle qui te suçait les pieds ?

— Mais personne ne me suçait les pieds, vieux, j'ai dit. Qu'est-ce que tu vas t'imaginer ! C'est un exercice, pour apprendre à briser les barrières.

— C'est bien ce que je dis. Qui c'est alors ?

— Tu vas à la manif, oui ou non ? Faut que je prenne mes dispositions.

— Comment ça ?

— En cas de pépin.

— Le seul pépin qui pourrait t'arriver, ce serait d'obtenir satisfaction. Contre quoi est-ce que tu pourrais protester après ?

— T'es con, j' te jure. Et si je me fais arrêter ?

— T'arrêter, toi ? Ils pourront jamais. T'es bien trop juif. On n'arrête pas les gens comme toi qui...

— T'es complètement pété, mon pauvre vieux.

Je suis allé dans la cuisine et j'ai ouvert le réfrigérateur. Il y avait deux bières, une boîte de pop-corn et une plaquette de poèmes de Robert Frost.

3

> Bien qu'appartenant à la ville, le bâtiment du siège du comté est construit sur un terrain public et appartient par conséquent au peuple. La même mentalité qui sert à établir des baux qui surexploitent les locataires préside à la promulgation de lois interdisant au peuple l'exercice de ses droits fondamentaux tels que le droit d'assemblée. Ce droit, les fascistes antisémites d'Ann Arbor l'ont semble-t-il totalement oublié, occupés qu'ils sont à se remplir les poches et à réduire encore le taux misérable des allocations familiales avec lesquelles les mères de famille les plus pauvres, célibataires, veuves, épouses de chômeurs avaient déjà tant de mal à survivre. Ne nous laissons pas gruger par les gros !

La caution était de vingt-cinq dollars seulement. Après l'avoir acquittée, ma mère entreprit de me faire le coup de la douleur silencieuse.

— Ramenez-moi à la maison, j'ai dit.

— T'en fais pas, c'est bien mon intention, a dit mon père en sortant la Buick du parc de stationnement du commissariat.

— Tu prends à gauche, je lui ai dit.

— Désolé, petit gars, il a répondu. Quand je dis la maison, c'est la maison. Pas ta fumerie d'opium, là. Je me demande comment toutes ces ampoules violettes ne t'ont pas encore rendu aveugle ! Tu vas voir, c'est ton week-end de chance. Je pense que tes petits copains bolcheviques pourront se passer de toi pendant deux jours, le temps de refaire connaissance avec la civilisation, et de prendre une douche. A moins que tu aies peur de fondre ?

— Je me douche tous les jours, mon vieux.

— Ne m'appelle pas mon vieux, mon vieux. Tes copains, tu peux les appeler mon vieux parce qu'ils sont jeunes, mais moi je suis vieux, alors ne m'appelle pas mon vieux. Tu as vu tes cheveux, mon vieux, a-t-il poursuivi. J'imagine que tu es tellement occupé à te doucher tous les jours que tu n'as jamais le temps de te faire couper les cheveux ni de te raser ?

Ma mère a posé sa main sur mon visage.

— Un si charmant tableau, qu'elle a dit.

Puis elle l'a passée sur ma barbe.

« Dans un cadre aussi affreux !

— Moïse était barbu, maman.

— Et Moïse s'est promené à pied dans le désert pendant quarante ans, a dit mon père. Tu veux que je me gare pour te permettre d'en faire autant ? C'est ça qui te ferait plaisir, petit génie ?

— Où est Kenneth ? a demandé ma mère en brandissant une lime à ongles en carton. Il s'est fait arrêter, lui aussi ? Mon Dieu, Florence en mourra.

— Il était même pas là, j'ai dit. Il s'en est complètement désintéressé. Il se désintéresse de tout.

Ma mère se faisait les ongles. Mon père mit les informations. Nous passâmes devant le siège des EOR.

— Ils perdent rien pour attendre, ceux-là, marmonnai-je.

— Quoi ? Qui est-ce qui ne perd rien pour attendre ?

— Ces salopards de petits fachos, des vraies Jeunesses hitlériennes...

Nous dérapâmes dans un grincement suraigu, la

voiture mordit sur le bas-côté et faillit emboutir la pile d'un pont. La terreur me saisit. Mon père se retourna sur son siège.

— Ecoute-moi bien, monsieur Je-sais-tout. Je ne sais pas à quoi rime toute cette — comment dit-on déjà — contestation, et franchement, je m'en fous. Mais permets-moi de t'ouvrir les yeux, mon petit bonhomme. De quoi te plains-tu au juste, hein? La vérité c'est que vous vous la coulez douce. Je te paye l'université, tu as ton propre compte en banque! Ah c'est facile de râler, mais permets-moi de te dire que l'injustice, tu ne sais pas ce que c'est. Tu contestes, tu contestes! Tu contestes quoi? Tu n'as jamais eu faim. La répression, pour parler comme vous, tu n'as pas idée de ce que c'est, parce que tu n'as pas vécu assez longtemps. Et il te faut une sacrée dose de culot pour venir dire aux gens ce qui est bien et ce qui ne l'est pas. Qu'est-ce qui fait de toi un expert? Tu les as connus, peut-être, les Jeunesses hitlériennes? Tu vis aux crochets de la Sécurité sociale, peut-être? Tu l'a déjà attendu, le payeur des allocations familiales? Tu n'as jamais payé d'impôts — même ça tu ne sais pas ce que c'est! Avec un peu de chance, tu échapperas à la plupart de ces choses. C'est d'ailleurs tout le mal que je te souhaite. Mais tu ne connais rien à rien. Et je t'assure bien que je me serais volontiers passé des quatre-vingts kilomètres que j'ai dû me taper en pleine nuit pour venir te sortir de prison parce que tu ne sais même pas ce que tu fais! Comment va ton frère?

— J'en sais rien, je ne le vois jamais.

— Ben voyons! Il habite à trois cents mètres de chez toi, ce serait sans doute un trop gros effort!

— Tu ne pourrais pas décrocher ton téléphone ? dit ma mère.

— Et lui ? Le téléphone ça marche dans les deux sens.

— Apparemment, il a très bien marché quand tu nous a appelés au secours, mon p'tit gars.

— Tu n'étais pas obligé de venir.

— C'est juste, Gilbert, dit mon père sans arrêter de me fixer dans son rétro. (A tel point que j'étais sûr que nous allions nous planter.) Je n'étais pas obligé de venir. Mais je suis venu. Et toi, tu en connais des choses que tu n'es pas obligé de faire et que tu ferais en tout cas ?

Il était deux heures du matin quand nous sommes arrivés à la maison. Mes parents sont allés directement dans leur chambre et moi dans la mienne. Elle me paraît toujours toute petite, une chambre d'enfant. Quand je suis allé en colo à Atinaka avec mon frère, un été, j'ai eu l'impression, quand je suis revenu, d'avoir été absent pendant des années. Et l'année que j'avais passée à me faire soigner dans cette boîte, j'avais eu l'impression qu'elle avait duré dix ans. J'ai ôté mon macaron pacifiste et je l'ai accroché après le miroir. La photo de John Glenn y était encore, fixée avec du papier collant. Je ne sais pas pourquoi je n'ai jamais pu me décider à l'arracher. J'avais treize ans lors de la mission Friendship VII. J'avais commandé le disque qu'ils avaient fait avec les conversations entre Glenn et le centre de contrôle. Je le passais sur le phono du sous-sol, assis sur une chaise pliante que j'appuyais à la renverse contre le mur, avec sur les genoux une boîte en carton sur laquelle j'avais dessiné les manettes et les cadrans du tableau de bord. Je portais un casque de football américain. Je me rappelle l'odeur de ce casque. Et puis un jour j'étais sorti me faire couper les cheveux en brosse, comme John Glenn. Mes parents avaient dit que j'avais les cheveux trop courts.

Je me suis allongé sur mon lit et j'ai regardé la suspension, celle qui est décorée de cow-boys.

J'entendais la voix de ma mère à travers la cloison :

— Où veut-il en venir avec toutes ces protestations, Dave ?

— Bah, fiche-lui la paix, il s'en tirera très bien.

— Tu crois que c'est une phase, une période, Dave ? Tu crois qu'il traverse une mauvaise période ?

— Tu me prends pour le Dr Spock, chérie ? C'est un brave gosse, fiche-lui la paix. Où sont mes chaussettes ?

Quand j'avais onze ans, je voulais un vélo de course anglais. J'ai économisé mon argent de poche pendant un an et demi et j'épluchais les petites annonces du *Detroit Free Press* tous les jours pour voir s'il n'y en aurait pas un à vendre pour lequel j'aurais assez d'argent. Mais ça ne se produisit jamais. J'en aurais même acheté un en mauvais état. Mon père estimait que je devais apprendre à me débrouiller seul et ne m'aida donc pas. Et puis, le jour de mon anniversaire, il m'offrit quinze dollars à ajouter à mon petit magot pour le vélo. Je n'avais toujours pas assez. Alors j'ai compris qu'il s'en fichait. Mais un jour, en rentrant de l'école, j'ai remarqué que toutes les offres de vélo de course avaient été entourées au stylo. C'était le stylo de mon père. Il avait lu les annonces tous les jours. Sans jamais dire un mot. J'ai téléphoné à trente-trois propriétaires de vélos au cours des trois mois suivants mais tous vendaient beaucoup trop cher pour moi. Un beau jour, j'ai eu une femme au bout du fil qui m'a dit qu'elle était prête à vendre le sien pour la somme exacte que je possédais. J'ai demandé à mon père de m'y emmener en voiture mais il avait un rendez-vous d'affaire. Il m'a dit « demain il fera jour » et a ajouté qu'il me fallait toujours tout tout de suite. Le lendemain, après l'école, il m'y conduisit en voiture. Le vélo était vendu. C'était la première fois que je voyais mon père pleurer. Il s'excusa et demanda où étaient les toilettes.

Le lendemain, il rentra à la maison avec un vélo de course tout neuf. J'en ai fait pendant deux semaines et puis j'ai décidé que je voulais une mobylette.

— Tiens, je t'apporte un oreiller supplémentaire, a dit ma mère en entrant dans ma chambre.

Je me suis hâté de tirer les couvertures sur moi. Elle a fourré un tas de chaussettes dans un tiroir.

« J'aimerais te poser une question, une seule, avant de te laisser tranquille pour que tu puisses écrire ta poésie morbide. Je suppose que c'est ce que tu fais ?

— Non. La poésie ne parle pas aux gens.

— Oh, pardon. Tu devrais écrire pour la télévision. Des tas de gens la regardent.

— C'est quoi, ta question, maman ?

— Tu sais, je t'ai déjà vu en slip, a-t-elle dit. Très, très souvent. Inutile de te mettre sous les couvertures avec tes chaussures, Gilbert.

— Maman ! Ta question...

Elle a ouvert un autre tiroir dont elle a sorti un chandail.

— Tiens, j'avais oublié que tu l'avais, celui-là. Tu devrais l'emporter avec toi, il est très élégant.

— Maman.

— Je me demandais, mais bien sûr ça m'ennuie terriblement d'aborder le sujet, je sais comme tu es sensible...

Par la fenêtre, elle regardait dans la direction de la maison de Jessica.

« La mère de Kenneth m'a dit qu'elle croyait avoir vu cette fille, là, la petite Renton. C'était un article sur un député au Congrès, quelque chose comme ça, à Washington, je ne me rappelle pas bien. Il y avait une photo dans le journal. Elle était dans le fond, alors Florence n'en est pas sûre. Je me demandais si par hasard tu l'aurais vue, toi aussi, c'est tout. Tu te crois trop vieux pour que ta mère t'embrasse en te disant bonne nuit ?

Elle a laissé la lumière en partant. Je suis sorti du lit pour ôter mes souliers.

Quand j'avais douze ans, j'en voulais des pointus, comme Elvis ; à dix ans, je rabattais des chaussettes rouges sur mes chaussures, comme Superman.

Debout près de l'interrupteur, je pointais mon doigt dans la direction de mon lit, avant d'éteindre, pour ne pas me perdre dans le noir.

J'ai éteint la lumière. J'ai marché vers mon lit et je suis entré tout droit dans le rebord de la commode. Je me suis éraflé l'intérieur de l'avant-bras. Je l'ai palpé du bout des doigts dans le noir mais ça ne saignait pas.

Je me suis rallongé. Je me suis représenté la chevelure de Jessica à l'arrière-plan brouillé d'une photo de presse grenue. Comment se coiffait-elle maintenant ? Avant de la revoir, à seize ans, je me la représentais telle qu'elle était à huit. Et maintenant je me la représentais à seize ans.

J'ai pris l'oreiller supplémentaire et me le suis enfoncé dans le ventre. L'éraflure de mon bras me faisait mal. J'ai mouillé du bout de la langue l'extrémité de deux de mes doigts et j'en ai frotté doucement mon égratignure. Fermant les yeux, je me suis imaginé que c'étaient deux lèvres qui m'embrassaient là. Dehors, le vent jouait une note musicale à travers les stores, un bourdonnement, semblable à celui que les Beatles utilisent dans *Norwegian Wood.* Alors je me suis lentement endormi et j'ai rêvé que Jessica fredonnait *Norwegian Wood* contre ma poitrine.

Pendant que je dormais, Shrubs s'est ouvert les poignets à Ann Arbor, dans le Michigan.

4

— La robe te va bien.

Ce fut tout ce que je trouvais à dire pour jouer la légèreté.

— Qu'est-ce que tu dis de ça, hein ? répliqua-t-il en manière de salutation, élevant son bras bandé. Incapable de comprendre la plaisanterie, hein ? Tu as toujours dit que j'avais un drôle de sens de l'humour.

Je ne disais rien. Il tripotait sans conviction les deux tubes qui longeaient son bras et pénétraient sous le pansement.

« Et alors, il a dit. Comment va la famille, la femme et les enfants ?

Je me suis assis sur la chaise de plastique.

— Ça va...

— Qu'est-ce qui se passe ?

— Rien.

Il a regardé d'un air absent par la fenêtre près de son lit, cherchant vainement à écarter les rideaux, gêné par les tubes qui le retenaient. Derrière moi, j'ai entendu un gémissement surgir du lit masqué de rideaux. C'était un râle d'agonie. L'odeur d'urine n'était pas inattendue.

— Alors..., a dit Shrubs. Quoi de neuf ?

Il hochait du chef comme un enfant gêné, mais nous ne sommes tous que des enfants, au fond.

— Rien, j'ai dit.

Il a enfoncé un bouton à son chevet et le lit a remué pour se mettre en position assise. Puis de nouveau en position allongée, tandis qu'il jouait machinalement avec la commande, cherchant à s'évader de ses vrais sentiments. Il a fait mine de se verser un peu d'eau avec son bras valide, mais n'y est pas arrivé et en a renversé partout. Alors il a reposé la carafe avec irritation pour regarder de nouveau fixement par la fenêtre.

— Eh ben..., a-t-il dit en se tournant à demi vers moi avec une nonchalance forcée. Qu'est-ce que tu racontes, vieux ?

Je percevais les vibrations de sa nervosité. Je suis devenu très sensible à ce genre de choses grâce à mon groupe de thérapie non verbale. Ses lèvres le trahissaient. Mais il est vrai qu'elles l'ont toujours trahi ; elles s'aplatissent entre les phrases lorsqu'il est mal à l'aise ou effrayé. Une fois, quand nous étions encore tous les deux de bons petits élèves américains de l'école élémentaire, je me souviens qu'il avait pour la énième fois été appelé au tableau pour s'entendre condamner et humilier par la maîtresse ivre de pouvoir, véritable gestapiste, qui nous faisait le cours d'instruction civique (ce lavage de cerveau de l'école primaire) et qui, en bonne facho, l'avait cloué au pilori parce que ses souliers étaient délacés. C'était ce que cette conne appelait une mauvaise hygiène personnelle dans son langage de propagandiste. (Qui se soucie de l'hygiène politique, hein?) Comme il ne savait pas s'exprimer, il n'avait pas su quoi répondre et était resté là, tout rouge, humilié devant la classe entière. Ce fut la première fois que je vis ses lèvres s'aplatir tandis que, les yeux fixés sur le bout de ses chaussures, il fondait en larmes devant cette intrusion dans son espace personnel. Je criai à la maîtresse de la fermer. « Vous n'avez pas le droit de faire honte à des enfants! » lui avais-je hurlé, debout, au milieu de la salle. Je m'étais fait renvoyer. Et c'était déjà, quand j'y pense, un condensé de toute la corruption politicarde qui m'avait sauvé la mise, car ma mère faisait toujours des gâteaux pour les réunions de l'association des parents d'élèves avec l'administration.

— Rien, j'ai dit.

Il a fait des yeux le tour de la chambre, cherchant quoi dire.

— La bouffe, ça va.

— Ah ouais?

— Oh, ça vaut pas Blimpee, bien sûr!

— Bien sûr.

Il a pris le gobelet de papier sur sa table de chevet, l'a écrasé dans sa main valide, l'a porté à ses lèvres et lui a redonné sa forme en soufflant dedans.

— Alors..., il a dit. T'as vu des nanas ou...

— Non.

— Mmm-mmm. Qui d'autre, alors ? Marty ?

— Ben, non.

Il a regardé le mur. Il a regardé le plafond.

— Alors comme ça, j'ai entendu dire que tu as fini par te faire arrêter ?

— Ben oui.

— C'est trop !

— Tu l'as dit.

Je voyais qu'il évitait mes yeux. Il y a toujours eu une autoroute entre nous, de l'un à l'autre, qui ne demande qu'à être empruntée, mais qui reste vide, nous ne l'empruntons pas, nous ne l'avons jamais empruntée. Quand j'étais à la Résidence Home d'Enfants les Pâquerettes, il venait attendre tous les jours devant la fenêtre de la cuisine, tous les jours, pendant toute l'année, comme ça, si jamais je rentrais, si jamais...

Et maintenant : des tubes.

— Alors, qu'est-ce qui se passe ? il a dit.

— Rien.

Le malade derrière son rideau a poussé un nouveau gémissement et j'ai failli rigoler, mais je m'en suis bien gardé, tout de même !

— Je me suis payé un nouveau disque, j'ai fini par dire, trouvant enfin un sujet de conversation.

— Quoi ?

— Le nouveau Jimmy Hendrix.

C'était un mensonge. Je comptais là-dessus pour lui donner un peu d'énergie, connaissant ses affinités avec Hendrix. Mais ça n'a pas marché. Il a seulement hoché du chef. Je ne suis pas partisan de Jimmy Hendrix personnellement. Le monde de la drogue qu'il représente ne pourra rien donner de bon. Politiquement, c'est condamnable. Et puis il joue de la guitare avec ses dents ce qui me rend un peu nerveux je dois dire, il finira par s'électrocuter et en mourir. Mais il doit sûrement se protéger plus qu'il n'en a l'air. Peut-être que, dans quelques années, il nous donnera des chefs-d'œuvre. C'est tout le mal que je lui souhaite. Parce que ce n'est pas son talent que je discute.

— Tu vas voir Lydia ce week-end ? a demandé Shrubs.

J'ai fait une grimace en secouant la tête.

« Ça veut dire que c'est fini, fini ? il a demandé. J'ai haussé les épaules.

— Peut-être que c'est fini, seulement.

— Dommage, tu allais battre ton record, non ? Quatre mois de suite sans crêpage de chignon. C'est la plus longue période que tu aies passée avec une nana, hein ? Il faut que je sache ces choses puisque c'est moi qui tiens tes registres.

Il essayait de me faire sourire, mais je n'étais pas dans cet état d'esprit.

« Bien sûr il y a eu Bonnie Goode mais, officiellement, elle ne compte pas. Elle a été disqualifiée parce qu'elle fumait.

Je hochais du chef, pas très sûr de moi, ne sachant comment réagir à l'ironie. Bonnie Goode m'avait relancé récemment, juste avant notre déménagement du semestre dernier. Elle était venue visiter l'université avec sa mère et en avait profité pour me faire une petite visite. Sa mère essayait manifestement à mon avis de nous faire coucher ensemble. Je lui ai dit que j'étais déçu qu'elle ait fait un si mauvais score au test d'aptitude. Nous avons parlé d'hallucinogènes pendant quelque temps et puis elles sont reparties.

Shrubs a laissé retomber son bras valide sur le matelas avec un bruit sourd.

« Alors, quelles sont les nouvelles, vieux ? »

Je me suis enfin décidé à parler :

— Ecoute, Shrubs, est-ce que tu ne te rends vraiment pas compte que c'est hier que nous nous sommes vus tous les deux pour la dernière fois ?

Il a écarquillé des yeux effarés pendant quelques instants puis froncé les sourcils et fait oui de la tête.

— Merde alors..., a-t-il marmonné. Qu'est-ce que le temps passe vite quand on s'amuse.

Le type derrière le rideau a remis ça et Shrubs a encore regardé par la fenêtre, tendu.

« Tu tiens toujours ce journal ? a-t-il demandé brusquement, sans me regarder.

— Par moments.

Il a encore fait oui de la tête.

— Et tu comptes mettre ça dedans ?

La puanteur d'urine et d'éther filtrait par mes narines et commençait à creuser des replis dans ma cervelle. Je me suis pris la tête à deux mains et j'ai pressé comme pour en expulser peut-être cet arôme, ces vapeurs toxiques, la *gestalt* envahissante de cette cellule aseptisée. Mon esprit était ailleurs. Quand il revint, je me suis senti coupable de pouvoir m'asseoir au chevet de mon meilleur ami blessé sans cesser de penser à quelqu'un d'autre. Mais c'est comme ça.

Une infirmière est rentrée d'une démarche très officielle et a entrepris d'inspecter l'appareillage compliqué qui servait à traiter Shrubs. Elle m'a adressé un sourire en plastique et je me suis immédiatement apitoyé sur elle. Les bas blancs me font

quelque chose, manifestement, je ne sais trop pourquoi.

« Tu vas sortir avec une autre, alors ? a demandé
Shrubs après le départ de l'infirmière.

— Plaît-il ?

— Je disais... laisse tomber. J'oubliais que tu ne
« sors » pas, toi. Tu es au-dessus de ça.

— Mais qu'est-ce que tu as contre moi ? j'ai
demandé.

— Bof, qu'il a fait, sarcastique. Cette conversation
me colle le cafard, si tu permets.

Il a de nouveau martelé le matelas de son bras
droit.

« Ecoute, quoi, merde... je ne sais pas.

— Ecoute, j'ai dit.

— Je sais : hier, mon vieux, pas plus tard qu'hier,
on était ensemble, et maintenant regarde. Regarde où
nous en sommes aujourd'hui. Oh, c'est vrai, j'oubliais
que le temps non plus tu n'y crois pas.

Il a remué, mal à l'aise dans son lit, faisant passer
son poids d'une fesse sur l'autre, lourdement, comme
un gosse en colère. Un instant, j'ai cru qu'il allait
arracher sa perfusion et se lever.

« Mais enfin, Gil, merde ! il a fini par exploser.
Personne ne me demandera donc ce qui s'est passé ?

Ça m'a complètement bloqué. Il a fermé les yeux et
ses lèvres se sont entrouvertes et, tout à coup, je l'ai
vu comme il était sur la photo qui a toujours été
accrochée au mur, au-dessus de son lit chez lui, ces
lits de fer jumeaux que sa mère avait achetés quand
nous avions cassé les lits superposés deux jours après
qu'elle les eut achetés en sautant dessus tous les deux.
Nous avons toujours aimé sauter ensemble, surtout
en altitude. C'était une photo qu'on avait prise de lui

au patin à glace, le seul exercice auquel il eût jamais excellé — je lui avais fait quitter le cours parce que je trouvais la compétition malsaine.

« J'ai reçu ma convocation, dit-il.

— Ah.

— C'est arrivé juste après ton départ pour la manif hier. J'ai vu l'enveloppe dans la boîte aux lettres et j'ai su tout de suite. Je voyais à travers. Je ne l'ai même pas ouverte. Je l'ai simplement regardée. Et puis je me suis levé, je suis allé à la salle de bains et j'ai pris une lame de rasoir — il a d'abord fallu que j'ouvre une de ces foutues cartouches, tu sais — ça ne m'a même pas fait mal. Je me suis dit que je devrais me mettre dans la baignoire. J'ai vu ça au ciné, mais je suis resté au-dessus du lavabo. Et je m'y suis mal pris bien sûr. En travers, pas dans le sens de la longueur. La lame ne coupait pas, c'était une des tiennes. J'ai dû m'y reprendre à plusieurs fois.

Je regardais par la fenêtre, derrière lui.

« Je suis retourné au salon, en traversant la cuisine, où il y avait encore le gros reste de spaghettis, tu sais, ce grand dîner qu'on a organisé quand ils ont repassé *Mod Squad* à la télé. Tout figé et durci comme une espèce de sculpture moderne. Je ne saignais pas vraiment beaucoup. La lettre était encore sur la table de la cuisine. Alors je me suis soudain dit qu'il était impossible qu'ils soient déjà au courant, le courrier, les lenteurs administratives, tout ça... peut-être que ça n'était pas une convoc après tout. J'ai ouvert l'enveloppe.

« C'était une convoc. Je suis allé jusqu'à l'évier de la cuisine et j'ai remis ça.

L'écran vide du poste de télé pendait comme un ballon mécanique du plafond de la chambre d'hôpital. Je le regardais, les yeux écarquillés, comme s'il allait soudain en sortir quelque chose qui expliquerait tout. J'essayais de regarder un peu partout mais pas dans la direction de Shrubs.

« Bon, alors j'ai appelé ma mère et je lui ai dit ce que je venais de faire. Et, bien sûr, elle ne m'a pas cru. J'ai fini par la convaincre, je devais commencer à être un peu dans les vapes et elle a envoyé une ambulance. Seulement le truc, c'est qu'elle l'a envoyée d'ici, de Detroit, parce qu'elle a été infirmière ici et qu'elle a pensé qu'elle connaîtrait encore des gens à l'hosto. Tu parles, il y a longtemps que tous ceux qu'elle connaissait se sont barrés, mais enfin elle a appelé le directeur ou je ne sais qui et l'a convaincu d'envoyer une ambulance. Ça a pris des heures, mon vieux. Quand ils se sont amenés, je saignais déjà presque plus. Bref, y m'ont embarqué quand même. En chemin, l'ambulancier, pas le chauffeur, l'autre, enfin, il m'a offert un joint. Génial, non ? Et j'ai refusé, dis donc. J'avais même plus envie d'être pété !

J'ai vomi. J'ai juste eu le temps de foncer dans le cabinet de toilette, et le type de derrière le rideau m'a zieuté d'un air effrayé pendant que mes borborygmes résonnaient dans la petite chambre. Je déteste vomir, ça me terrifie. A genoux sur le carrelage anonyme de ces chiottes d'hosto j'ai senti tous les spectres du temps s'assembler au-dessus de ma tête, des trucs que j'avais ressentis les uns après les autres, séparément, depuis mon inscription à la fac, ne formaient plus qu'un seul magma sombre et pesant dans ce renfoncement de la taille d'un placard où j'étais vautré. Le sentiment que tout le monde est au courant sauf moi, et que je voudrais bien savoir, moi aussi. L'autre monde malveillant et vague de la drogue, des blousons d'aviateur, des Ray-Ban et des bottes de moto. Le blues des Noirs joué par des Blancs et les silhouettes pieds nus aux visages barbouillés de peinture phosphorescente qui dansaient en se trémoussant entre les bâtiments de l'université. Les sourires béats et la peur qu'ils masquaient. Tous ces concerts. Toutes ces histoires d'hindouisme. Tout le monde a les pieds sales, tout le monde a les cheveux longs (comme moi) et tout le monde se laisse pousser la barbe, même ceux qui n'en ont pas encore vraiment. Tout le monde parle la même langue dans laquelle « mon vieux » et « tu vois » reviennent tous les trois mots. Mon frangin Jeffrey était recroquevillé sous la table de sa cuisine la semaine dernière — j'y étais passé pour emprunter un bouquin —, il n'arrêtait pas de rire puis de sangloter, de rire puis de sangloter. Le type qui partage sa chambre m'a dit que c'était les champignons...

« Et alors, tu vas aller à Washington ?

— Quoi ?

— Pour la marche ? La manif ! Tu vas aller à Washington ?

— Non. »

J'avais envie de partir, brusquement. Je ne savais plus ce que je voulais. La carafe en plastique, la chaise en plastique, le vase en plastique pour les fleurs en plastique. J'aurais voulu haïr tout ça, le détester, mais voilà que ça me rassurait. Tout ça n'était pas dangereux, tous ces objets m'étaient familiers dans leur absurdité et leur vacuité, et j'avais besoin de me raccrocher à du familier.

— Pourquoi ça ? Je croyais que tu adorais les manifs.

Je me contentai de secouer la tête.

Shrubs a attendu une minute avant d'allumer la télé, il avait un interrupteur dans son lit.

> *Zut ! Wallie. Qu'est-ce que je vais bien pouvoir raconter à maman et papa ?*
> *Je n'ai jamais eu d'animal de compagnie...*

« Ils m'ont envoyé voir un psy, dit Shrubs brusquement.

— Quoi ?

— Enfin, il est venu me voir ici, plutôt. C'est normal, vieux, suicidaire, maniaco-dépressif, tu vois... Oh, c'était pas mal, en définitive, il était dans le genre assez relax. On a parlé assez longtemps. C'était un type assez vieux, tu vois. Mais sans barbe, tiens. Je croyais qu'ils avaient toujours la barbe. On a surtout parlé de toi.

— De moi ! ? !

— Ben oui. Je lui ai dit que ce qui me frappait le plus dans tout ça, finalement, dans cette histoire de suicide, c'était que je me sois raté. Je lui ai dit que toi, si t'avais essayé, t'aurais réussi.

— Mais qu'est-ce que tu racontes ?

— Sans blague. J'ai fini par comprendre qu'il y avait des tas de façons de se zigouiller, mais que celle-là, celle que j'avais choisie, c'était la plus con — parce que je n'ai rien senti, tu vois. Quitte à se tuer, autant en tirer quelque chose. Comme tu fais toi.

— T'es complètement cinglé.

— Non, pas du tout. C'est lui qui me l'a dit et il doit s'y connaître mieux que toi. Officiellement, je ne suis pas cinglé. Mais je suis devenu plus malin d'un seul coup. Je sais des trucs, tiens, pour toi, par exemple.

Je le dévisageai en écarquillant les yeux.

« D'avoir fait ça, ça me met dans la même situation que toi. Pas tout à fait, d'accord, mais presque. Depuis le temps que je voudrais être comme toi, des années et des années que tu me sers de modèle. Eh ben voilà, c'est fait.

— Mais je ne comprends vraiment pas un mot de...

— Mais si. Quand on t'a collé à l'asile, quand t'avais huit ans. Je n'arrêtais pas de penser que, même si tu étais bien le Gil que j'avais connu, quand t'es rentré, tu étais différent, en même temps. Mais je n'ai pas compris tout de suite en quoi. Maintenant, j'ai pigé. Tu as la permission officielle d'être cinglé, tu vois ? En ayant passé un an dans ce... dans ce... truc, à cet endroit... Si tout le monde est d'accord pour dire que t'es louf, t'es louf et puis c'est marre, même si tu ne l'es pas du tout. En tout cas, tu l'es aux yeux du monde. Et donc, tu as la permission. Tu peux faire tout ce que tu veux. C'est la limite, tu vois. Tu peux vivre très près du bord tout le temps.

— Je ne vis pas près du bord.

— J'ai pas dit ça. J'ai dit que tu avais la permission, le droit si ça te chante.

Il me regardait très sérieusement.

« Moi, je n'ai jamais eu le choix.

Il a haussé les épaules autant qu'il le pouvait sans fiche en l'air tous ses appareils et, pour la première fois, m'a fait un véritable sourire.

« Mais je ne suis qu'un élève ingénieur raté. M'écoute pas.

J'ai fait la grimace, cherchant quelle excuse inventer, mais sans en trouver aucune. Je hochai du chef sans trop m'engager et fouillai une fois de plus la pièce des yeux à la recherche d'un nouveau sujet de conversation. Il ne cessait pas de me fixer une seconde. Quand j'ai fini par renoncer pour reporter mes yeux sur lui, son regard était accroché à moi et il avait cessé de sourire.

« Il n'existe qu'une chose qui pourrait te tuer sur cette planète et c'est elle, qu'il a dit alors.

Puis, montrant son bras gauche, il a ajouté :

« Et c'est bien pour ça qu'elle est aussi la seule chose qui puisse t'empêcher de faire ça.

A la télé, il y a eu une pub pour une lessive. Trois ménagères étalaient leur linge sur une pelouse. Les trois paquets de linge étaient propres, mais il y en avait un encore plus propre. Je me suis couvert les oreilles, et Shrubs a éteint le poste. Il y a eu une lueur bleue. Le type derrière le rideau avait cessé de râler et de geindre et, je ne sais pas pourquoi, je me suis dit qu'il devait être mort, ou qu'il était parti.

— Je vais changer mon certif principal, j'ai dit.

— Je ne savais pas que t'en avais un.

Je me suis gratté le menton.

— Je vais prendre psycho.

La matouse de Shrubs a fait irruption. Elle portait un sac en papier plein de serviettes de toilette.

— Quand je travaillais ici, c'était propre, elle a dit d'entrée, sans embrasser son fils ni dire bonjour. C'est un hôpital, tout de même. Enfin, de mon temps c'était un hôpital.

Enfin, quand elle a eu vidé son sac (c'est le cas de le dire), elle a embrassé Shrubs d'un air absent, sur la joue. Je me rappelle que son père était le type le plus chaleureux que je connaissais quand j'étais petit, si seulement il avait pu m'adopter, Shrubs et moi on aurait été frères. Il est mort quand nous avions sept ans. Je n'ai jamais compris ce qu'il pouvait bien trouver à cette bonne femme.

« Si j'ai bien compris, tu as vu un spécialiste, elle a dit à Shrubs.

— Un psychiatre.

— Oui, enfin, c'est ce que je dis. C'est idiot, tu ne trouves pas ? Tu n'as vraiment pas besoin de ça, bon sang. Tu as eu une espèce de malaise, c'est tout. Ce sont des douleurs de croissance. Rien qu'une petite... Rien qu'un petit...

— Suicide, maman, tu peux dire suicide.

— Non, qu'elle a répliqué tout en se mettant à ranger comme une maniaque ce petit coin d'hosto.

— Si, a dit Shrubs.

— Je t'ai apporté un pyjama.

— Je dors à poil, maman.

— Pas ici, c'est moi qui te le dis. Ils t'ont changé ta perf ? Combien de fois par jour est-ce qu'on...

— Elle vient d'être changée.

Je me suis levé pour lui offrir ma chaise, sachant qu'elle ne la prendrait pas. La mère de Shrubs reste toujours debout quand il y a des jeunes dans la pièce. Quand elle n'a plus rien trouvé à faire, elle est venue se placer au pied du lit et elle nous a examinés d'un air critique.

— Ils pourraient profiter de ton séjour pour te couper les cheveux — et vous aussi, Gilbert, ce ne serait pas une perte !

— Je ne crois pas que la Sécu rembourse...

— Ne fais pas le malin avec moi. C'est déjà une rude chance que le Dr Collier soit encore ici et qu'il ait accepté de t'envoyer une ambulance, mon bonhomme ! T'aurais eu bonne mine, sinon, tout seul dans ce trou à rats que vous habitez tous les deux.

— Oui, maman.

— Une rude chance.

— Le chauffeur était camé, au fait.

— Combien de fois par jour est-ce qu'ils te changent ta perf, hein ?

Elle s'est mise à tripoter les tubes, prenant bien garde de ne rien déranger dans son zèle, convaincue pour finir qu'elle n'avait rien à faire là. Bientôt, personne n'a plus rien dit. Debout, assis, couché — on se taisait tous les trois.

« Bon, ben je vais vous laisser bavarder tous les deux, a fini par dire la mère de Shrubs. Je vais aller boire un café. J'imagine que vous vous comprenez, parce que, moi, je suis complètement dépassée.

Shrubs a roté.

Toutefois, juste avant de partir, elle s'est retournée vers moi sur le seuil et m'a dit :

« Ta mère t'a dit ce que j'avais vu dans le journal, l'autre jour ? Une photo de... une photo du journal, de Washington... Attention, je n'en suis pas sûre, parce que je ne me souviens pas si...

— Elle me l'a dit.

Je n'avais pas fait exprès de l'interrompre aussi grossièrement, mais on ne fait jamais rien par hasard.

— Bon, qu'elle a fait et elle est sortie.

C'est fou le nombre de gens qui se font de la peine parce qu'ils ne savent pas se servir du langage. Vaudrait vraiment cent fois mieux communiquer par vibration mais, en Occident, ce n'est pas encore faisable. J'aurais vraiment aimé l'aider à comprendre, mais le temps manquait. Nous vivons tous dans une espèce de brume sanglante.

— Je pige, a dit Shrubs, c'est pour ça que tu n'iras pas à la manif.

— A la manif ? Pas du tout. C'est simplement que

j'ai cessé de croire que cette forme de contestation peut produire des résultats constructifs, c'est tout.

— Hmmm-mmmh.

Il a rallumé la télé, plus fort cette fois, jouant avec les commandes à distance, variant le volume sonore et changeant sans arrêt de chaîne. Le bruit et les rayons cathodiques ont commencé à m'étourdir, à moins que ce ne soit autre chose...

— Je ne sais pas, moi, a hurlé Shrubs pour couvrir la télé, mais les choses s'accélèrent rudement. Hier, tu croyais à la contestation. Tu étais même le...

— C'était hier.

J'ai mis mes mains sur mes oreilles et j'ai fermé les yeux. Je ne sais pas combien de temps je suis resté comme ça mais, quand j'ai rouvert les yeux, l'infirmière était de retour, ayant très manifestement retouché son maquillage et sa coiffure pour notre bénéfice. Elle a défait le pansement de Shrubs et, brusquement, sa chair est apparue, violette, enflée, entaillée, suintante et palpitante. Les points de suture faisaient comme des barbelés dans sa peau. Ça m'a fait lever et reculer. Quand mes yeux se sont détournés du spectacle, ils ont rencontré les siens qui me fixaient. Nous nous sommes dévisagés un moment et, sans un geste, il a éteint la télé. Le silence était assourdissant.

— Il y a deux mots, il a dit, que ma mère n'a pas réussi à prononcer.

J'ai écarquillé les yeux, j'avais peur sans savoir pourquoi.

« Deux mots : " Jessica " et " suicide ".

Je me tenais très droit, mon dos était un mur de brique et j'avais l'impression que je ne pourrais plus jamais bouger.

— Qu'est-ce que tu veux que je fasse ? j'ai fini par demander.

— Vas-y.

5

J'étais seul dans le car. Oh, je reconnais avoir crié « A bas les flics, à bas les porcs ! » comme tout le monde chaque fois que nous avons croisé ou doublé une voiture de patrouille, sur l'autoroute. Mais je me sentais à part, exclu, je ne faisais pas un avec eux et j'ai donc passé le plus clair du voyage perdu dans les recoins secrets de mon esprit, occupé à explorer les processus de la pensée qui sont bougrement intéressants, quand on y pense... Ça m'a permis de survivre malgré la chaleur, ça m'a empêché de devenir dingue dans l'odeur moisie des vieux vêtements et du hash.

Il y avait trente-sept vestes de combat dans le car — et huit guitares. On avait quitté le siège de l'Union des étudiants à cinq heures du mat, débordant d'énergie et possédant bien cinq dollars à nous tous. A tel point que je me suis demandé qui payait, conjecturant que ce pouvait bien être la CIA elle-même, dans une tentative de manipulation de l'opinion semblable au piège à cons de Chicago. Mais peut-être aussi que c'était tout simplement le SDS — personne n'en savait rien, et les membres effectifs de cette organisation étaient impossibles à identifier, encore que toujours trahis par leurs petites lunettes cerclées de métal.

Moi, j'étais le loup solitaire, ce qui correspond bien à mon tempérament, *le Loup des steppes* de Hermann Hesse (encore que je préfère *Siddhârta*), celui qui voit sans yeux, « les secrets de l'âme redoutable qui se cache au fond de l'âme ». J'avais ma chemise hawaiienne. On y voit une plage au couchant, avec deux baigneurs sous un palmier. Ma mère l'a achetée dans une vente de charité.

J'avais ma propre mission à remplir. Je ne suis pas suiviste, moi, non, plutôt observateur de mes pairs, je prenais du recul. J'en étais sans en être : ma génération. Les Who ont dit ça très bien.

En regardant les autres passagers du car, je me suis rendu compte à quel point j'étais différent, à quel point j'avais changé. Je n'étais plus l'étudiant de première année que j'avais été quelques semaines seulement auparavant. Je savais désormais ce qui manquait à ma vie, dans ma vie, ce qui avait toujours manqué, sauf pendant deux ou trois jours de mon existence de lycéen... et puis cet événement de mon enfance qui gouverne encore ma vie. C'était Shrubs qui me l'avait dit. C'était la première fois de ma vie que je l'avais écouté.

J'ai donné un coup de main pour les banderoles, tout de même, pour passer le temps. J'en ai fait une qui proclamait : NE VOUS GÊNEZ PAS, PRENEZ MA VIE, ELLE EST A VOUS ! et puis une autre sur laquelle on voyait une bombe se transformer en colombe, comme ça :

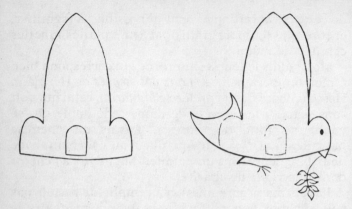

Ça m'a valu des tonnes de compliments des autres qui étaient moins doués pour le dessin. Une rouquine en short m'a demandé de l'aider à dessiner les lettres de sa pancarte : A BAS LES PORCS ! Mais j'ai refusé, j'ai réussi à la convaincre que les méthodes dignes de la Gestapo de notre belle police n'étaient pas au centre de la question. La manif avait un tout autre sens. Elle m'a dit qu'elle adorait ma façon de penser. On s'est regardé dans les yeux une bonne vingtaine de kilomètres. Et puis j'ai dû renoncer à cause du Grand Dilemme.

Oui, ça existe, ça ne sert à rien de le nier et moi je le reconnais franchement. Voilà des centaines d'années que la méprisable oppression des femmes se poursuit dans notre beau pays. Elle est plus ancienne, plus subtile et plus insidieuse que l'oppression dont sont victimes les Noirs afro-américains. L'homme, né de la femme, n'a rien de plus pressé que de l'enfermer dans la cuisine, dans la pouponnière et de la traiter en objet sexuel et en machine à faire des enfants. C'est répugnant.

Mais pourquoi ont-elles cessé de s'épiler les jambes ! (oui, je suis coupable, je suis coupable ! J'ai tort. Mais Charlene Roth, qui était si chouette au lycée, depuis qu'elle s'est libérée des stéréotypes qui l'étouffaient... on dirait un gorille). Oui, je me sens coupable ! Et le Grand Dilemme me déchire les tripes : Œdipe ? Playboy ?

Le car a fini par se ranger devant la pelouse où se dresse le monument de Washington. Nos frères et nos sœurs déjà présents y faisaient comme des joujoux. J'en ai été rempli d'une espèce d'exaltation sacrée. Nous refusions d'être de simples pions dans leurs jeux, comme l'a écrit Dylan. Nous avions le nombre et la force. La puissance et la gloire — comme aurait dit Phil Ochs.

Au pied du monument de Washington, nous allions nous installer et tenir. Qui sous la tente, qui sous un abri de fortune, qui dans son sac de couchage, qui à la belle étoile, nous étions là, au coude à coude. Nous ne faisions qu'un. Nous allions proclamer notre vérité d'évidence : Arrêtez la guerre ! Grouillant au pied de ce gigantesque symbole phallique américain, nous étions la semence bouillonnante qui allait faire renaître notre pays. Moi, je suis allé tout droit à l'hôtel Holiday Inn.

La chambre était encore plus chère que je ne pensais mais elle avait l'air conditionné. La fille — la femme — de la Réception m'a regardé de travers. Je vis que j'avais affaire à une esclave des multinationales (Holiday Inn appartient à Gulf/Western) décervelée par le capitalisme monopoliste qui a étranglé la petite entreprise individuelle. La carte de crédit Gulf de mon père m'a permis de régler la chambre. J'ai pris une douche à haute pression et je suis retourné au monument de Washington ajouter ma voix à celle des autres enfants du peuple.

Il y avait foule. Je n'étais pas à Chicago, l'année précédente, quand tant des nôtres s'étaient fait cogner et que les Sept avaient eu droit à un procès truqué (j'avais des exams), mais je sentais monter le même genre de violence là, à Washington. On voyait bien que le sang battait à la tempe des flics qui faisaient tournoyer leurs matraques, le casque luisant sous la lune. La circulation avait été détournée de part et d'autre de la manif. Nous étions pris au piège, encerclés. Les cars de flics entouraient la Maison-Blanche sur trois rangs. On était à un cheveu de l'affrontement. L'air était chargé d'électricité.

Et puis c'est arrivé sans crier gare. Un bras m'a entouré les épaules par-derrière et m'a tiré à la renverse. J'ai senti un poids énorme s'abattre sur moi et j'ai entendu un hurlement de terreur qui semblait féminin. Mes réflexes ne m'ont pas trahi. J'ai pivoté sur moi-même de tout mon poids, balançant mon agresseur sur les roses, et j'ai pris la position défensive de karaté que je connais plus ou moins en poussant un cri de guerre suraigu. Tout le monde s'était écarté et je me suis retrouvé tout seul, en position de combat, fin prêt. Mais ce n'était pas un flic.

C'était Mary Lynn Zupke.

Je l'ai à peine reconnue. Il faisait noir, le terrain m'était inconnu, mais elle n'avait pas tellement changé. Sa chevelure semblait s'être résignée à sa raideur naturelle. Elle portait un chandail de coton de Michigan State University, un jean (étroit, pas bouffant) et des grosses tatanes de la qualité la plus inférieure.

— Gil, t'es pété?

— Salut, Mary Lynn.

— Youpeee!

Youpeee! Il y a des choses qui ne changent jamais. Manifestement, et malgré sa révolte contre les stéréotypes qui avaient dominé son passé, Mary Lynn Zupke restait avant tout une groupie d'équipe de foot. Je lui en ai été immédiatement reconnaissant. On s'est tombé dans les bras en signe de camaraderie dans la contestation et elle m'a fourré la langue entre les amygdales.

On a décidé d'aller causer de la révolution sous sa tente. De l'acrylique! La discussion a commencé par un discours de Mary Lynn. Elle m'a exposé ce que c'était qu'être une femme dans les années soixante-dix. Elle m'a parlé des modèles et des rôles dont les femmes devaient apprendre à se dégager, et tout ça. Elle m'a raconté son histoire personnelle. Après Cooley, elle s'est directement inscrite à Ann Arbor où elle prépare un diplôme de biochimie. Mary Lynn avait toujours eu un penchant pour la poésie, pourtant. La littérature et tout le tremblement. Mais quand je le lui ai rappelé, elle m'a dit qu'il y avait beaucoup d'appelés et peu d'élus (ce sont ses propres paroles). Je lui ai un peu parlé de moi, surtout de ma rupture avec la poésie qui ne suffit pas à amener les bouleversements sociaux qu'elle suppose — et de mon engagement dans la contestation. J'ai aussi parlé de mon intérêt pour la psychologie. Et puis elle a fermé la fermeture à glissière de sa tente.

> *Assieds-toi près de moi*
> *Aussi proche que l'air*
> *Partageons des souvenirs gris...*

Quelqu'un chantait à l'extérieur. J'ai eu l'impression de comprendre le sens de cette chanson pour la première fois.

Mary Lynn Zupke n'a pas cessé de sourire d'un bout à l'autre. Elle m'a appelé « Baby », rallumant en moi des souvenirs de Bonnie Goode (pas gris). Cela, joint à certaines prouesses physiques et à l'originalité de ses mouvements, m'a conduit à penser qu'elle avait acquis une certaine expérience d'objet sexuel depuis le bahut.

A l'extérieur de la tente, dépourvue de toute aération, on entendait parler de Martin Luther King, de Robert Kennedy et des drames qui avaient marqué l'année précédente. (J'aurais cru qu'une licenciée de biochimie se serait inquiétée de l'aération.) Il m'a fallu longtemps pour répandre ma semence et Mary Lynn Zupke a été emportée par une passion qui frisait la schizophrénie. C'est du moins ce qu'elle m'a appris par la suite. Je ne m'en étais pas rendu compte parce que je pensais à quelqu'un d'autre. Je n'ai pensé qu'à elle tout le temps. J'imaginais que Mary Lynn Zupke c'était elle.

J'avais hâte de prendre congé et ne me suis guère attardé dans le post-coïtum, contrairement aux conseils dispensés dans les classes et les manuels d'éducation sexuelle.

— Où vas-tu ? a-t-elle demandé.

— J'ai un truc à faire. Tu ne comprendrais pas, c'est trop compliqué.

— Essaye toujours.

— Ecoute, Mary Lynn, c'est seulement mon corps qui s'en va, au sens purement physique. Notre bio-énergie, elle, ne fait qu'un ; tu dois bien t'en rendre

compte, après tant d'années de séparation, nous nous
sommes sentis si proches l'un de l'autre. Tu m'as dit
que tu ressentais ça, toi aussi, les vibrations. Alors, tu
mentais ? Les Upanishads nous disent que seul celui
qui n'a pas d'esprit se sent séparé par la distance
physique, tandis que ceux qui possèdent une âme ne
font qu'un à jamais malgré les pièges méprisables de
l'espace et du temps. Je ne te quitte pas, Mary Lynn,
puisque je suis ici, où que je sois.

— Bref, tu tires un coup et tu te tailles, c'est ça ?

— C'est ça, Mary Lynn, j'ai un truc à faire.

On s'est dévisagé quelques instants et puis je suis
parti. Elle ne pouvait pas savoir. Elle ne savait pas.
Personne ne sait.

En chemin pour l'hôtel, j'ai été abordé par des
Panthères noires qui me haïssaient parce que je
n'étais pas noir, puis par des Panthères blanches qui
me haïssaient parce que je n'étais pas pété et enfin
par des Weathermen qui me haïssaient parce que je
n'étais pas dangereux. Mais ils se gouraient. J'étais
dangereux.

J'ai dormi violemment. Je me suis réveillé plusieurs fois en sursaut, trempé de sueur, me demandant où j'étais. J'ai fait le cauchemar récurrent qui
m'empoisonne la vie depuis mes huit ans, quand tout
a commencé. Je me rappelle toujours mes cauche-
mars. Je l'ai fait deux fois cette nuit-là. Je me
demande bien à quoi ressemblent les rêves que je ne
me rappelle pas — l'inconscient est d'une profondeur
insondable. J'avais demandé à Jessica de quoi elle
rêvait, elle m'avait répondu : de Dieu. Alors j'avais
demandé si elle rêvait seulement de choses auxquel-

les elle ne croyait pas et elle avait dit oui. Quand j'étais à la Résidence Home d'Enfants les Pâquerettes, elle m'avait envoyé une lettre qui disait qu'elle rêvait d'arcs-en-ciel. Je le lui ai rappelé ; elle m'a répondu : « C'est bien ce que je dis. Tu vois quelque chose de plus proche de Dieu que les arcs-en-ciel, toi ? »

Les deux tableaux pendus au-dessus du lit de ma chambre à l'Holiday Inn représentaient une route forestière à l'automne. Une explosion de rouges. Le genre d'illustration qu'on trouve dans les manuels de lecture ou sur la couverture des bouquins bon marché. Je suis indulgent pour la médiocrité artistique en règle générale — surtout quand il s'agit de satisfaire l'absurde besoin de « décoration » — mais les tableaux accrochés au-dessus de moi dans cette chambre hantèrent mon sommeil. Toute la nuit, je crus entendre une bagnole sur cette foutue route forestière. Elle venait sur moi pour m'écraser mais s'arrêtait à la dernière seconde.

Je me suis masturbé. (Si je veux que ce journal serve à quelque chose, il ne faut cacher aucun des aspects de ma psyché.) Mais ça n'a pas réussi à m'épuiser. Il m'arrive de penser que, si je ne le faisais pas, je deviendrais fou. Je suis seulement capable de le faire en pensant à des nanas avec lesquelles j'ai eu des rapports dans la vie réelle. Au bahut, je cachais un flacon de « Shalimar » sous mon pieu et j'en répandais quelques gouttes sur l'oreiller comme adjuvant du rêve. Aujourd'hui, je crée des tas d'histoires voluptueuses dans les demeures de mon esprit. Je suis un vrai dramaturge du cul. Je dispose de plusieurs décors différents. Quand je n'arrive pas à dormir, je parcours ma liste de décors et ma liste de maîtresses. Parfois, je suis incapable de choisir parce que rien n'est tout à fait comme je voudrais. Il n'y en a qu'une qui serait parfaite, mais celle-là, je ne peux pas le faire en pensant à elle. Ce serait mal. Alors je prends une vedette de ciné. (Parfois, juste avant l'orgasme, Jessica se substitue à ma maîtresse imaginaire. A la dernière seconde. Je ne peux plus m'arrêter. D'habitude, j'essuie mon lit avec une serviette. Au bahut, j'utilisais des mouchoirs en papier pour éviter d'éveiller les soupçons. Quand c'est Jessica, je garde tout dans ma main. Très longtemps.)

Le lendemain matin — c'était hier — je me suis levé et j'ai pris des tas de douches en faisant varier la pression et la température. Puis j'ai mis ma chemise hawaiienne et je suis sorti. J'ai appris à l'employée de la réception que j'avais un rendez-vous au Capitole, un rendez-vous personnel, d'où ma tenue.

— Parfait, monsieur. Bonne journée ! qu'elle m'a dit.

— Comptez sur moi, j'ai répondu, mais où est-il ?

— Qui ?

— Mais... le Capitole ?

— Oh ! Juste derrière vous, par là.

— Merci.

A nous deux, fière cité sur le Potomac, siège du gouvernement d'un immense pays dans lequel, il n'y a pas si longtemps, erraient nos frères indiens que le Blanc n'avait pas encore humiliés et massacrés.

— Jolie chemise, a dit l'employée des monopoles.

6

— Ne quittez pas !

C'est la première chose que Jessica a trouvé à me dire après trois ans d'absence. Et puis :

« Gil ! C'est agréable d'entendre ta voix.

Les cabines téléphoniques du grand hall du Capitole ne puent pas autant que celles de la rue, alors qu'elles sont assiégées par la foule. C'est sans doute une conséquence du statut social prétendument supérieur de leurs utilisateurs.

« Excuse-moi, je suis à toi tout de suite ! Allô ! Où en étions-nous ? Ah oui, Gil ! Quel plaisir de t'entendre. Je suis très heureuse que tu m'appelles.

— Jessica, pourquoi parles-tu comme ça ?

— Ne quitte pas une minute, veux-tu ?

La foule qui entourait les cabines sus-mentionnées poussait de l'avant, apparemment pressée de communiquer par téléphone avec d'autres bourgeois en complet trois pièces aux mains soignées. Ma chemise hawaiienne me valait de drôles de regards. Un type, en particulier, se tenait devant ma cabine à moi, il portait des lunettes et trimbalait une mallette qui m'apprit son nom : Robert J. Benaway. Je n'avais jamais entendu parler de lui.

« Me voilà, pardon. Tu as choisi un drôle de jour pour appeler, tu sais. C'est la panique, ici. Il faut que nous préparions des déclarations à propos de cette manifestation. Mais je suis heureuse que tu m'appelles. C'est agréable d'entendre ta voix.

— Tant mieux. Je suis en haut du grand escalier. Quoi ?

— Le grand escalier.

— Où ? A Washington ?

— Ici, Jessica, au Capitole.

— Attends, ne quitte pas.

J'ai appuyé mon poing contre la vitre. J'y ai étalé mes doigts comme une grenouille dans un bocal et j'ai regardé la buée se former autour de leur extrémité sous l'effet de ma chaleur corporelle — ma chaleur corporelle — le feu qui me brûlait en dedans. Puis j'ai refermé le poing et pressé mes phalanges contre le verre.

« Allô, Gil ! Alors, qu'est-ce qui t'amène à... Oh, tu veux bien ne pas quitter encore une seconde ?

Je me suis mis à cogner contre la vitre en cadence. Le bruit que j'avais dans la tête a commencé à faire pression contre l'intérieur de mon crâne, la cadence s'est accélérée et j'ai cogné de plus en plus fort. Robert J. Benaway me dévisageait en écarquillant les yeux. Il attendait le téléphone. Je savais qu'il était prêt à attendre toute la journée avant de se barrer. Je connais très bien ça.

« Allô, me voilà, désolée.

— Où es-tu ?

— Mais, pourquoi... pourquoi me demandes-tu ça ?

— Au rez-de-chaussée ?

— Mais...

— Où, au juste ?

Une centaine d'enfants japonais, en rang par deux, ont pénétré dans le grand hall. Ils se tenaient rudement bien. Ils avaient tous une casquette. Leur professeur venait devant, le nez dans une brochure.

— ... Ecoute, Gil. Je ne crois pas...

J'ai balancé mon poing dans la vitre qui s'est cassée comme une tête passant à travers un pare-brise. A la même seconde, un des petits Japonais s'est évanoui, probablement sous l'effet de la chaleur, et la foule qui se pressait dans le hall a été immédiatement prise de panique et a entouré l'enfant étendu inconscient sur le sol en poussant toutes sortes de hurlements et de vociférations. Le téléphone s'est tu, dans ma main, « on » avait coupé, c'est devenu une chose morte dans ma main et je l'ai balancé à travers la vitre puis je l'ai regardé pendre là au bout de son fil, comme un pantin. Je l'ai récupéré et j'ai composé de nouveau le numéro, enroulant le fil autour de mon poignet tandis que l'appareil sonnait, serrant de plus en plus fort jusqu'à ce que ma main devienne violette. Je l'ai lâché et j'ai examiné les marques laissées par le tortillon que j'avais ainsi formé, comme si mon bras avait été étranglé par une espèce de serpent technologique conçu expressément à cet effet.

— Allô ?

— Jessica...

— Qui ?

— Est-ce que Jessica est là ? Jessica Renton.

— Désolée. Il n'y a personne ici...

— Mais non... elle porte un autre nom maintenant...

— Il y a bien une Jessica Abbot... qui travaille pour le dépu...

J'ai raccroché. Les marques s'estompaient rapidement sur mon poignet, mais je savais qu'un certain nombre de cellules étaient mortes. Il existe une mémoire cellulaire... On dit que chaque cellule possède une mémoire.

Un type d'allure officielle se faufilait entre les

petits Japonais, agitant les bras comme s'il tentait d'attirer l'attention de quelqu'un qui ne le voyait pas ou refusait de s'approcher. J'observais les enfants. Il y en avait qui riaient, tandis que d'autres semblaient complètement paralysés d'horreur. Une petite fille pleurait.

Dans la cabine mitoyenne résonnait la voix d'une jeune femme qui commandait des sandwichs. Elle épelait chaque mot : m-o-r-t-a-d-e-l-l-e.

J'ai composé le numéro.

— Jessica Abbot, s'il vous plaît.

— Qui la demande ?

— Gilbert Rembrandt.

— Pardon ?

— *Gilbert Rembrandt.*

— Ne quittez pas.

Ma main s'est mise à me piquer brusquement et j'ai remarqué le sang qui dégouttait jusqu'au plancher à mes pieds depuis mes articulations. Il y avait encore un éclat de verre fiché dans une de mes phalanges. Le sang dégoulinait le long de mon bras comme une pluie pourpre sur une vitre. Je l'ai essuyé sur ma chemise et j'ai entrouvert la porte.

— Elle est en réunion, monsieur. Puis-je lui transmettre...

J'ai raccroché. On avait fait mettre les petits Japonais en cercle autour de leur camarade inconscient sur lequel on pratiquait la respiration artificielle. Le secouriste était en blue-jean.

Traversant la foule, j'ai remarqué que les gens regardaient ma main puis l'enfant, croyant manifestement que j'avais joué un rôle dans la tragédie. Du coup, je me suis demandé si je ne m'étais pas par hasard laissé aller à un geste que j'avais oublié, un geste d'une grande violence. Je me croyais capable d'une grande violence.

J'ai pris bien soin de parcourir lentement les corridors. Je me suis arrêté devant les portes d'une série d'ascenseurs et, brusquement, Jessica est sortie d'une cabine. Je l'ai suivie et, l'agrippant par le bras, l'ai fait pivoter pour me faire face, mais ce n'était pas elle, c'était un homme. Alors je me suis mis à courir jusqu'à un autre hall, aveuglé par le vent de ma course, l'air séchant tout le liquide de mes yeux qui se sont mis à me brûler mais refusant de fermer les paupières.

J'ai pris un autre ascenseur. Je suis monté jusqu'au dernier étage. Puis redescendu jusqu'au sous-sol. J'en suis sorti et j'ai regardé autour de moi, puis j'ai regagné le grand hall, et j'ai quitté le Capitole par le grand escalier qui s'étalait comme une espèce de langue grise et ondulée, vomissant des miasmes d'humanité.

Je me suis assis sur le trottoir en face du bâtiment. J'ai senti mon cerveau couler lentement, comme un œuf, ·vers un côté de mon crâne. Je ne sais pas combien de temps je suis resté ainsi, mais j'ai fini par reprendre conscience et par me rendre compte que je fixais les portes du bâtiment avec des yeux tellement écarquillés que tous les muscles du visage me faisaient mal. Je me suis levé sans quitter l'escalier des yeux. Le petit doigt sur la couture du pantalon. J'étais au garde-à-vous. Au garde-à-vous au pied de l'escalier monumental, la tête levée. Je surveillais les portes du Capitole. Je guettais son apparition.

Il faisait très chaud. Le soleil me grillait la nuque, et je me suis tourné imperceptiblement pour répartir la chaleur. Un petit groupe de jeunes Noirs jouait derrière moi avec une balle dégonflée et usée jusqu'à la corde en poussant de grands cris. La sueur dégoulinait le long de mon torse sous ma chemise et j'avais l'impression que c'étaient des insectes qui me grouillaient dessus. Mes vêtements me collaient à la peau. Un flot de grosses berlines noires faisait comme une douve autour du bâtiment, pleines de gens invisibles aux intentions invisibles : s'ils n'étaient pas vides, c'est que je l'étais. Je regardais les marches du Capitole, au garde-à-vous. Cent fois, j'ai cru l'apercevoir. Ce n'était jamais elle.

Toujours au garde-à-vous, les bras raides, je voulus gagner le côté du bâtiment, mais un gardien m'a arrêté et je suis retourné jusqu'à mon poste d'observation. Je surveillais les portes.

Une heure plus tard, j'ai encore rebroussé chemin pour me faire encore arrêter par le gardien.

Je me suis mis à imaginer que les chauffeurs étaient des espions. Je me suis mis à imaginer que les jeunes Noirs étaient des espions. Je savais qu'il n'y a pas d'espion mais que tout le monde peut le devenir, à l'occasion. J'ai acheté une saucisse chaude mais refusé la sauce piquante.

J'ai regagné mon poste et j'ai attendu. Quand nous avions huit ans, elle m'avait dit un jour que son père lui apprenait le français au cas où elle déciderait de ne plus habiter aux Etats-Unis. Il était mort une semaine plus tard. Et maintenant, elle ne partira jamais.

Quelques lycéennes assises sur les marches ont rigolé de me voir debout, là, dans la chaleur, mais elles étaient dénuées de toute importance politique. Par-devers moi, je les méprisais, elles, leurs bermudas, leur absence de principes et leurs bijoux de pacotille. Il y en avait une qui portait la même chemise que la mienne. Identique.

Le soleil a commencé à baisser, il se faisait tard, et ses rayons étaient arrêtés par le faîte des arbres et le toit des maisons. Dans l'ombre, j'ai attendu la lune. Mon intestin se recroquevillait comme tordu par une main de fer chauffée à blanc. J'ai vomi plié en deux sur le trottoir. Personne n'a fait attention à moi.

J'ai rêvé que je dormais et que je rêvais que je dormais et que je rêvais. J'ai entendu claquer la portière d'une Mustang dans la salle d'exposition d'un concessionnaire de Greenfield Avenue et Jessica demander au type combien elle valait. Et aussi combien ça coûterait de s'y envoyer en l'air pendant une heure et le type a répondu que c'était lui qui rinçait. Quand j'ai rouvert les yeux, elle était debout devant moi et me tournait le dos pour parler au chauffeur d'une berline qui lui disait de ne pas s'en faire, que c'était lui qui rinçait.

— Je vous retrouve ici dans une heure, lui dit-elle.

Elle est restée debout devant moi pendant longtemps avant que je me décide à me relever et, quand j'ai fini par le faire, elle m'a saisi par le poignet en disant « viens », et je l'ai suivie dans un parc de stationnement plein de voitures où le soleil mettait des reflets rouges et aveuglants sur tous les pare-brise.

— Je n'ai qu'une heure, elle a dit.

Elle portait une robe qui aurait pu être une robe de bal et qui épousait souplement ses formes, et j'ai pensé : elle s'habille comme ça tous les jours maintenant, c'est lui qui paye, et des souliers à talons hauts sans contrefort.

— Tu t'es fait couper les cheveux, j'ai dit.

— Pas toi.

Elle leur ressemblait, elle leur ressemblait trait pour trait et je me suis demandé ce qui avait bien pu se passer et quand. Elle gardait ses distances avec moi, son allure même était différente, courbée, comme quelqu'un qui reste assis dans un bureau, toute la journée à vieillir, comme eux. Trait pour trait.

« Et alors, comment vas-tu ? elle a dit.

— Très bien.

Il fut un temps où elle ne supportait pas ce genre d'aménités, cette vie de distance, de gentillesse et de rien. Je me suis senti dégueulasse tout d'un coup, ma chemise hawaiienne me collait au ventre et mon jean était couvert d'une espèce de vase puante d'avoir été trop porté. J'ai regardé par terre. Pour la première fois de ma vie il m'est venu à l'esprit que j'aurais aimé être bien habillé. J'étais gêné. J'étais trop jeune pour elle. C'était elle qui m'avait abandonné, quelque part en chemin.

— Tu es là pour la manifestation ? elle a demandé. Shrubs est venu avec toi ?

J'observais attentivement ses yeux, songeant que j'y pourrais découvrir peut-être une étincelle de ce que j'y voyais autrefois ; me demandant qui elle imitait et pourquoi. Elle avait donc tellement besoin de se débarrasser de moi ? Etait-ce moi qui avais tellement changé ? C'était un coup de foudre inversé qui faisait de nous deux inconnus. A quoi sert encore l'histoire ? A rien.

« Je suis heureuse que tu sois venu, elle a dit. A la manifestation, j'entends. Nous en avons besoin. Tous ces beaux-esprits de mon bureau, les libéraux, ils sont pires que les faucons les plus endurcis. C'est vrai, tu sais, finalement, que les extrêmes se touchent. Les extrémistes sont plus proches les uns des autres que des gens du marais. C'est devenu une vérité.

Je ne m'étais pas attendu à cette dichotomie. Cela contredisait son apparence, et il me fallut quelques instants pour digérer ses paroles et comprendre que je n'étais pas d'accord.

— Je ne crois pas, j'ai dit. Je le croyais, moi aussi, mais maintenant, je pense qu'il faudra que ça vienne de l'intérieur. Que ça se produise à l'intérieur du cadre existant. Nous n'avons plus les moyens de nous offrir encore de la violence. Elle est en train de tout mettre en morceaux. C'est la barbarie.

— Non, elle a dit, secouant la tête avec assurance, comme si elle croyait savoir ce que j'allais dire ensuite. Comme si elle m'avait déjà entendu le dire cent fois, moi ou mes semblables, alors que j'y avais à peine songé, jusqu'à ce qu'elle attire mon attention là-dessus. Le cadre existant, reprit-elle, les yeux allumés par la discussion, mais il n'y a pas de cadre existant ! C'est naïf. J'en sais quelque chose. Je travaille ici. Il faudra une effusion de sang pour réveiller les gens.

Je tripotais le devant de ma chemise. Le sang avait séché sur le visage de la baigneuse, sous le palmier, comme si elle avait été blessée par un projectile à moi destiné.

— Je ne sais pas, j'ai dit.

— Bah, ce n'est donc pas pour ça que tu es venu ? La manif ?

— Non.

Elle m'a regardé.

— Mais alors pourquoi...

Mes yeux sont entrés en collision avec les siens et

elle s'est arrêtée net. Cette dichotomie en elle me glaçait. J'ai pris une profonde inspiration.

« En tout cas, je suis contente de te revoir. C'est vraiment...

— Shrubs s'est tué.

Elle a sursauté.

— Quoi ?

— Il s'est ouvert les poignets.

Sa bouche s'est ouverte. Elle a fermé les yeux pour empêcher des choses d'en sortir. Elle les a rouverts et elle a mis les doigts dans sa bouche.

— Mon Dieu, elle a dit, c'est terrible.

Elle a fait deux gestes. Elle a tendu les bras vers moi et elle a reculé d'un pas pour s'écarter de moi.

« J'aimerais... elle a dit.

Machinalement, mes mains se sont crispées et sont redevenues des poings. Je les ai serrés plus fort en regardant son visage et les cicatrices de mes phalanges ont pété. Ça s'est remis à saigner. Je l'ai contrainte à baisser les yeux et je l'ai regardée pleurer, en proie à une confusion qui mettait un carillon dans ma tête. Nous luttions tous deux contre nous-mêmes. Moi, je voulais la serrer dans mes bras mais merde ! Et elle... que voulait-elle ?

— Il n'est pas mort, j'ai fini par dire. Ça n'a pas marché, il s'y est mal pris, en travers.

Et j'ai mimé l'action sur mon propre poignet, y traçant des lignes sanglantes avec mes articulations blessées.

« Pas comme ça, tu vois, comme ça...

Elle m'a giflé. J'ai entendu la gifle avant de la sentir. L'alliance m'a mordu la joue. J'ai agrippé ses mains pour chercher à la lui arracher du doigt. Elle s'est dégagée et elle est partie en courant. Puis elle s'est arrêtée et m'a fait face en pivotant sur elle-même. Il y avait un regard dans ses yeux, pas d'angoisse, pas de colère, autre chose... Une fraction de seconde, elle a de nouveau tendu les bras vers moi, puis les a retirés précipitamment. Une voiture a quitté son aire de stationnement et Jessica s'est écartée à temps.

— Je ne m'en faisais pas pour sa mort, je m'en faisais pour toi, Gil. Je me demandais ce que tu allais faire tout seul.

— J'ai été seul toute ma vie, j'ai dit.

Il y a eu un silence.

— Moi aussi.

Il n'y a plus eu que notre regard. L'obscurité était presque complète mais nos yeux la perçaient comme des radars — fixes.

« C'était toi, elle a dit ensuite. Ça a toujours été toi. Rien que toi.

Elle a mis les doigts dans sa bouche.

« C'est toujours toi.

Parfois les choses ne sont pas comme elles ont l'air et parfois si. J'ai marché lentement jusqu'à elle, comme on s'approche d'un chien perdu. Elle ne bougeait plus. Quand je me suis arrêté, nos visages se touchaient presque. Une larme est tombée par-dessus le bord de ses cils. Elle torturait les côtés de sa robe comme le fond souvent les petites filles, entre ses doigts si fins. Elle a tendu les mains vers mon visage mais les a retenues à la dernière seconde et les a laissées retomber devant elle. Elle les a croisées, pour les empêcher de bouger de nouveau. Elle se battait avec sa dichotomie. Puis elle a touché la commissure de ses lèvres et s'est aperçue qu'il y avait du sang là. Le mien. Le sang dans ma main.

La longue voiture noire est venue se ranger derrière elle et elle a commencé à s'en approcher à reculons. Je ne l'ai pas suivie. Elle a passé sa langue entre ses lèvres et elle a léché mon sang sur son menton et ses lèvres. Et puis elle est montée en voiture, les yeux brillants.

Comme la bagnole s'éloignait, elle a porté trois doigts à ses lèvres, sa main sans alliance, sa manière de dernier adieu à elle. Jamais ses doigts n'avaient paru aussi blancs. Nous nous sommes regardés jusqu'à ce qu'elle disparaisse.

Au même moment, à travers la capitale, un quart de million de révolutionnaires chantaient leur conviction que les choses changeront un jour.

7

Une semaine plus tard, j'ai reçu une lettre réexpédiée par mes parents.

Cher Gil,
Je ne peux expliquer pourquoi. Je l'ignore moi-même. Mais je suis utile, ici. Je fais des choses utiles. Laisse-moi vivre ma vie. Je suis en sûreté dans cette existence et, d'une certaine façon, j'aime mon mari. Crois que je t'aimerai toujours,

Jessica.

Je l'ai déchirée en mille morceaux que j'ai lancés à travers la pièce. Je les ai regardés tourbillonner jusqu'au plancher comme un vol de feuilles mortes. Et puis je me suis jeté à quatre pattes pour les ramasser et les tenir longtemps, longtemps dans ma main. Et puis je les ai mis dans la bouilloire et je les ai fait bouillir jusqu'à ce qu'ils soient entièrement dissous. J'ai emporté cette eau dans la salle de bains et je l'ai versée dans la baignoire.

J'y suis resté assis pendant une heure. Et puis j'ai mis une cravate et je suis allé voir un psychiatre.

Quatrième partie

1

Il est bien d'accord, M. Meinhart, c'est en forgeant qu'on devient forgeron. Mais lui, il parlait de faire l'amour. Moi, je parlais de psychothérapie.

La mienne a commencé quand j'étais étudiant, quelques jours après la marche sur Washington de 1969. Le Dr Deville me dit que, comme tous les autres membres de ma génération, j'avais pris une décision : vivre ! Le Dr Deville avait jugé que ce qu'il me fallait, c'était une thérapie de groupe.

Jessica m'écrivait tout le temps. Je lui répondais parce que j'espérais la conquérir par la poésie. C'est ainsi que j'ai perdu mes dernières illusions concernant l'efficacité de l'art. Je me suis engagé auprès du groupe à cesser de lui écrire.

Elle a continué. Ses lettres étaient toujours pleines de petites nouvelles et d'un style extrêmement concis. J'en examinais l'écriture à la recherche de signes de stabilité ou de passion. Telle lettre parfaitement anodine se terminait par un serment. Puis le mot amour commença à apparaître sans le mot mari. Lors de chacune de ces occasions, j'allais consulter seul le

Dr Deville parce que j'avais le sentiment de vivre de graves difficultés affectives. Je commençais à craindre pour ma santé d'esprit.

Ma souffrance était viscérale. Il s'agit d'une sensation de deuil qui entraîne de véritables douleurs physiques dans la poitrine, autour du cœur. On se réveille le matin, il fait beau, on s'étire au sortir d'un long sommeil, on sourit béatement à la lumière du soleil et l'on se rappelle tout d'un coup que quelque chose est mort en soi — tout devient gris, tout reste gris.

Je l'appelais dans mon sommeil.

J'observais toutes les femmes, dans la rue, pendant les cours, partout, à la recherche d'un indice, un signe qui pourrait me convaincre qu'il en existait d'autres. Il n'en existait pas d'autres.

Je répétais son nom. Je l'écrivais dans la marge de tous les cahiers, sur les couvertures, sur les nappes de restaurant, je l'embellissais de lettrines et, parfois, dessinais du sang qui en dégouttait. Mon sang. Je suivais toutes les femmes qui avaient sa démarche.

Le pire, c'était la nuit. Quand on a bûché à ne plus voir clair, quand on a déjà mangé. Rester assis, les yeux écarquillés, devant une télévision vide, jusqu'au moment où l'on pense qu'on va pouvoir dormir, pour se retrouver bien éveillé dans un lit beaucoup trop grand d'un seul coup.

J'allais dire au Dr Deville que je l'aimais tout simplement, que tous les tissus de mon corps comportaient des cellules qui étaient à elle. Depuis tant d'années. Le docteur me laissait pleurer dans son bureau. Il me donna un coussin pour l'étreindre, le câliner, le frapper en faisant semblant que c'était Jessica. Jamais encore je n'avais ainsi sangloté. Le chagrin est liquide. Je levais les yeux sur le Dr˜Deville. Son regard médical était embué de larmes lui aussi, des larmes déclenchées par l'absolue détresse qui avait vécu si longtemps à mes côtés comme un petit compagnon de jeu imaginaire que l'on entretient pour tuer la solitude.

Mon groupe me suggéra de renvoyer les lettres de Jessica sans les ouvrir. Je me mis à les ouvrir à la vapeur et à les recacheter jusqu'à ce que je comprenne que c'était pour moi, pas pour elle. Je finis par les renvoyer sans les ouvrir.

Alors elle m'expédia des cartes postales. Des images spectaculaires des endroits qu'elle visitait au cours de ses missions de fonctionnaire. Elle les concluait : « Je pense à toi. » Les mots « à jamais » firent leur apparition. Le groupe me suggéra de changer d'adresse. Ce que je fis. J'en profitai pour changer de groupe.

Le Dr Deville approuva ce changement et entreprit de m'encourager à vaincre mon chagrin par la seule puissance de ma volonté. Il vient un moment dans la thérapie où tous les fantômes ont été exhumés, examinés, discutés, les rôles des parents, ma mère, sa relation avec la femme inaccessible, mon père et l'autodestruction. Œdipe et la culpabilité.

Pour finir, je compris qu'il avait raison. Je choisis enfin de gagner. Par un acte de foi, j'acceptai bon nombre de ses interprétations et tentai de tenir tous mes engagements avec le groupe et avec le Dr Deville que j'en vins à admirer et à croire sur parole. Je me mis à travailler à être heureux pour la première fois de ma vie.

Aujourd'hui, si je me présentais comme patient dans mon propre cabinet, je parviendrais à des conclusions identiques. Même quand les gens souffrent, l'instinct de conservation, la protection de soi-même ne l'emportent pas toujours. Dans le cours de l'analyse, j'avais appris un exercice : je m'imaginais être torturé. L'inquisiteur m'ordonnait de dire mon secret si je ne voulais pas être écorché vif. Je refusais fermement. Il m'ordonnait alors de parler si je ne voulais pas que Jessica fût écorchée vive. Je devenais bavard comme une pie. L'inquisiteur, c'était moi.

Jessica se mit à téléphoner. Pour que mon numéro n'apparaisse pas sur les notes de téléphone de son mari, elle appelait en PCV. Elle s'était mise à vivre dans la confusion, à se poser des questions sur elle-même, sur ce qu'elle voulait. Nous avions de longues conversations. Je lui venais en aide. Son mari ne la comprenait pas et, souvent, elle m'appelait en larmes. Elle me remerciait et retournait à son époux avec un zèle renouvelé. Parfois, elle continuait à pleurer et disait que j'étais le seul à la comprendre vraiment. Alors je lui disais de revenir, mais elle répondait que ça n'allait pas si mal après tout à Washington.

Mon groupe me suggéra de refuser les PCV.

Le Dr Deville était plus gestaltiste que psychanalyste, mais mes goûts personnels me portaient vers Freud. Je suivis des cours. Quand le Dr Deville me suggéra qu'il était temps d'interrompre son traitement — il durait depuis deux ans —, je décidai d'entrer en analyse. Je demandai à mes parents de payer. La Résidence Home d'Enfants les Pâquerettes résonnait encore bien fort à leurs oreilles, écho que ma demande ne fit qu'amplifier. Ils paniquèrent. Les

Juifs sont comme ça. Mon père signait les chèques avec une semaine d'avance.

Le téléphone sonnait. Je refusais les PCV.

Peu à peu, je découvris qu'il pouvait s'écouler une heure ou deux sans que je pense à Jessica. Un jour, je l'oubliai un après-midi entier. Puis ce furent des journées. Je continuais de refuser les PCV. Quand j'eus réussi à l'oublier deux jours de suite, elle m'appela d'une cabine. Les poches bourrées de pièces de monnaie.

Elle m'appelait du hall d'entrée d'un cinéma. Son mari regardait le film. Elle parla de tout et de rien. Elle avait renvoyé sa secrétaire. Avais-je vu ce film ? Je tenais le combiné comme s'il avait été couvert de confiture, j'étais comme un jongleur en équilibre sur un tonneau, mon cerveau menaçait de basculer. Chaque phrase, chaque minute, chaque seconde. J'étais en eau. Je répondais par des monosyllabes. Elle ne cessait de bavarder, entreprit de me décrire le petit Coréen qui était en train d'acheter des bonbons à une ouvreuse. Est-ce que je pensais qu'en essayant vraiment de tout son cœur, elle pourrait avoir un bébé coréen ? Elle a dit qu'ensemble, nous pourrions y arriver. C'est alors que j'ai voulu raccrocher. Et justement elle s'est mise à pleurer. Elle a pleuré pendant toute la description humoristique qu'elle m'a faite de la caissière obèse qui s'enfilait des Mars derrière son guichet. J'ai pris une profonde inspiration et je lui ai raccroché au nez.

Mon analyste, un certain Dr Harton, suggéra un changement de numéro de téléphone, quelque chose qui ne figurerait pas à l'annuaire. Je préférai le laisser sonner sans répondre. Ce que l'on est capable de supporter en conséquence de ses propres choix ne

cessera jamais de m'étonner. Shrubs venait me voir
(diplômé, désormais, et ayant trouvé un bon boulot),
et ça l'ébahissait de voir que je décidais de laisser
sonner ou de décrocher apparemment au hasard. Je
lui dis que je reconnaissais la sonnerie. Un jour, je me
suis trompé. Alors j'ai changé de numéro.

J'ai fait la connaissance de Darla dans la salle
d'attente de mon analyste. Elle avait trente-deux ans,
séduisante, les cheveux courts, elle était divorcée.
Notre conversation par-dessus la table basse couverte
de revues porta sur les enfants. Elle était de leur côté.
Je lui dis que j'en avais été un. Nous prîmes rendez-
vous pour dîner.

Lors des romances entre analysés, il est rare que
l'on parle d'autre chose que d'analyse. Ce fut notre
cas. Plusieurs mois plus tard, je mis fin à mon
traitement. Notre première dispute amena Darla à
me conseiller de reprendre une thérapie de groupe.

Darla avait eu une existence difficile, et je la
respectais. Mariée et mère de famille avant vingt ans,
elle n'avait pas tardé à divorcer. Il y avait eu
l'inévitable descente dans les drogues, le séjour
obligé à San Francisco, la recherche de soi. Désormais, remise d'aplomb, ayant retrouvé des forces, elle
se taillait un chemin dans un monde d'hommes, les
bras ouverts, avec une honnêteté qu'elle voulait
payée de retour.

Chaque semaine, je rapportais au groupe les pro-
grès de notre relation qui était alors discutée, analy-
sée et encouragée.

A la maison, Darla me reprochait ma tendance à
m'enfermer dans ma coquille, qui créait entre nous

une distance. Elle me reprochait ma tendance à nier son autonomie en lui disant oui quand je pensais non. Elle me reprochait mon refus d'exprimer mes besoins et de discuter librement de la sexualité. Je lui reprochais ses reproches incessants.

Je m'emmerdais à cent sous de l'heure. En voiture, elle attachait toujours sa ceinture.

Nous nous sommes séparés d'accord. Elle ne s'est pas privée de sangloter quand je l'ai remerciée de m'avoir montré à quel point une relation peut être constructive. Je lui ai demandé que nous soyons amis. Elle m'a répondu qu'il lui fallait le temps de mettre un peu d'espace entre nous. Elle a dit qu'elle m'appellerait quand elle serait prête.

L'internat au CHU me fournit des heures d'une diversion utile. Je fis quelques histoires, mais pas trop, concernant le traitement des enfants.

Un jour, un petit patient fut admis dans une ambiance d'épais secret. Personne n'était autorisé à le voir en dehors des patrons. Mais un soir, où j'étais resté très tard comme cela m'arrivait souvent — ça m'évitait de penser à autre chose —, je pris connaissance de son dossier.

C'était un petit garçon de huit ans qui avait tenté de violer une petite fille de huit ans. Il l'avait beaucoup malmenée mais, selon le dossier, n'avait pas été capable d'accomplir l'acte sexuel proprement dit, en raison de son âge, bien sûr.

Ainsi, de tout le personnel médical de tous les services hospitaliers du monde entier, je sus que j'étais le seul qui savait.

Je l'ai trouvé dans sa chambre au bout du couloir. On en avait fait sortir l'autre petit patient par crainte de ses accès d'agressivité. Il était donc seul. La pièce était fermée à double tour mais j'avais une clé.

Il était éveillé, allongé dans son lit, les yeux luisant dans l'obscurité. Il ne tressaillit pas quand j'ouvris la porte. Il me regarda m'asseoir sur le lit voisin sans rien manifester de particulier.

Il roula un peu de côté pour pouvoir m'observer. Je le regardais sans rien dire. Je finis par m'étendre sur le lit.

— On prétend, dis-je enfin, que nos yeux s'habituent à l'obscurité parce que les trous qu'ils ont au milieu s'agrandissent pour laisser entrer plus de lumière.

Je pris une inspiration puis soufflai à loisir. Le lit était assez dur.

« Mais je crois, moi, que c'est plutôt le contraire. Les trous deviennent plus petits pour empêcher l'obscurité d'entrer.

Je savais qu'il me regardait et gardai donc les yeux fixés sur le plafond. Il était deux heures du matin. A travers la cloison, j'entendais ferrailler la cage qui entourait le lit d'une petite fille autistique. Elle ne parvenait pas à se maîtriser, elle non plus.

— Les pupilles, dit le garçon.

— Comment ? Les pupilles de qui ? (Je me tournai vers lui.) De l'assistance publique ? Tu veux dire les orphelins.

— Mais non, a-t-il dit. Dans les yeux, c'est des pupilles.

— Ah, oui, répondis-je. C'est-à-dire que toi tu as des pupilles dans les yeux, mais moi j'ai des orphelins. On apprend beaucoup, en regardant, hein ? C'est évidemment dans le noir qu'on voit le mieux. On n'est distrait par rien.

Le silence de la chambre était assourdissant. J'entendis le froissement de ses draps, c'était comme le bruit d'un ouragan.

— Qu'est-ce que tu fiches ici ? m'a-t-il demandé.

— La même chose que toi, j'ai répondu.

Il s'écoula bien une dizaine de minutes au cours desquelles nous nous tûmes l'un et l'autre. Je songeais à ce que l'infirmière allait bien pouvoir penser si elle me découvrait là au matin. Je songeais à la différence qui existe entre les gens fondamentalement bons, mais qui ne comprennent pas grand-chose, et ceux qui ne sont pas bons mais qui comprennent. Et puis encore aux gens qui font le mal pour des tas de bonnes raisons. Aux petits garçons qui violent des petites filles parce que le monde n'a pas encore inventé d'autres moyens de le dire, et n'écouterait pas, d'ailleurs, s'il en existait.

— Arrête de chanter, a dit le garçon.

— Je ne chante pas, je fredonne.

— Quoi ? Qu'est-ce que tu fredonnes ?

— Bah, dis-je, je ne sais pas. Une chanson que j'ai entendue il y a bien longtemps et que j'ai oubliée. J'étais seulement un peu plus vieux que toi, à l'époque.

J'ai roulé sur le flanc.

« Tu aimes les ballons ?

— Oui.

— Vraiment, dis-je. Même quand ils éclatent ?

Il a réfléchi une minute.

— Quand ils éclatent, ce ne sont plus des ballons.

Et bien sûr, il avait raison. Je n'y avais encore jamais pensé. Je me suis retourné franchement pour le regarder.

— Qu'est-ce que tu fais ici ? lui ai-je dit.

Il a regardé le plancher.

— Je ne suis pas normal.

J'ai approuvé de la tête. J'observais ses yeux qui luisaient dans l'obscurité, moins obscure désormais, beaucoup moins obscure.

— Ça te dérangerait, dis-je, que je rapproche un peu ce lit du tien ? J'aimerais mieux ne pas dormir seul si ça ne te fait rien, pas cette nuit. Rien que cette nuit.

Le lendemain matin, l'infirmière nous a trouvés ensemble. Elle nous a vus par la petite fenêtre découpée dans la porte qu'elle ne pouvait apparemment pas ouvrir. Il s'avéra que j'avais fermé de l'intérieur.

J'avais une clé.

Un jour vint enfin que j'avais attendu depuis bien longtemps mais jamais préparé ni prévu. Je m'éveillai un matin et, sans un souffle de trop, parcourus les trois heures de voiture en direction du sud-ouest jusqu'à la Résidence Home d'Enfants les Pâquerettes. Quand je rangeais ma voiture derrière le bâtiment principal, ma respiration était redevenue normale.

Ce qui est effarant, ce qui dure le plus longtemps, ce sont les odeurs. Sitôt franchies les portes de l'entrée, je fus transporté en arrière. Tout juste si je fus capable de me laisser porter.

Tout me semblait différent, car je ne m'avise jamais que c'est moi qui ai changé. Cela faisait vingt et un ans.

J'avais pris rendez-vous avec le médecin chef en psychiatrie sous prétexte de solliciter un poste mais, en vérité, j'étais là pour une seule raison : revoir les salles et les corridors après tant d'années, maintenant que j'étais de l'autre côté de la barrière.

Le bâtiment était tout neuf lorsque j'y avais vécu en patient et il paraissait encore moderne ou à tout le moins bien entretenu. On n'y avait rien ajouté ou rénové. Les parfums m'assaillaient à chaque étage, m'enveloppaient et m'emportaient. Je me rendis dans la Salle de Repos où j'avais passé tant d'heures de colère à écrire sur un mur avec un crayon parce que je ne voulais parler à personne. Les mots avaient recouvert la pièce entière. Et voilà qu'il n'y avait plus que de la peinture blanche.

Le patron de psychiatrie était un mec bien, une femme du nom de Lenore Prindleville qui me regarda très gentiment quand je lui découvris la vraie raison de ma visite. Pour finir, elle m'offrit un emploi. Je refusai avec un sourire. J'avais assez d'un seul fantôme sur les bras.

Ce qui se produisit de plus étrange fut en définitive que ma thèse de doctorat sur le soin des enfants en dehors du milieu hospitalier fut publiée dans une revue assez lue. Cela causa une petite sensation à l'échelle locale quand la Résidence Home d'Enfants les Pâquerettes se trouva au centre d'une controverse à la suite des violences exercées par un aide-soignant alcoolique sur un garçonnet de huit ans. Je fus invité à participer à un débat sur une chaîne de télévision locale en même temps que Lenore Prindleville qui était là, on s'en doute, pour se défendre. L'affrontement espéré entre nous n'eut pas lieu. Car nous tombâmes d'accord que, si le milieu hospitalier n'est pas idéal, l'affaire en question constituait un cas isolé.

Peu après, j'acceptais de m'associer à des praticiens de la banlieue de Southfield. Je ne sais pas pourquoi. Il n'y avait pas d'enfants parmi nos patients, mais le travail était intéressant. J'acceptai de me charger d'un très grand nombre de malades, tous des gens comme moi, absolument différents de moi. Je louai une maison à Detroit où les loyers étaient bas, dans la rue Marlowe, à quelques centaines de mètres du foyer paternel.

Je fus invité de nouveau à la télévision et acceptai avec hésitation, conscient que j'étais de ce que sont en général les gens comme moi qui font des choses comme celle-là. Mais je me convainquis que ce mépris était une forme d'autodépréciation et ce fut pourquoi j'acceptais : je désirais avoir une haute opinion de moi-même.

Comme je n'étais pas si bête, c'était la dernière chose à laquelle je me serais attendu. Et ç'aurait été la première chose à laquelle je me serais attendu si je ne me croyais pas si malin. Bref, elle était là.

Un gigantesque bouquet de ballons la cachait dans le hall couvert de linoléum à l'extérieur du studio B, là où l'on range les accessoires de *la Grande Parade du cirque* qui passe tous les samedis à dix heures du matin. C'est ainsi que le clown Chiffonos fait son entrée. Il passe par une trappe dans l'estrade sous les ballons. Je l'ai vu rater cette entrée un samedi matin, un de ces matins où, n'ayant pas fermé l'œil de la nuit, je suis prêt à regarder n'importe quelle saloperie en couleurs. Je ne l'ai pas aperçue debout là.

J'attendais, mal à l'aise, debout près d'un théâtre de marionnettes, appuyé de côté contre le mur, de

telle sorte que je voyais l'endroit d'où l'on tirait les
ficelles. Je tripotais mes notes — vous m'excuserez, je
n'ai pas l'habitude de parler en public. Les gens de la
télé m'avaient dit que j'étais ingénu. J'avais répondu
que j'aurais préféré être un génie — c'est très bon, ça.
C'est exactement le ton que nous souhaitons pour
l'émission.

Je ne savais pas que c'était un programme tout
entier consacré aux enfants. Une femme qui portait
un bloc et un chronomètre m'apprit que je passais
« en 2 ». J'observai ses lèvres, violettes comme des
prunes, au moins deux couches. Ensuite, pendant une
pub, on fit entrer sur le plateau le conseiller juridique
de la commission parlementaire sur les enfants mar-
tyrs. J'entr'aperçus des lumières par la porte et
j'entendis un dialogue électriquement amplifié sur
les droits des mineurs. Quelqu'un dit « Oliver
Twist ». Il y eut des rires.

Je hais les clowns. J'ai eu l'occasion de les épingler
dans un essai sur leurs troubles fonctionnels du moi,
une espèce de débordement narcissique incurable
selon Freud. Quand j'étais petit, j'obligeais toujours
la famille à quitter le cirque avant la fin. Les bouches
rouges me faisaient penser à du sang. Et j'ai assisté
au numéro de Chiffonos un samedi matin. C'est un
fou criminel.

Je luttais contre le trac en faisant les cent pas.
L'austérité des studios de télévision n'est pas tempé-
rée par les portes couleur pastel. Mais enfin, c'est
surtout de ma faute. Je suis mal dans ma peau
couverte de fond de teint pour les caméras, emmerdé
d'avoir cédé à la divinité cathodique — qu'est-ce que
Dieu aujourd'hui, si ce n'est pas la télévision ? Mais
ce furent les faux ballons, toutefois, qui me tirèrent

l'œil, laqués tout raides au bout de leurs fils de fer imitant des ficelles. La trappe de Chiffonos. Je me dis que j'allais l'essayer avant mon passage à l'écran pour voir un peu comment les gens disparaissent.

— C'est toi qui t'y colles !

Elle était debout dedans, disparaissant jusqu'à la taille dans la trappe ouverte, réduite à un buste, suspendue.

« C'est bien ça, non ? ce qu'on dit pour jouer à cache-cache ?

J'ouvrais de grands yeux, totalement incapable de croire à ce qu'ils voyaient.

« Tu vois, c'est une trappe, me dit-elle. Je me cache.

Je ne pus prononcer une parole. Elle écarta une mèche de cheveux, entrouvrit les lèvres, pencha la tête de côté et me regarda avec un demi-sourire un peu de travers.

Elle me regardait tout simplement. Elle ne me dévisageait pas. Il n'y avait pas de flamme dans ses yeux.

Il vient un temps où la conversation que l'on n'a pas eue se termine et où il ne reste plus que la musique de fond à moins que l'on ne danse. Huit minutes plus tard, la dame au bloc-notes et au chronomètre est revenue me prendre par le coude.

— C'est à vous.

— Quoi ?

— A vous ! Il est temps !

Jessica m'a regardé et elle a cessé de sourire.

— Oui, a-t-elle dit. C'est bien mon avis.

Elle avait eu vent de ma participation à l'émission et s'était arrangée pour y faire passer son mari, le conseiller juridique, etc. Et quand je suis sorti, elle avait disparu.

Sur le chemin du retour, j'ai tenu le volant fermement, à deux mains, concentrant toute mon attention sur les difficultés de la route, m'intéressant aux subtilités du freinage et de la circulation. Je faisais de mon mieux pour être attentif. Et détendu. Pour finir, je rigolais doucement en songeant à cette coïncidence presque surnaturelle... et l'espoir.

Je me suis acheté un répondeur téléphonique. Je m'étais arrêté pour acheter des tablettes contre les aigreurs d'estomac et m'en suis payé un, doté de tous les perfectionnements, et qu'on pouvait soi-même appeler de l'extérieur pour savoir s'il avait enregistré des messages. Je suis passé devant un ensemble résidentiel. Un immense calicot proclamait :

OCCASION A SAISIR !!!!

Copropriété, six appartements par immeuble, j'ai signé un chèque. Je savais que Jessica allait l'adorer.

J'ai branché mon répondeur sitôt rentré. Je l'ai testé plusieurs fois en m'appelant moi-même d'une cabine. C'était bizarre d'entendre ma propre voix qui disait : « Allô, c'est Jessica. J'arrive. »

Et puis j'ai fait mes malles. Beaucoup de mes effets étaient encore dans des boîtes à la cave. De toute manière, c'était une maison dégueulasse. Marlowe était une rue dégueulasse.

Ce n'est pas que je sois devenu raciste comme mes parents. C'est qu'une femme a besoin d'habiter un quartier tranquille et sûr. C'est que je suis devenu sexiste. Et raciste, comme mes parents. Cette idée me faisait gerber. La vérité me faisait gerber.

Le téléphone ne sonnait pas.

Un soir, à minuit, dans la cave, j'ai découvert une main. Un poignet minuscule, à peine visible, surgissant d'en dessous d'un livre de Robert Frost. Je me suis assis sur une boîte pour l'examiner. C'était brun, en peluche, usé jusqu'à la corde. Il était très tard et la cave sentait le batracien. Il y avait huit boîtes en tout. Je n'arrivais pas à me rappeler leur contenu. J'ai défait ma montre-bracelet et l'ai tenue d'une main, saisissant le minuscule poignet entre deux doigts de l'autre. Le pouls de Câlinot-Singe était normal.

Le téléphone ne sonnait pas.

J'ai déménagé.

Pour la décoration, j'ai choisi le style qu'elle pouvait aimer. J'avais d'abord tenté de me rappeler son goût, mais je m'étais rendu compte que je ne l'avais jamais connu. Je me découvris attiré par un certain type de mobilier. J'ai acheté chez des brocs dans le style des années cinquante. J'ai claqué trois mille dollars pour que ce soit parfait. Ce n'est que beaucoup plus tard par la suite que j'ai compris : j'avais fait de mon appartement une réplique de la maison de Jessica, dans Marlowe Street.

C'est arrivé par le courrier, sous la forme d'une carte annonçant un changement d'adresse : « Mister et Mrs. Abbot... à Lansing, dans le Michigan... » Rien de plus personnel.

J'ai appelé les Renseignements. Il n'y avait encore rien à l'annuaire de Lansing.

Cette nuit-là, j'ai fait le rêve habituel mais, le matin, j'étais en pleine forme.

La première fois que j'ai entendu ma propre voix, c'était sur le magnétophone du père de Morty Nemsick. J'avais dix ans. Je n'arrivais pas à croire que c'était moi. Je n'avais pas encore compris qu'il existe un intérieur et un extérieur de tout, y compris de soi-même.

Jessica avait exactement sa propre voix quand elle a appelé. Je n'en ai pas moins repassé huit fois son message. « Je suis à Lansing. Je dois aller à Detroit deux fois par semaine pour mon travail. »

Et puis plus rien.

Elle est apparue un après-midi, elle avait pris rendez-vous au cabinet pour trois heures, sous le nom d'Abbot. Elle s'est assise dans le fauteuil et elle a déclaré qu'elle avait besoin d'aide parce que son ménage était en échec, tout simplement.

J'ai quitté la pièce. J'y suis retourné un peu plus tard, comme si je ne la connaissais ni d'Ève ni d'Adam et, reprenant place à mon bureau, je lui ai demandé quand elle s'était rendu compte pour la première fois de son incapacité à s'engager.

— Quand j'avais huit ans.

— Depuis combien de temps votre ménage a-t-il cessé de vous satisfaire ?

— Depuis deux jours avant le mariage. J'ai rencontré quelqu'un d'autre.

— Il y a un autre homme ?

— Un petit garçon. Un petit garçon qui m'a quittée voilà bien longtemps, mais la blessure ne s'est jamais refermée.

J'ai croisé les doigts sous le menton et mordillé mes phalanges à l'articulation. Dans la salle d'attente, Susan était aux prises avec un type qui voulait nous vendre un téléphone sans fil. Les yeux de Jessica étaient détendus et très grands ouverts. Ils brillaient d'une telle clarté que je me vis dedans. Pour la première fois, je crus que c'était parce que j'y étais réellement.

— Qu'est-ce qu'on va faire ? ai-je demandé.

Elle a respiré avec calme.

— Je ne sais pas.

2

Ça ne s'est pas passé comme au cinéma. Il a fallu une bonne semaine à Jessica pour mettre les choses au point avec son mari. Il n'a pas été surpris. Elle a dit qu'elle ne pouvait pas continuer à vivre dans son ombre. Il a dit que c'étaient les années quatre-vingt — mais il se trompait. Mais quoi, un juriste — il se rendait bien compte de ce qui était négociable et de ce qui ne l'était pas. Il a encore dit qu'il était temps qu'elle lui parle : il pouvait annuler la promesse de vente. Il achèterait peut-être le truc plus petit qu'ils avaient visité avant. Elle lui proposa de rester avec lui jusqu'à ce qu'il soit bien installé. Il la remercia mais non.

Il se moquait bien de son image publique, de sa réputation, de se construire un passé « irréprochable » — là encore, rien à voir avec le cinéma. On était à l'aube des années quatre-vingt, quoi, il avait raison. Il lui a procuré une lettre de recommandation plus que parfaite de la main du distingué député du

Michigan à Washington — le même genre de lettre
que celle qui lui avait permis à lui-même de décrocher son nouveau poste à Lansing. Il lui confia que
c'était pour elle qu'il avait voulu changer : il avait
perçu qu'elle avait le mal du pays, dans l'Est. Elle le
rétribua d'un baiser et n'y pensa plus. Il déclara qu'il
l'aimerait toujours. Elle dit qu'elle était flattée.

Ils dormirent dans le même lit pendant qu'il faisait
en toute hâte préparer les papiers nécessaires au
divorce. Elle fit ses malles et les fit expédier.

Nous choisîmes la petite vitesse. Foncer aurait été
casse-gueule après si longtemps. Par téléphone, elle
dénicha un appartement proche de son boulot. Elle
vint seule en voiture. Elle proposa d'attendre qu'elle
soit installée pour se voir. Avec le temps, on apprend
à voir venir. J'entrepris de donner des consultations
le soir.

Huit jours plus tard, ses malles arrivèrent chez
moi. Il y en avait beaucoup. Moi, je l'ai appelée pour
la mettre au courant. Elle, elle m'a appelé pour me
dire qu'il lui fallait quelques serviettes. Moi pour lui
dire que je laisserais une clé. Elle pour changer le
jour. Moi pour l'assurer que je ne serais pas à la
maison si elle s'arrangeait pour passer un matin.

Elle est venue à sept heures et demie du soir. Je lui
ai demandé pourquoi elle avait fait expédier ses
affaires chez moi. Elle a dit pour éviter de déménager
deux fois de suite.

Le mariage a eu lieu trois semaines plus tard, dans
l'après-midi. Mes parents s'étaient mis sur leur trente
et un. La mère de Jessica se montra d'une gentillesse
anachronique. Le maire demanda à son adjoint de

servir de témoin. On a tous pris un verre. Et puis Jessica et moi on est allé au cinéma.

3

Quand on est rentré, elle a ôté son manteau avec beaucoup de précautions, comme s'il était vivant. Elle respecte la séparation. Moi pas. J'ai gardé le mien sur moi. Ça rend les gens nerveux, comme si on ne faisait que passer, mais je n'avais pas envie de l'ôter. Une peau de secours, peut-être, au cas où j'en aurais eu besoin.

Le radiateur faisait du boucan à croire que quelqu'un y était enfermé et cherchait à en sortir. C'est Jessica qui a dit ça, pas moi. Il y avait un courant d'air qui venait de la chambre à coucher où j'avais encore oublié la fenêtre ouverte.

La lumière du répondeur n'était pas allumée. Je me suis senti plus à l'aise une fois que j'ai eu allumé les trois lampes que je possède dans ce but, douces, avec des abat-jour doux, qui donnent une lumière douce. Mon appartement était un vrai foyer, contrairement à celui de la plupart des célibataires, et Jessica n'y avait encore fait que très peu de transformations. Au tout début de notre mariage, elle parlait souvent de ce qu'elle comptait en faire dans l'avenir. Mais c'était l'avenir plutôt lointain. Nous avions tout le temps. Elle ne voulait pas bouleverser mon environnement.

Elle ne voulait pas se lancer dans la décoration. Elle avait bien d'autres choses à faire. Elle ne comptait pas passer sa vie à laver à l'eau tiède et rincer à l'eau froide sans tordre ! On était à l'aube des années quatre-vingt, j'étais tout à fait d'accord.

Je me suis planté devant le miroir du vestibule.

— Mais comment les noue-t-on, ces fichus foulards, hein ?

Je me suis mis à faire l'imbécile.

« Faut-il s'en envelopper — j'ai dû voir ça au ciné, à la Dr Jivago, je crois ? Ou le nouer comme une cravate ? Tout dépend de la longueur. De la couleur. Il faut l'assortir au reste de la tenue...

Jessica s'amusait bien. C'est sa plus belle expression, la bouche un peu crispée en un demi-sourire, les yeux fous. C'est le visage que j'aime par-dessus tout. Je me suis collé le foulard sur la tête comme une grand-mère russe. Je me suis frappé la poitrine. Elle a fait semblant de m'ignorer mais elle riait en dedans.

Elevant son manteau au-dessus de sa tête, elle l'a tapoté pour le défroisser, l'a posé sur un cintre et l'a accroché. Elle a plié son écharpe en douze et l'a glissée dans la manche avec son chapeau. Il y a des femmes qui sont épatantes en chapeau. Jessica, par exemple. J'adore la regarder faire des trucs comme ça. Quelqu'un a dit qu'on peut mesurer le caractère des gens en observant leurs gestes quand ils sont seuls. Jessica fait des choses quand elle ne sait pas que je la regarde qui me font tomber amoureux d'elle chaque fois comme la première.

Je suis venu derrière elle et je lui ai entouré la taille de mes bras. Elle n'a pas sursauté et j'ai compris qu'elle savait que je l'observais. Je lui ai embrassé la nuque. Elle s'est retournée et m'a regardé. C'était pourquoi ?

Pour rien.

Pourquoi ?

Je ne sais pas.

— Du café ?

— Non. Bon, un petit peu, a-t-elle dit. D'ailleurs, quelle heure est-il ?

— Sept heures moins le quart.

— Seulement ?

Elle a regardé par la fenêtre en secouant la tête.

« Ah, ces séances d'hiver, en matinée ! Jour quand on entre, nuit quand on sort. Ça fiche en l'air mon sens du temps. C'est en Alaska que je devrais vivre, ou dans ce pays, là... Tu sais ?

— Quoi ?

— Mais si, le pays, là, du soleil de minuit ?

— Southfield.

Elle a penché la tête de côté et aplati la bouche comme fait mon père.

— C'est comme ça que j'intitulerai mon autobio-graphie.

— Southfield ?

Elle regardait par la fenêtre.

— *Matinée d'hiver.*

Elle envisage des trucs comme ça, son autobiogra-phie ! J'ai mis de l'eau à bouillir. Elle regardait toujours par la fenêtre, repensant à tout ça. Et moi ? Serais-je le premier chapitre ?

Depuis peu, je m'étais mis à remarquer tous les petits défauts de la cuisine. Les éclats du plâtre, les petites crevasses blanches et poussiéreuses. Des pla-ges à cafards. Quand elle était venue s'installer, Jessica avait parlé de la saleté — comment on n'est pas gêné par sa propre (!) saleté alors qu'on est gêné par celle des autres. Elle disait que ma saleté à moi ne la gênait pas. C'est le jour où nous avions parlé de New York qu'elle avait adorée quand son mari l'y avait emmenée. Elle m'avait dit que, depuis peu, les habitants de New York utilisaient de la poudre d'acide borique pour tuer les cafards. Ils en saupoudraient les recoins et les étagères. Les blattes batifolaient dedans comme dans du sable. Jessica — des plages à cafards, elle disait.

Mes ustensiles sont accrochés à des clous sur le mur de la cuisine. Casseroles et poêles, spatules, un marteau. Quand ils se sont mariés, Shrubs et Kathy se sont offert toute une batterie de cuisine, orange avec des poignées de bois et de l'émail blanc brillant à l'intérieur où l'on peut frire des trucs sans attacher. J'admire toujours tous ces machins-là chez les gens mais je n'en achète jamais pour moi — les portesavons, les vrais crochets à la place des clous, tout ça... Jessica avait le choix.

Je me suis soudain avisé que mon autobiographie était vraisemblablement la même que la sienne...

Je l'ai entendue dans la chambre chanter un air d'opéra bidon. « Moumo dé mouma dé moumou ! » Je ne lui ai guère posé de questions à propos de son mari. Elle était la même sans lui et avec lui, la même après le divorce et avant. Il ne devait pas avoir eu tant d'importance à ses yeux. Il ne fallait pas qu'il en ait plus aux miens. J'ai un patient qui vit une situation semblable.

— Pas fort pour moi, m'a-t-elle crié. Dilue, ajoute plein d'eau !

Quand elle chante, elle chante pour elle-même. Je crois qu'elle pourrait chanter très bien, il est encore temps de prendre des leçons. Je lui ai proposé de les lui offrir. Elle a dit que ça coûterait trop cher, d'ailleurs il faudrait imaginer un système de sous-titres sur scène parce que personne ne comprendrait moumo dé mouma dé moumou.

« Et plein de sucre aussi.

Il y a eu un silence avant qu'elle reprenne :

« C'est pour affoler mon pancréas. Mais n'y ajoute rien, cette fois ! Maîtrise-toi, hein ?

L'histoire de la fraise, ça c'était quelque chose ! Il m'était venu à l'esprit, la veille de notre mariage, que la plupart des « trucs » culinaires devaient avoir été découverts par hasard — faire dessaler la morue dans du lait, battre les blancs d'œufs dans un bol de cuivre, etc. J'avais donc décidé d'écraser une ou deux fraises dans le café moulu. Il avait fallu emmener Jessica voir un médecin.

« Tu te maîtrises ?

— Oui, chérie.

J'ai toujours eu envie d'une cafetière lessiveuse, mais il paraît que les filtres en papier c'est mieux. J'ai versé l'eau.

— C'est bien vrai ?

Sa voix était juste dans mon dos. J'ai sursauté.

— Ne fais pas des trucs comme ça ! Mon cœur...

Elle a posé l'oreille sur ma poitrine, écartant le manteau, déboutonnant la chemise. Elle avait les mains froides. Elle m'a embrassé à la place du cœur.

— Il est à moi, elle a dit. Je vais l'emporter, et il ne te restera qu'un trou.

Elle a tendu la main vers le placard et pris deux verres à jus de fruits.

— Pour quoi faire ?

— Ben, pour le café.

— Ils ne vont pas se casser ?

Elle s'est éloignée en sifflotant « que sera, sera... ».

« Et puis, ils n'ont pas d'anse, j'ai ajouté.

Elle n'a pas répondu.

Je vais entièrement repenser cette cuisine, me suis-je dit alors. On va faire ça tous les deux, nous-mêmes, comme dans les pubs, Jessica et moi. Avec les combinaisons blanches, les rigolotes casquettes, on grimpera sur des escabeaux et on se peindra mutuellement le bout du nez. Elle portera une vieille chemise à moi. Elle est chouette dans mes vieilles chemises. Assise sur le canapé, un soir, comme ça, les jambes ramenées sous elle, lisant un de ses bouquins sérieux. Je lui dis qu'elle est chouette, elle me répond seulement « Très Shirley MacLaine » et c'est tout.

J'ai retiré mes gants et je suis retourné au salon. Je lui ai tendu mon gant droit. Elle a levé les yeux sur moi.

— Pour le café, j'ai dit. Tu vas en avoir besoin, pour pas te brûler.

A mi-chemin de la cuisine, je me suis retourné et j'ai ajouté :

« Moi, par égard pour ta féminité, je boirai de la main gauche.

Elle l'a enfilé sans les doigts, sauf un, le majeur, qu'elle a brandi dans ma direction avec sa grimace MLF.

« Des menaces ? j'ai demandé.

Elle a fait oui de la tête.

Sur le seuil de la cuisine, je me suis encore retourné. Elle s'était remise à lire et tournait les pages avec le gant.

Elle était partie au milieu du film parce qu'elle savait que le chien allait se faire tuer et qu'elle ne voulait pas faire de scandale. Elle avait attendu dans le hall puis passé la tête par la porte pour voir si c'était fini. A cet instant précis, le chien s'était fait tuer. Elle avait éclaté en sanglots et couru dans la salle pour me rejoindre. Mais je n'étais plus là. Le meurtre du chien m'avait fichu dans un tel état que j'étais parti par l'autre côté de la salle. On a mis cinq bonnes minutes à se retrouver. Et on s'est étreint avec une telle violence qu'on s'est fait foutre à la porte de la salle.

Persuadé que les verres allaient exploser, j'y ai tout de même versé le café, à bout de bras, me souvenant seulement après les avoir remplis qu'il aurait fallu y mettre une petite cuiller d'abord. Bof, ce n'est qu'un remède de bonne femme, de toute manière. En yiddish, on appelle ça un *bubbamyceh*. C'est ce qui nous avait donné à la fac l'idée de commercialiser un nouvel antibiotique : la bubbamycine. Du bouillon de poulet dans un flacon pharmaceutique. Le projet n'avait jamais été réalisé. Les verres n'ont pas explosé. C'est vrai, on oublie toujours ce foutu pyrex.

— Mets tout sur un plateau, lança Jessica de la pièce voisine. Que ça ait l'air un peu civilisé.

— L'air un peu civilisé, j'ai répété.

J'ai apporté le plateau en chantant ouga bouga ouga bouga. Et je suis retourné chercher du lait.

— Noir, pour moi, a dit Jessica.

C'est le coup classique, bien sûr. Connaître exactement les goûts de son conjoint en matière de café — la définition même de l'amour. Mais Jessica changeait tous les jours sa manière de le boire. Cela me faisait l'aimer plus encore. L'attente de la surprise, comme quand on déchire l'emballage d'un cadeau. L'inconnu que l'on connaît si bien. Elle tournait les pages de son livre de sa main gantée et buvait en tenant le verre à main nue pour me montrer qu'elle m'avait bien eu. Mais je savais qu'elle se servait du verre pour se réchauffer la main. Elle a toujours froid aux mains.

Dans *la Bohème,* une des héroïnes a les mains froides. C'est comme ça qu'elle rencontre l'amour. Elle a perdu ses clés. Il loge de l'autre côté du couloir. Il parle de ses mains et demande à les réchauffer dans les siennes. Je déteste l'opéra. Jessica adore ça. C'est elle qui m'y a emmené. A la fin, l'héroïne meurt entre les bras de son amant. Ils ont passé les meilleures années de leur vie à tenter de vivre ensemble, mais sans jamais cesser de se rendre fous l'un l'autre tant ils s'aimaient. Je trouve ça un peu simpliste. Jessica sanglotait comme une petite fille. Elle a toujours les mains froides.

— Tu me feras réciter tout à l'heure ?

— Bien sûr. Sur quoi tu travailles en ce moment ?

— Sur le canapé, tu n'as pas vu ?

Mon café n'était pas assez chaud. J'y avais mis trop de lait. J'ai songé que Jessica devait l'avoir demandé noir pour qu'il soit plus chaud sur sa main. Le bout de mon écharpe trempa accidentellement dans mon verre. Je l'essorai sur le plancher.

« La rente foncière, dit Jessica. Je travaille sur la rente foncière, en ce moment. Dis donc, il faut que tu essuies ça, on va avoir des souris.

— Et qui ne pourront pas fermer l'œil de la nuit, en plus !

Je tentai de nouer mon foulard d'une façon moins dangereuse pour lui.

« Ton café est assez chaud ? repris-je. Tu sais, je me dis que je devrais le nouer tout simplement comme une cravate et le fourrer dans ma chemise comme le prof d'ajustage et de mécanique nous faisait faire avec nos cravates pour qu'elles ne se prennent pas dans les machines, au bahut.

Jessica leva les yeux.

— Tu as fait de l'ajustage et de la mécanique, toi? Je ne l'ai jamais su.

— Tu n'étais pas là. C'était pendant mes premières années de lycée. Tu étais dans l'Ohio.

Elle secoua violemment la tête.

— Tu sais que j'avais oublié?

Elle avait chuchoté comme si cette pensée l'effrayait.

« J'ai tout oublié de cette période de ma... c'est fou.

Elle gardait des yeux vides fixés sur son bouquin mais je savais qu'elle ne voyait pas des mots mais des années.

« Je crois bien que c'est comme si j'étais passée directement de l'école primaire à l'université.

Je ne lui ai pas dit que c'était à cause de moi. Que les années qui s'étaient écoulées quand nous n'étions pas ensemble devaient lui sembler perdues, semblables aux titres oubliés d'un vieux disque. Parfois, des années plus tard, quand on retrouve ce vieux disque dans sa pile, et qu'on décide de l'écouter, on risque de s'apercevoir que les chansons auxquelles on n'avait pas pris garde étaient les meilleures. Je n'ai pas voulu lui faire penser à ça, j'ai préféré lui faire croire que je partageais son amnésie, mais moi, mes années d'entracte, mes années sans Jessica n'ont jamais compté pour du beurre. Il y en a même eu qui ont été des tubes à leur manière.

Elle se remit à lire. Et je me suis de nouveau rendu compte qu'elle était belle, belle sans se forcer, belle

sans y faire attention, la vraie beauté — la plus belle.
Je l'ai regardée lire.

Il n'y avait pas eu de concessions mutuelles, nous
n'avions pas eu à nous habituer l'un à l'autre.
Pendant nos « fiançailles » j'en avais pourtant pres-
senti quelques-unes, je les avais attendues, même,
avec plaisir, avec impatience : les plus classiques —
elle ne presserait pas de la même façon que moi le
tube de dentifrice, la question des fenêtres ouvertes
ou fermées, les différents styles de maniement de la
petite cuiller dans la tasse de café, les bas qui sèchent
dans la douche. Mais tout, même ce qui était nouveau
pour moi, avait semblé vieux, familier, comme quelque chose que j'aurais fait ou que je faisais moi-
même. Jessica aime abandonner ses souliers pointe
contre talon dans le bas de la penderie dans la
cinquième position de la danse classique. Elle n'a pas
suivi de cours de danse, dans son enfance, et n'en a
jamais éprouvé le désir mais la grâce vient toute
seule aux filles, cela paraît tout naturel. Je le lui dis et
j'eus droit à une bonne heure de leçon sur mon
sexisme. Elle avait raison, et cela aussi paraissait
tout naturel.

Je l'observais boire son café à petites gorgées. Elle
ne s'était même pas aperçue que j'y avais écrasé un
peu d'échalote.

— Dis donc, Gil, tu es propriétaire de ton cabinet
ou tu le loues ? demanda-t-elle brusquement.

— Je le loue, mais j'ai une option d'achat.

— Ça ne fait pas de toi un très beau parti.

— Il fallait t'en apercevoir avant.

Elle hocha du chef avec le plus grand sérieux. Puis
elle parla sans lever les yeux.

— Au fait, pour l'échalote, il ne faudrait pas croire que je suis tombée de la dernière pluie, mon garçon.

— Je ne suis pas ton garçon. Je suis ton mari.

— Tu n'es pas mon mari, tu es ma mascotte.

— Les mascottes, on leur confie ses secrets, lui dis-je. Tu ne m'en as pas dit un seul de toute la journée.

— Je n'en ai plus aucun.

— Fabriques-en un.

Elle regardait son livre mais je savais qu'elle ne lisait plus. Je le savais parce qu'elle bougeait les lèvres, ce qu'elle ne fait jamais en lisant. Elle a levé brusquement la tête, elle a appuyé son menton sur sa main gantée et elle m'a regardé droit dans les yeux.

— J'ai perdu ma fleur quand j'avais huit ans.

Ça m'a frappé de plein fouet comme un coup de hache. Je suis parti dans la cuisine, mon foulard me serrait le kiki soudain. Je l'ai arraché et je l'ai jeté contre le mur. Il y est resté accroché à un clou par hasard, devenu fantomatique tout à coup. Et j'ai tiré dessus mais il s'est déchiré. J'entendais le bruit de ma propre respiration. Je suis resté immobile un moment. J'avais comme un étourdissement. Quand j'ai de nouveau pénétré dans le salon, Jessica lisait.

La sérénité était peinte sur son visage, mais je n'y ai pas cru. Je vois défiler des tas de gens sereins à mon cabinet. Il y en a qui tuent des présidents.

L'autre possibilité était qu'elle l'avait fait exprès pour me choquer et me blesser. Elle était trop maligne pour ne pas savoir que le coup porterait et si profond. Le reproche, enfoui pendant des années, comme une vieille bombe oubliée d'une guerre d'autrefois, vous pète ainsi au nez brusquement sur une plage au soleil. Mais j'étais peut-être le seul qui éprouvait un sentiment de culpabilité ? Poussant des jurons, je tournais autour d'elle et du canapé en une espèce de farouche danse indienne.

— Moi, ça ne me tracasse pas, alors pourquoi t'en fais-tu ? a-t-elle dit sans lever les yeux.

— C'est mon crime à moi, j'imagine.

— Et alors ? Je ne sais pas. C'était ma fleur à moi.

La façon dont elle se servait de ce mot me nouait les tripes.

— Tout de même, ça m'a valu d'être envoyé loin de chez moi.

— A moi aussi.

Elle avait retiré le gant. Soudain, il n'y eut apparemment plus rien à dire. Je tournais en rond, du salon à la cuisine et *vice versa*. Elle vint à ma rencontre sur le seuil de la porte. Elle ne tendit pas la main pour me toucher mais se mit plutôt en position que je la touche. Je ne la touchai pas. J'avais envie de la frapper, mais je me rendais bien compte que c'était moi qui faisais des histoires. Moi qui n'arrête pas de conseiller à mes clients de sortir les squelettes qu'ils ont dans leur placard pour les regarder en face. Elle paraissait calme et je crois qu'elle l'était. C'était bel et bien moi.

Elle s'est approchée d'un pas. Nos épaules se sont touchées. La sensation de son corps près du mien, même sans le toucher, semblait si familière qu'il était incroyable d'en avoir été privé si longtemps. Elle posa sa main sur mon bras. La chaleur vint avec ce geste. Elle s'est appuyée contre moi. J'ai pris son visage entre mes mains et je l'ai regardée dans les yeux. C'étaient des yeux honnêtes. Décidément, c'était moi.

— Jessica, pourquoi as-tu dit ça ?

Elle a cligné des paupières ; elle a gardé les yeux

clos une fraction de seconde — mais c'était bien un simple clignement.

— Tu voulais que je te dise un secret.

— Je t'avais dit d'en inventer un.

— C'est un secret que je n'avais jamais confié à personne.

— Tu n'avais pas besoin de me le confier à moi.

— J'en avais envie.

— J'ai dit que tu n'en avais pas besoin. Ça veut dire que ce n'était pas nécessaire. Ça veut dire que j'étais là en personne, non ?

— Exactement, elle a dit. Nous n'avons pas le moindre secret, Gil.

— Tu dis ça comme si ce n'était pas bien.

— Tu crois que c'est bien ?

— Tu crois que ce n'est pas bien ? Moi je pense que c'est merveilleux. Nous sommes plus proches l'un de l'autre que quiconque. Nous sommes uniques en notre genre. Combien de gens pourraient...

— Oh, écoute, Gil ! Faut-il vraiment que je le dise ? Médecin, guéris-toi toi-même !

— Qu'est-ce que ça veut dire ?

— Je t'ai entendu en parler. Tu m'en as parlé à moi, c'est quand même incroyable. Tes patients.

Elle s'est rassise devant la table et a fermé son livre.

« Tu n'arrêtes pas d'expliquer que tout le monde a besoin de sa solitude, d'un jardin secret...

— Un jardin secret ! J'espère bien que je ne me suis jamais servi d'une expression aussi connement poétique.

— Ecoute-moi. Oublie un peu ton snobisme pour une fois. Tu parles à tes patients de leur espace vital individuel, des choses secrètes qui les aident à garder leur identité parce qu'elles sont secrètes. Mais bon Dieu, Gil, tu ne te rends pas compte qu'il n'est rien de moi que tu ne saches ?

— Et alors ? Il n'est rien de moi que tu ne saches pas non plus.

— Je sais, je sais.

Elle a fait un geste comme si elle était en train de fumer une cigarette, quelque chose de rauque, de vulgaire, comme une vieille prostituée.

« Je crois vraiment que je préférerais ignorer des choses.

J'ai regardé le mur, puis j'ai pivoté sur moi-même.

— Ah, vraiment ? Quoi, par exemple ?

— Mais c'est bien ce que je dis. Quoi, par exemple. Je ne veux pas savoir quoi par exemple. Je veux être surprise. Non, ce n'est même pas vrai, je veux être ignorante, suffisamment ignorante pour savoir qu'il pourrait m'arriver d'être surprise.

Je me suis gratté la tête.

— Tu t'ennuies ?

— Non, je ne m'ennuie pas. C'est bien ce qui m'effraye. J'ai l'impression de marcher sur la corde raide avec toi. Si seulement je pouvais m'ennuyer ! Mais j'ai l'impression que la corde raide, elle est faite de nous. Chaque centimètre est fait de notre substance à tous les deux. Et si je tombe, je sais qu'il n'y aura rien d'autre. S'il y avait au moins deux ou trois choses que j'ignorais, je pourrais me dire, je ne sais pas, qu'il y a des choix. Je veux apprendre à connaître ces choix. Je veux découvrir, tu comprends ? Et puis je voudrais qu'il y ait encore d'autres choix. Il faut qu'il y ait quelque chose. Quelque chose d'autre. Je voudrais être toujours en retard d'un secret.

Soudain, elle s'est mise à rire. Ça m'a rendu

furieux. Je savais qu'elle riait de ma tête. Mais c'était un rire amoureux. Elle s'est levée et a posé la main sur mon visage, comme un aveugle tâtant quelque chose de précieux. Sa main était froide. Elle m'a pris dans ses bras et m'a serré très fort, très brièvement. Elle a chuchoté je t'aime et elle s'est écartée. Moi, je suis resté sur place.

— Et surtout n'enlève pas ton manteau, elle m'a dit.

Je l'ai enlevé.

Elle ne regardait pas. Je voulais qu'elle regarde. Elle est allée dans la penderie et elle a tripoté les vêtements.

— Tu sais quelque chose ? elle a dit.

— Non, j'ai répondu, furieux. Je ne sais rien.

Elle a pivoté sur elle-même, les sourcils froncés. Elle n'était pas jolie comme ça. Je me rappelle l'avoir pensé. Et puis m'être reproché mon sexisme, et puis, lui en avoir voulu de me faire me reprocher mon sexisme.

— Nous ne nous sommes jamais vraiment rencontrés, elle a dit.

— Quoi ?

— Vraiment. Nous ne nous sommes jamais vraiment rencontrés. Nous avons toujours été ensemble tout simplement. Même quand on était tout petits. Personne ne nous a présentés.

Elle a tendu la main derrière elle dans la penderie pour jouer avec un survêtement. Je ne le porte jamais.

« Nous n'avons jamais eu de premier rendez-vous.

— Premier rendez-vous.

J'avais la bouche sèche. Le café fait ça parfois.

— Oui.

J'ai ouvert de grands yeux et hoché du chef, sarcastique. J'ai tendance à beaucoup transpirer, mais là j'avais froid. J'ai remis mon manteau.

— C'est ça que tu veux ? Un premier rendez-vous ?
— Oui.
— Quand ?

Elle a fait une grosse moue en avançant les lèvres et levé les yeux au ciel. Betty Boop.

— Tout de suite.

4

On ne sonne jamais à sa propre porte. Pourquoi faire ? On se souvient rarement de son nouveau numéro de téléphone et il est franchement rare qu'on se téléphone quand on vit seul. Debout devant ma porte, j'attendais qu'elle s'ouvre. Cela faisait trois mois que je vivais avec Jessica. Il ne m'était jamais venu à l'esprit que je n'étais pas seul.

Je m'étais attendu à un « qui est là ? » de petite fille, mais elle le dit avec un ennui profond, comme une femme. Qu'est-ce que je me figurais ?

— Qui est là ? a-t-elle répété, plus près de la porte.
— Moi.
— Qui ?
— C'est Gil. Gilbert Rembrandt.

J'ai entendu un remuement de chaises et un tiroir qui se fermait.

— Une minute, s'il te plaît.

Il y a des gens qui disent une seconde et d'autres une minute. J'ai pensé que j'aurais dû mettre mon foulard. Ç'allait être bizarre de trouver mon foulard pendu à un clou dans la cuisine de quelqu'un que j'étais censé rencontrer pour la première fois.

— Je suis garé en double file, j'ai dit. La séance commence dans un quart d'heure. Ça fait des années que ta mère et ma mère préparent cette sortie. Elles seront tellement...

Elle a ouvert la porte, si éclatante que j'en ai eu le souffle coupé, comme si je venais de sauter d'un train en marche — ou dans un train en marche. J'ai vraiment eu l'impression que je ne l'avais jamais vue. Ça m'a fait peur, d'abord, et puis je m'y suis noyé.

— Salut, Gilbert, elle a dit. Donne-toi la peine d'entrer.

Elle m'a tourné le dos, a fait quelques pas puis a pivoté sur elle-même pour me faire face à distance. J'ai évalué sa démarche et sa posture. C'était peut-être une composition, différente de Jessica, mais qui semblait si maîtrisée, si naturelle, qu'on l'aurait crue héritée, sans que je puisse dire de qui. Subitement, j'ai pensé à sa tante de l'Ohio.

« Je suis heureuse de faire enfin ta connaissance. Il y a si longtemps que j'entends parler de toi.

Elle m'a pris la main brièvement.

« Tu ne t'es pas vraiment garé en double file, hein ? Je me disais que nous aurions le temps de prendre un verre.

J'ai été immédiatement gêné. Elle souriait — elle n'arrêtait pas de sourire — mais ses yeux m'examinaient, un froid examen de femme. Prendre un verre d'abord. Les Juifs ne prennent pas de verre. Les goyim prennent des verres. C'était de là que venait Jessica. Elle allait se montrer à moi écorchée ce soir, les intérieurs exposés aux regards, c'était l'occasion de révéler les vieilles ficelles, les choses qu'elle-même ne touchait plus depuis longtemps, en sûreté désormais, devenue une autre. Ça allait me plaire.

« Tu ne t'assieds pas ?

Je n'avais jamais vu cette robe. Je n'avais jamais vu ces chaussures. Son maquillage était différent, plus appuyé, et je n'avais jamais vu cela non plus. Mais j'étais attiré et puis coupable parce qu'elle était une autre femme. Dans la thérapie de couple entre conjoints c'est un truc qu'on fait tout le temps. Redonner de la vie aux relations. C'est ma spécialité, ces trucs-là. On allait me faire goûter de ma propre médecine.

— Je n'étais pas sûr que nous soyons censés être assez grands pour boire, dis-je en m'asseyant sur mon canapé.

— Non ! s'exclama Jessica en traversant la pièce pour aller fermer les stores. Quel âge étions-nous donc censés avoir, docteur Rembrandt ?

Je tripotai mon manteau. Moi, debout devant la porte, j'avais pensé, lycée, premier rendez-vous. Voilà que je ne savais plus ce que je pensais. Dr Rembrandt. Je m'avisais que je ne connaissais même pas son nom. Je n'arrivais pas à me figurer ce que pouvait être ma réplique suivante.

— Comment s'écrit ton nom ? demandai-je.

— Avec un A, répondit-elle.

Elle remit un peu d'ordre sur la table, tripotant des objets, des objets à moi. Sa manière de les toucher disait qu'ils lui appartenaient. Quand elle passa près de moi de nouveau, je humai une bouffée de son parfum. C'était un parfum que je ne connaissais pas. Le regard de ses yeux était amusé mais froid. Rire avec ou rire de ? Analyse de l'humour — on écrit beaucoup là-dessus depuis quelque temps. J'ai commencé à avoir peur.

Quand nous étions enfants, Jessica avait été comédienne. Je me la rappelle sur la scène de l'auditorium, à l'école, pleurant désespérément dans ses mains, vautrée sur le plancher. Le prof avait interrompu la représentation et couru sur scène pour voir ce qui n'allait pas. Jessica s'était contentée de lever les yeux sur lui d'un air détendu en disant : « Je joue la comédie, monsieur, vous voulez bien regagner votre place, s'il vous plaît ? »

A la fac, j'avais rédigé un exposé sur le comédien et la schizophrénie. Une théorie « bicamériste » de l'esprit qui apprend des choses d'un côté et les restitue de l'autre comme venant d'une autre personne. On peut soutenir que c'est une forme de folie. Tous les grands numéros d'acteur participent de la folie.

J'étais surpris que Jessica ne soit pas charmante.

Il n'y avait rien chez elle de la nervosité primesautière du premier rendez-vous. Mais il est vrai que chacun apporte dans son rôle la totalité de son histoire passée. Ce n'était pas une reconstitution historique, un vaudeville gentiment nostalgique. Nous allions nous rencontrer ce soir-là pour la première fois. J'ai regardé dans la cuisine. Mon foulard n'y était plus.

— Bon, qu'est-ce que je te sers ?

— Scotch.

C'était sorti tout seul parce que c'est ce que mon père dit toujours. Et puis aussi à cause des films. Tout

le monde demande toujours du Scotch. J'ai horreur
du Scotch.

— Glaçons ?

— Volontiers.

Je ne savais même pas où je rangeais les alcools. Je
ne savais même pas que j'avais des alcools.

— Mets-toi à l'aise, dit-elle, je reviens dans une
minute.

Il y a des gens qui disent une seconde. Avec **un A**.
J'avais dit mon nom le premier, à travers la porte,
mon vrai nom. Peut-être qu'elle avait prévu autre
chose. J'improvisais à mesure, et elle avait l'air de
connaître la scène par cœur.

« Il fait beau ? lança-t-elle de la cuisine.

— Il fait ce qu'il peut, répondis-je à voix basse.

C'est comme ça, lors d'un premier rendez-vous, on
peut essayer de faire de l'humour mais tout doucement, à voix basse, comme ça, si l'autre ne comprend
pas, on peut toujours faire semblant de n'avoir rien
dit, d'avoir seulement toussé.

Elle a passé la tête par la porte.

— Plaît-il ?

— Je disais, il fait ce qu'il peut.

Elle m'a regardé d'un air bizarre.

« Tu m'as demandé s'il faisait beau, alors j'ai
répondu qu'il faisait ce qu'il peut.

Jessica aurait compris tout de suite. J'étais perdu.

Elle est revenue avec les boissons sur un plateau.
Elle les avait servies dans des tasses à café.

— Merci, j'ai dit. Qu'est-ce que tu bois, toi ?

— Du gin.

— Je ne savais pas que tu aimais le gin.

— J'adore le gin.

Nous avons bu un moment en silence, gênés,

croyais-je, mais elle semblait à l'aise. Je jetai un regard circulaire au décor, aux objets d'art, aux bouquins, comme si je ne les avais pas déjà vus mille fois. Je n'aimais pas beaucoup le tapis.

« Alors comme ça, dit-elle tout à trac, vous êtes dans la psychologie, oui ?

— Oui.

— Ça doit être passionnant. Explorer l'esprit des inconnus. J'imagine qu'en définitive c'est une manière d'en apprendre beaucoup sur soi-même.

— Pas vraiment.

— Ah tiens.

Elle croisa les jambes et sa jupe s'ouvrit, révélant qu'elle était fendue jusqu'à mi-cuisse. J'en fus frappé comme de quelque chose d'extrêmement ostentatoire.

« Et pourquoi le faites-vous ?

Elle but à longs traits. Ça ne pouvait pas être du gin.

— Je ne le sais pas vraiment, dis-je.

Elle laissa pendre son escarpin à talon haut et cambra le pied. Je regardais les tendons de son mollet se fondre dans l'ombre et je fus pris de jalousie, comme si j'avais été quelqu'un d'autre et qu'elle profitait de mon absence pour me séduire.

— Mais alors, vous feriez peut-être bien de consulter un psychiatre à ce propos, dit-elle.

Elle sourit d'un sourire qu'elle cacha dans sa tasse avant d'y boire de nouveau.

Je hochai du chef.

« Mais, où avais-je la tête, donnez-moi votre manteau.

J'avais gardé mon manteau et ça me plaisait comme ça. Jamais Jessica n'aurait dit : « ça doit être passionnant ». Et tous ces gens qui sont mariés et un jour il y a une dispute et, brusquement, ce sont des inconnus, des étrangers qui n'ont plus rien à se dire. Et Jessica et moi qui n'avions jamais eu ce luxe de ne pas nous connaître, la latitude que cela permet, que cela impose. Assis l'un en face de l'autre dans notre salon à tous deux, nous faisions tout notre possible pour que cela nous arrive, pour nous l'imposer, et tout d'un coup, j'ai trouvé qu'il n'y avait pas de raison. Et je n'arrivais pas à trouver ses raisons à elle. Mon estomac me faisait sans doute plus mal que le sien. Elle se leva en portant son verre et vint derrière moi pour prendre mon manteau, mais je ne m'inclinais pas de l'avant pour lui faciliter la tâche. Elle tira brièvement sur mon col.

« Il y a encore du temps avant le film, a-t-elle dit. Tu n'as pas chaud ?

— J'ai froid et nous avons vu le film.

Le Scotch me donnait la nausée. Jessica a reculé.

« Nous avons vu le film cet après-midi. Le chien est mort. Ça suffit, Jessica.

Je me suis levé, me suis tourné vers elle avec colère. Elle a encore reculé d'un pas. Ses yeux semblaient aller d'elle-même au personnage qu'elle essayait d'être. Je l'ai saisie violemment. C'est quelque chose que je ne fais jamais. Elle m'a donné un coup de poing dans la poitrine. Puis elle s'est dégagée et elle a couru de l'autre côté de la pièce. J'ai marché sur elle mais je me suis cogné contre une chaise. Son livre était posé dessus. Il est tombé par terre. J'ai vu le titre : *Cours de droit foncier.*

— Qu'est-ce que tu fais ? elle a demandé.

— Ça suffit.

— Qu'est-ce qui suffit ? Ne me touchez pas.

— Je ne joue plus. Je reprends mes billes et je rentre chez moi. Ce n'est pas...

— Tu n'as pas à m'agripper comme ça.

— Je ne t'ai pas agrippée.

— Non, j'ai rêvé ! Tu n'avais jamais fait ça.

— Qu'est-ce que tu en sais ? Tu me connais depuis six minutes.

— Arrête.

— Exactement. J'arrête.

Elle tenta de rajuster sa jupe et j'eus l'impression qu'elle réparait son personnage. Je ne voulais pas la laisser faire ça. J'ai fait un pas dans sa direction et elle a reculé contre le mur. Je n'avais jamais fait ça. Elle avait très peur. Soudain, j'ai voulu lui venir en aide mais quand j'ai tendu la main elle a encore reculé, recroquevillée de terreur. Je ne savais plus quoi faire. Je me demandais si mon visage n'exprimait pas autre chose que ce que je souhaitais. Le corps de l'acteur réagit et reflète. Mon intestin se noua. Je savais que mon visage était vide de toute expression, mais toute expression eût été une grimace inutile. Je cessai de respirer et l'eau me monta aux yeux. Je pris une profonde inspiration mais ça ne suffit pas à arrêter mes larmes. Je hoquetai, je rougis, et ce fut la cataracte. Tournant les talons, je courus dans la cuisine.

La fenêtre de la cuisine était tout embuée d'humidité. Je m'observai regardant à travers. Ma mère est la plus grande actrice, la meilleure comédienne, que j'aie jamais connue. Quand j'étais méchant, elle me disait qu'elle allait me donner aux Indiens, et je la croyais. J'ai soufflé du brouillard sur la vitre et j'y ai dessiné des empreintes de Martiens en y pressant ma paume et trois doigts. J'ai entendu Jessica fredonner

dans l'autre pièce, mais je ne savais pas pourquoi elle
fredonnait ni quelle Jessica elle était. Je n'avais qu'à
écouter ce qu'elle fredonnait pour le savoir. Je tendis
l'oreille mais ne parvins pas à le distinguer. En me
retournant pour écouter plus attentivement, j'aperçus mon foulard plié en cinq sur la paillasse. Je le
pris. Je me l'enroulai autour du cou en serrant très
fort. Je me pendis. Quand je relevai les yeux, elle se
tenait devant moi.

— C'est moi, elle a dit.

Je l'ai dévisagée et elle a soutenu mon regard.
L'étrangeté avait disparu de ses yeux et ses vêtements
lui allaient mal. J'ai baissé les yeux et défait le
foulard.

— Moi aussi, c'est moi.

Elle a tendu la main comme pour serrer la mienne
mais comme je l'ai saisie dans la mauvaise main elle
a tendu l'autre. J'ai pris ses deux mains dans les
miennes. Elles étaient froides. Elles sont toujours
froides.

La lampe de chevet, avec son abat-jour bleu, un
achat qu'elle avait fait, colore notre chambre en bleu.
Parfois, on arrive à faire l'amour comme au cinéma.
On passe du spectateur au spectacle, par moments,
quand l'éclairage est adéquat. Sa bouche était différente cette nuit-là, ses lèvres plus chaudes, comme si
un virus miraculeux s'était glissé dans sa gorge, y
gonflant des choses. J'imaginais que sa langue était
une fraise.

Elle enfonça ses mains sous mon manteau pour me
saisir, nos corps se façonnant automatiquement l'un
sur l'autre et, dans la lumière bleue près du lit, elle

pressa contre moi toute la longueur de son être, comme si elle avait cherché à immobiliser quelque chose. Elle ouvrit tout grands les yeux et je vis qu'ils étaient effrayés. Ses iris verts tachetés de brun. Ses pupilles s'agrandirent quand je me plaçai entre elle et la lampe. Je ne sais trop comment, j'aurais voulu nager...

Les femmes parlent des lèvres des hommes mais nous n'y faisons guère attention, misérables cons que nous sommes. J'essaye de faire attention. Je pressai mes lèvres contre les siennes, inclinant la tête vers la droite pour les faire rouler doucement les unes sur les autres, les unes en travers des autres, comme un jeu de petites vagues. Je m'y attardai longtemps. Je parcourus tout son visage de ma bouche. Ses yeux s'ouvraient et se fermaient. J'y voyais des flaques de lumière. Je pris ses mains dans les miennes pour lui faire des gants de peau d'homme contre la nuit froide.

Sa robe coula entre mes mains, informe parce que ne contenant plus personne pour lui donner sa forme. Je songeai passagèrement à la plier. Je la laissai tomber à terre. Ses bas. Qu'est-ce qui fait donc que tous ces trucs marchent si bien avec nous ? Les hommes ? Les mannequins dans les vitrines quand on était petits, ces jambes fantomatiques gainées de nylon, ces pieds sans orteils si parfaits...

Je me suis allongé près d'elle, étendu de tout mon long. L'ampoule faisait de là un coucher de soleil derrière sa silhouette. J'ai parcouru les dunes de ses seins et de son ventre et de ses cuisses qui montaient et descendaient, les muscles qui étaient dedans, du regard et de la main, je les ai parcourus. Les femmes ont sous la peau une couche spéciale qui les fait douces. Ce n'est pas ma faute.

J'ai posé mon visage doucement sur son ventre. Mon nez suspendu au rebord de son nombril. Dedans et dehors, premières statistiques enfantines. Quand j'ai soufflé dedans elle a frissonné. Je humais la chaleur qui montait d'entre ses jambes.

J'ai posé la paume de la main là, par-dessus la petite forêt, et je l'ai fait aller et venir lentement. Elle a cambré les reins pour venir à sa rencontre. J'ai senti s'amasser la moiteur et l'ai lissée du bout du doigt. Puis j'ai cessé pour la couvrir seulement de ma main refermée en coupe, y garder la chaleur, protection, carapace de tortue contre toutes les choses impitoyables qui grouillent dans le monde. L'étreinte de ses doigts s'est resserrée autour de ma tête. J'ai fait descendre mon menton.

J'ai embrassé ses jambes à l'intérieur. Il arrive qu'on s'irrite d'un manque de perfection, de poils, là où l'on n'en voulait pas. Mais se pouvait-il que son corps de huit ans fût la règle pour moi — tous les corps de huit ans ne sont-ils pas glabres ? — ou son corps de seize ans, ou se pouvait-il que je fusse né pour l'adorer, ce genre de peau qui est le sien, qui est la sienne, et qu'elle porte tout simplement, par hasard, depuis là naissance ?

J'ai entendu des choses. Il y a plein de goûts dans la nature... c'est mon métier d'entendre les secrets. Dans ma propre vie, je n'avais jamais aimé grand-chose. Désormais, tout.

Quand j'étais petit, j'avais peur de lécher la crème dans la tulipe du mixeur. La spatule de caoutchouc avait un drôle de goût. Les batteurs allaient réduire ma langue en charpie. Mais j'ai suivi de la langue la vallée de Jessica qui mène de son nombril jusqu'entre ses jambes, léchant la menue rivière de sueur qui perle là. Il y a des gens qui détestent suer. Au lycée, j'ai cru comprendre que la transpiration elle-même est dépourvue d'odeur ; l'odeur, c'est ce qu'on a sur la peau. Les désodorisants sont des parfums. Mauvais.

J'ai posé mon visage sur sa toison, là, et j'ai délicatement remué le menton en elle. Elle a levé un genou. Elle a commencé à respirer en rythme et à passer ses mains dans mes cheveux. Elle ne m'a plus lâché.

Au bahut, ils portaient tous des chandails ornés d'une grosse langue de dessin animé sous laquelle on lisait *Salty Peaches* — pêches salées. Le goût de la femme. Ça ne m'a jamais amusé. Quand j'avais cinq ans, ma mère m'a lu un livre qui s'appelait *la Petite Graine* — et expliquait des tas de trucs que je n'ai jamais été capable de comprendre...

Mes vêtements sont tombés sous mon manteau, la plupart. Agenouillé entre ses genoux je l'ai regardée me regarder. Elle m'a lâché une seconde, a tendu les bras vers moi et j'ai plané jusqu'à elle. Mon manteau était une cape qui nous couvrait tous deux, ou un parachute. Nos bras se sont entrelacés comme des serpents. Ses genoux se soulevaient puis retombaient, l'un après l'autre, elle courait au ralenti, sous moi. Cette nuit-là, j'ai appris que le temps s'inverse à chaque souffle. Elle a saisi ma nuque dans ses mains et a tiré mes yeux contre son cou. Elle m'a embrassé violemment, et nos années se sont mises à courir avec nous, dans le même sens que nous, pour la première fois.

Quand j'avais huit ans, je voulais être patrouilleur de sécurité. Me poster au carrefour et protéger les autres gosses des voitures. Stop. Allez-y. Ceinturon et baudrier blanc. Ils étaient plus grands que moi. Ils me haïssaient. Stop : une voiture arrivait. Allez-y : la voiture était passée. Ils me taquinaient parce que je mettais mes mains sur mes oreilles. Je ne voulais pas porter le chapeau que ma mère m'avait donné parce qu'il me décoiffait. Quand j'arrivais au carrefour, j'enlevais mes gants et plaquais mes mains nues contre mes oreilles pour les réchauffer. De cette manière, je ne les entendais jamais me taquiner.

Les seins de Jessica s'inclinèrent vers moi dans le geste qu'elle fit pour me tirer plus haut sur elle. Elle attira mes yeux vers sa bouche et les embrassa l'un après l'autre comme des nourrissons. Joignant les mains elle pressa son front contre ma joue. Ses genoux couraient lentement sous moi et, lentement, les miens se mirent à courir aussi. Passant les doigts dans mes cheveux, elle chuchota : « Attends. »

Un jour, j'étais debout au carrefour avec les patrouilleurs de sécurité, les mains sur les oreilles, tenant aussi un dessin que j'avais fait à l'école, un arbre en automne. Stop. Le dessin m'échappa et tomba sur la chaussée. Impossible de lui courir après, ils m'en auraient empêché. J'avais vu venir la voiture qui l'avait lacéré avec ses pneus et écrabouillé dans la neige. Vas-y. Les patrouilleurs de sécurité s'étaient écartés, mais trop tard.

Le souffle de Jessica était comme une voix dans mes oreilles, elle me chantait dedans et dehors et dehors et dedans tandis que je poussais en elle, ses intérieurs m'étreignant en rythme. Je l'enserrais de mes deux bras. Elle chuchota : « Attends. »

Et puis le lendemain, debout au même carrefour, il faisait si froid que les gants gelaient contre mes lèvres. Le vent me soufflait de la neige fondue dans les yeux, m'aveuglant, si bien que je ne vis pas les patrouilleurs de sécurité qui chahutaient, tirant sur la ceinture l'un de l'autre. Finalement, dans leur jeu, l'un d'eux avait crié Vas-y ! Et moi j'avais traversé. Les badauds avaient hurlé en voyant la voiture me manquer de peu, déraper et grimper sur le trottoir. Pris de terreur, je m'étais mis à courir à toute vitesse. Les genoux montant et descendant comme deux pistons, j'avais couru, couru, jusqu'à la maison, et là, jusque dans ma chambre où je m'étais jeté sur mon lit pour enfouir mes larmes dans la peluche usée de Câlinot-Singe qui m'attendait sur l'oreiller. Mais ce n'était pas de la voiture que j'avais eu peur, c'était des patrouilleurs de sécurité.

Je retenais le ressort bandé en moi. Attends. Les vannes. C'était une douleur de se contenir. Attends. Ses ongles s'enfonçaient dans mon dos. J'avais l'impression d'avoir une bête entre les jambes, une volaille affolée que je ne pouvais plus maîtriser. Non. Mes épaules se tordirent. Je fus incapable d'attendre plus longtemps.

Les orgasmes ne sont pas des péchés. Je me suis jeté dans Jessica comme un fleuve. Je l'ai rassemblée contre moi avec mes deux bras tandis qu'elle sanglotait sans pouvoir s'arrêter. Mon visage enfoui dans toute sa chevelure disant mon petit mon petit. Et aussi j'ai entendu dire que les gens souhaitent être ailleurs immédiatement après, surtout les hommes, mais moi, alors, là, pas du tout. Je ne voulais être nulle part ailleurs qu'avec elle.

5

Le lendemain matin, Jessica a fait la grasse matinée. Elle s'est prélassée dans le lit jusqu'au menton, enfouie dans les journaux du dimanche, l'inévitable Bach murmurant à la radio, tandis qu'elle maintenait, soigneusement en équilibre sur la montagne de son genou sous la couverture, le café que j'avais fait et servi dans les chopes à notre nom, cadeau de mariage de ma mère que Jessica avait échangé le jour même pour deux autres où on lisait : *Bill* et *Nancy*.

Elle replia le *Free Press* et déclara :

— Rien qu'une fois, une seule...

Elle s'interrompit pour déchiffrer un titre qui lui avait tiré l'œil.

« Rien qu'une fois, j'aimerais bien être Nancy.

Elle a plié et replié le journal puis l'a glissé entre le matelas et le mur. J'avais acheté un panier d'osier pour les journaux, dans un grand élan de savoir-vivre et de civilisation, mais elle l'ignorait délibérément.

— Nancy, c'est moi, dis-je, nu près d'elle. J'ai toujours été Nancy, je serai toujours Nancy. Toi, c'est Bill.

Je roulai sur moi-même pour me lever et enfilai mon manteau, la doublure froide contre mon abdomen, là où j'ai le moins de poils. J'ai mis mes chaussettes noires et j'ai éprouvé le glissant du parquet en esquissant deux ou trois pas de *Mashed-potatoes*. Il n'y a plus une seule vraie danse, j'ai pensé.

Ils n'ont plus que le disco et même ça, c'est en train de disparaître. La prochaine mode sera une danse imitant le vide. Tous en piste pour le Rien.

— Tu veux un bout de journal ?

— Non, merci. Et puis si, tiens, peut-être, les Bédés.

J'ai vaguement parcouru les Bédés mais la plupart de mes préférées ont disparu. Les toutes simples, où les caractères d'imprimerie étaient gros et l'intrigue mince. Enfant, j'avais essayé Mandrake mais le Noir me faisait peur.

« Tu vas faire les mots croisés, Jessica ?

— Non.

Je ne sais pas paresser. J'en suis incapable. J'ai un patient, un certain M. Cleveland, qui ne cesse jamais de travailler parce qu'il est un enfant de la bombe, comme moi, réglé depuis l'enfance pour égrener les minutes qui nous séparent du champignon atomique. Et il n'est même pas juif. Pas étonnant que les Chinois se fendent la pêche à longueur de journée. Personne ne les a jamais fait mettre en rang par deux devant leurs casiers à l'école et chanter Dieu bénisse l'Amérique dans le noir, tous stores baissés. La première fois que j'ai vu Jessica, c'était pendant un exercice d'alerte aérienne. Elle avait demandé à rentrer chez elle pour être avec sa famille quand les bombes tomberaient. La maîtresse avait bien été obligée de reconnaître qu'il s'agissait seulement d'un exercice. Jessica lui avait fait la leçon, ce n'est pas beau de tromper des enfants. Je la regardai allongée dans son lit, absorbée dans la page économique. Elle était exactement la même, mais elle buvait du café, désormais, et s'appelait Bill.

— Je suis prêt à faire les mots croisés.

— Gil, il me reste seulement deux colonnes. Il est tôt.

— Il est deux heures.

— Et alors ?

— C'est l'heure.

— L'heure de quoi ?

— L'heure de se lever et d'être heureux.

— Sois heureux en silence.

Les choses à apprendre d'elle. Il m'arrive d'admirer la paresse, parce que j'en suis incapable. Elle en sait plus que moi parce qu'elle lit tous les journaux pendant qu'elle se prélasse ainsi. Dans les cocktails, je ne serai au courant de rien tandis qu'elle brillera. Quand on est détendu, on digère mieux. Jessica n'a jamais pété si j'en crois le témoignage de mes sens. Alors que moi, mes flatulences sont sempiternelles. Il existe d'ailleurs une corrélation psychanalytique entre la discipline et la culpabilité. Cependant, on n'accomplit rien sans l'une et l'autre. J'avais un patient qui est poète. Il m'avait demandé si la thérapie risquait d'anéantir son inspiration poétique. Seulement si elle est réussie, avais-je répondu. Je plaisantais. Il m'avait quitté. Je ne plaisantais plus.

Jessica passa à la page des sciences.

— Tu as vu, on a mis au point un sang artificiel, dit-elle. C'est du teflon.

Quand mon comptable a la grippe et que Susan commence à parler d'augmentation, je condescends à faire les factures moi-même. Il y avait des tas de dossiers sur la table du salon. Je commençai à m'occuper de mes notes d'honoraires en robe de chambre tandis que Jessica restait au lit avec l'*Examiner*. J'attends impatiemment que la Sécurité sociale fasse faillite. Moi, si on me laissait faire, je n'accepterais que les paiements en espèces, ou alors en poulets, six par séance ou un par complexe. Mon foulard traînait sur les factures. Je l'écartai pour me mettre au travail, puis le portai à mon visage parce qu'il sentait comme elle. C'était le parfum de la veille et il me fit frissonner. Il était très séduisant.

Nous n'en avions pas discuté. Peut-être qu'en faisant l'amour, nous avions tout effacé, parvenant à cette compréhension tacite qui est si difficile à atteindre quand on parle. Peut-être avait-elle honte d'avoir eu cette idée. Je me demandais s'il lui était arrivé d'avoir des idées pour elle et son mari. Je dis toujours à mes patients que l'imagination est légitime dans la sexualité tant qu'elle est mutuelle.

Elle m'avait dit que son mari n'avait jamais rien su de nous. Elle m'avait dit qu'elle pensait à moi en couchant avec lui. Je n'avais pas réagi quand elle m'avait dit cela. Je ne pensais jamais à elle, moi, avec Darla, mais je pensais toujours à elle après. Il y avait eu un instant, ce matin, où je lui avais tendu sa tasse de café, et nos yeux s'étaient rivés. C'était une manière de reconnaître quelque chose, une question que nous nous posions tous les deux à propos de la nuit précédente, une question sans réponse.

Au milieu de la nuit, je m'étais éveillé pour la découvrir debout devant la fenêtre, les yeux perdus dans l'obscurité du dehors, les doigts pressés contre le carreau comme si elle cherchait à sortir. La neige s'amassait sur les appuis de fenêtre comme ces décorations en bombe qu'on vend maintenant. L'idée m'a traversé l'esprit qu'elle attendait le Père Noël. J'ai fait semblant de dormir. Je me suis demandé ce que je pouvais dire qui ne risquait pas de l'effrayer. Tant de choses font peur la nuit. Avant de s'endormir, elle avait murmuré : « Garde-moi dans tes bras, ne me lâche pas, ne me laisse pas partir », mais j'avais été incapable de décider si elle parlait seulement de la nuit à venir ou du restant de nos jours. Elle s'est détournée de la fenêtre, et j'ai fermé les yeux. Quand elle est rentrée dans le lit, j'ai posé ma main sur son dos et nous nous sommes enlacés machinalement, mais je ne crois pas qu'elle se soit rendu compte que j'étais réveillé. Les gens font des choses dans leur sommeil et on n'y fait pas attention.

Elle m'avait dit une fois qu'il lui arrivait encore d'attendre parfois le Père Noël. D'accord, c'était idiot, elle avait dit, mais si jamais, hein, si jamais il existait réellement. En voilà une bonne blague pour le monde entier ! Et on a vu des choses bien plus étranges, elle avait dit. Après qu'elle m'eut dit ça, je ne me suis endormi que longtemps après elle. J'écoutais les branches cogner contre la gouttière et j'avais l'impression qu'on marchait sur le toit. Ce n'était pas le cas, mais jamais un scientifique n'écarterait à cent pour cent la possibilité d'un phénomène quelconque, pas vrai ?

Je me suis plongé dans mes comptes. Mes chers confrères disent que nous avons le droit de nous faire payer très cher, en compensation des longues années d'études difficiles que nous avons passées à la fac. D'accord, mais enfin rien de ce que nous avons appris ne s'applique le moins du monde à nos patients, tout de même ! Jessica dit que le monde est divisé en deux catégories : les athlètes et les employés. Un comédien est un athlète, un écrivain un employé, un avocat un employé, un soudeur un athlète, etc. Je suis un employé et j'ai honte qu'on me paie. On m'a toujours appris qu'en Amérique chacun avait le droit de bien gagner sa vie. Mes parents le disaient. Je leur répondais que, de toute manière, on finissait toujours par trouver ce dont on avait besoin. La vie, c'est la kleptomanie.

— Qu'est-ce que tu fabriques ? a lancé Jessica depuis la chambre.

La radio jouait du folklore de l'Ouest. Jessica devait se concentrer très fort sur ses mots croisés car elle déteste cette musique.

— Mes comptes.

— Laisse tomber, Hans-Christian !

Quand nous plaisantons en public, la plupart des gens nous regardent comme si on tombait de Mars. Je ne nous crois pas plus érudits que la moyenne des jeunes mariés, mais Jessica prétend que si. C'est elle qui a raison. Je lui ai crié :

— Tu as fini ton journal ?

— Dans une minute. Plus que trois mots.

J'ai vu des pièces de théâtre où de jeunes mariés se vocifèrent des définitions de mots croisés d'un bout à l'autre de la scène. Cela revêt toujours une signification symbolique. Jessica avait fait les mots croisés sans moi parce qu'elle est beaucoup plus forte que moi. Elle est plus forte parce qu'elle fait les mots croisés plus souvent. Et elle les fait plus souvent parce qu'elle m'interdit de les faire sous prétexte que je suis moins fort qu'elle.

— Il fait beau comme tout, Jessica, je voudrais sortir.

— Une minute.

Il faisait un temps épouvantable. Il était tombé de la neige fondue — et j'avais rêvé que je jouais au baseball avec Tennessee Ernie Ford. Je le frappai un grand coup et il mourait. Au procès, le juge suspendait mon permis de conduire. Je me rappelle que je m'en faisais beaucoup plus pour le permis que pour cette mort.

« Gil ! Il fait un temps épouvantable.

M. Cleveland n'avait pas payé. Randall Morris n'avait pas payé.

— Il ne neige pas, j'ai dit.

Jessica était debout près de moi, habillée de pied en cap. Blue-jean, collant et gros chandail de coton blanc, sans rien imprimé dessus. Elle a dit qu'elle avait dû faire six magasins avant d'en trouver un sans rien. En Analyse transactionnelle, on demande au patient de remplir un questionnaire avant d'entreprendre une thérapie. Une des questions est *Que feriez-vous imprimer sur votre chandail ?* La réponse « rien » est sensée signifier autodépréciation, autonégation, assimilation des messages castrateurs des parents, etc. Quelle connerie. Les chandails sont des vêtements. Pas des étiquettes.

— Il ne neige plus, a corrigé Jessica.

Elle a posé un baiser sur mes cheveux et emporté sa chope dans la cuisine. J'ai remarqué que le chandail découvrait par sa large encolure une bonne partie de ses épaules, le creux de ses clavicules. C'était peut-être pour ça qu'elle avait fait six magasins. Et elle portait des espadrilles, aussi, rien que des espadrilles, mais blanches. Jessica a beaucoup de respect pour l'élégance.

De la cuisine, elle m'a lancé :

« Si on allait à la plage ! Je ne suis jamais allée à la plage depuis que j'étais petite.

A la Résidence Home d'Enfants les Pâquerettes, j'avais vaincu ma peur de l'eau parce que Rudyard m'avait fait crier en nageant. Une bonne part de ma peur était la peur de la peur. Il m'avait suffi d'y faire face pour qu'elle disparaisse. Mais un jour, j'avais dix ans, à la plage, je m'amusais à dériver sur une chambre à air. Quand je suis sorti de la chambre à air, j'ai vu un crabe nager au milieu. Je suis parti en courant, horrifié. Je n'avais pas peur des crabes, je les chassais avec mon frère tout le long du rivage. Je n'avais pas peur des chambres à air. De quoi donc avais-je peur ?

— On a des seaux et des pelles ? demanda Jessica en rinçant sa chope. On a des masques et des tubas ?

Mlle Lebowitz avait réglé d'avance. M. Meinhart était à jour. Larry From ne m'avait pas payé parce que je m'étais moqué de lui à la dernière séance.

— Tu feras tes comptes sur la plage. J'emporterai quelque chose à lire. Allons-y.

— Le cours de droit foncier, par exemple, dis-je.

— Allez, viens, il est deux heures.

Elle a versé encore du café. Il était trois heures et demie. Quelque chose qui m'a toujours effaré, c'est à quel point les liquides versés font le même bruit qu'un enfant qui s'amuse à clapoter des joues, bouche ouverte. Evidemment, la nature imite l'art. Quand j'étais petit, j'étais un maître bruiteur, les effets sonores n'avaient pas de secret pour moi. Mais bien d'autres trucs m'étaient rebelles. Je n'ai jamais su faire comme si mon pouce se coupait en deux.

Jessica a posé la main sur mes cheveux.

— Amène-toi, Nancy.

— Impossible, j'ai dit. On n'a pas de ballon de plage.

— Ça fait rien, j'ai des baudruches. En route.

A l'exception du lac Saint-Clair, dont on m'a toujours dit qu'il était réservé aux goyim, il n'y a pas de grand lac dans la région de Detroit. Mais il en existe quelques petits qui sont chouettes, en particulier un qui est situé sur le territoire de mes vacances d'été, quand j'étais petit et que la moitié seulement des sodas et limonades était vendue en boîte — Sandy Beach. Il y a effectivement quelque chose d'artistique dans les bouteilles de verre jonchant une plage de sable, chacune avec sa forme bien reconnaissable, tandis que les boîtes de fer-blanc sont de purs détritus. C'est à Sandy Beach que nous sommes allés.

Je me rappelais l'étirement d'une plage couleur de petit-beurre le long de l'eau grise. Mais tout était gelé. J'ai perdu la maîtrise de la voiture sur le verglas du parc de stationnement. On est parti sur le côté mais il n'y avait rien à heurter ou emboutir. J'ai accéléré, comme ça, pour rire, et on s'est mis à tourner sur nous-mêmes. La voiture a fini par s'immobiliser en douceur contre un talus neigeux.

— On est coincé à jamais, j'ai dit.

— Oui, a dit Jessica, coincé à jamais.

Elle a voulu sortir et elle est tombée aussitôt. Le vol plané classique. Mais elle ne s'est pas aussitôt retournée pour voir si quelqu'un l'avait vue tomber — je crois pourtant qu'il s'agit d'une réaction humaine presque aussi involontaire que le rougissement. Elle a dû se faire mal, je crois, et elle a pleuré brièvement, surtout de colère devant la douleur. Ça m'a surpris de la voir pleurer. Mais les femmes le font, c'est vrai ; elles pleurent sans retenue quand elles ont mal. J'ai toujours pensé que ça contredisait les thèses du MLF. Chacun sait que les femmes possèdent un seuil de résistance à la douleur plus élevé que les hommes...

Je me souviens d'un article de l'*Orthopsychiatric Journal* sur l'humour noir. Pourquoi rions-nous des malheurs des autres ? Il semblerait que ce soit par soulagement convulsif de n'être pas la victime. Imaginons, disait l'auteur de l'article, une vieille dame trébuchant au bord d'un trottoir au moment de traverser. S'il s'était agi d'un enfant, ce n'aurait pas été drôle.

J'ai fait tourner Jessica comme une toupie. Je l'ai saisie aux épaules pour la faire pivoter sur la glace, je lui ai dit de prendre ses genoux entre ses bras, accroupie, ce serait plus facile. Elle a fini par s'exécuter, et je l'ai fait tourner, tourner, tourner sur la glace du parc de stationnement et elle est tombée à la renverse en riant, complètement étourdie. Elle a mis les mains sur les yeux.

— C'est tes oreilles, je lui ai dit. Le vertige, c'est dans les oreilles.

Elle a ôté ses gants et s'est couvert les oreilles.

— C'est un miracle, elle a dit, ça ne marche absolument pas !

Jessica croit aux miracles. Elle en voit dans les choses les plus banales, et c'est pourquoi elle se donne la peine de vivre. Elle croit que déposer une enveloppe dans une boîte jaune au coin de la rue pour qu'elle soit glissée deux jours plus tard sous une porte à quatre mille kilomètres de là, la même enveloppe, elle croit que c'est un miracle. Pareil pour le téléphone international. Elle trouve que ce n'est pas cher. J'ai essayé d'en discuter : comment estimer le coût d'un miracle ? Combien a pu coûter le truc de la mer Rouge ? Jessica a répondu qu'il avait coûté quarante ans à Moïse et qu'il me coûtait à moi toute une vie de culpabilité juive. J'ai cessé de discuter.

La neige gelée recouvrait tout jusqu'à l'horizon, le ciel et l'eau étant d'un même gris uniforme dans la maigre lumière. Tout aurait pu étinceler sous le soleil, mais une averse se préparait juste au-dessus du lac. Le vent soufflait et de petites vagues de neige poudreuse couraient sur la glace pour former par-ci par-là des tornades en miniature. Le silence infusait toute chose. Il n'y avait pas de traces de pas.

Quand il était enfant, Shrubs adorait l'hiver. Le hockey était son sport favori. Aujourd'hui, il doit pelleter la neige devant chez lui pour permettre le passage de Kathy et des enfants, et prendre la voiture pour aller au boulot. Il déteste l'hiver.

— Les igloos, moi, je n'y crois pas, dit Jessica marchant juste derrière moi et allongeant le pas pour copier ma démarche. Ils peuvent bien dire tout ce qu'ils voudront, on ne peut pas avoir chaud dans une maison de glace.

— C'est une question de chaleur corporelle, dis-je.

Nos souliers faisaient craquer la mince pellicule de glace pour atteindre la neige moelleuse en dessous. C'était comme de marcher sur un gâteau. J'ai attendu le lycée pour apprendre que ce ne sont pas les couvertures qui réchauffent les choses. Je m'étais toujours imaginé qu'en mettant des couvertures sur un lit, on le trouverait chaud au moment de s'y coucher. Je me trompais. C'est une question de chaleur corporelle. Un truc qu'on peut partager, en plus. Quand je l'ai appris, je me suis senti tout bête. Jessica m'a dit que lorsqu'elle était petite elle a cru un moment que les arrêts « facultatifs » étaient réservés aux étudiants pressés de se rendre à la faculté en autobus.

Nous marchions lourdement vers la plage.

— Où va-t-on comme ça ? a demandé Jessica.

J'ai répondu : voir *le Magicien d'Oz*.

« Je l'ai déjà vu, a dit Jessica. Il ne vaut pas l'coup. Si on s'arrêtait ici, plutôt ?

Une bouffée de vent glacé se leva soudain, mais c'était elle qui allait devant et elle en fut seule frappée. Elle porta ses gants à ses yeux, ses larmes coulant sur ses joues et gerçant à mesure puis, prise de colère, elle se mit à casser la glace à coups de pied vengeurs et eut bientôt dégagé une surface de neige tout autour d'elle. Elle s'arrêta alors, soufflant comme un phoque, épuisée. J'essuyai ses larmes avec mon foulard.

— Vas-y, lui dis-je, tu casses et, moi, je roule.

Elle repartit en tapant des pieds et j'entamai la première boule. Je commençai par une sphère minuscule, mais parfaite, bien tassée dans le creux de mes mains. Je la posai délicatement sur le sol et entrepris de la rouler lentement. Lui ayant fait accomplir une révolution, je repartis à angle droit et, répétant ce système, j'obtins bientôt une grosse boule. Non loin de là, Jessica ne cessait d'agrandir le périmètre de neige dégagé et le bruit de ses pas s'éloignait en cercles dans le vent.

Il faut que les trois boules soient relativement proportionnées sinon on a une mutation. Hydrocéphalie, éléphantiasis, une quelconque aberration de l'espèce. Je me souviens qu'enfant je parcourais les rues du quartier assistant à la fonte des bonshommes de neige, leurs traits s'écoulant peu à peu de leur visage, comme des lépreux sur le gazon. Quand la plus grosse boule, celle du bas, fut terminée, j'entamai celle du milieu.

Mais j'envisageais quelque touche d'avant-garde.

Une carotte bien classique pour le nez mais traversée, peut-être, d'une épingle. Ou des cheveux bleus ? Mais je changeai d'avis. Respect de l'élégance, des vieilles et bonnes traditions bien établies. Charbon pour les yeux, charbon pour les boutons.

Je remarquai deux subtils changements dans le paysage. Jessica s'était arrangée pour disparaître, sa piste de glace rompue menant au-delà de l'affreuse cabane qui se dressait à l'orée de la plage. A l'horizon, en direction du parc de stationnement, deux silhouettes s'approchaient.

Elles étaient minuscules dans tout cet espace, très lointaines, mais je distinguais parfaitement le bruit de succion que faisaient leurs snowboots mal attachées dans la neige. Je les observais. Elles semblaient avoir la même taille, et, à mesure qu'elles se rapprochaient, je remarquais qu'elles marchaient en rythme, presque au pas. Elles ont brusquement modifié leur trajectoire pour se diriger droit sur moi à travers la glace. J'ai jeté un regard circulaire pour chercher Jessica. Elle n'était nulle part.

J'ai roulé deux fois la boule du milieu et je l'ai tassée. J'entreprenais de la rouler une troisième fois quand j'ai senti des yeux sur moi. Je me suis retourné pour faire face aux deux inconnus.

Ils se tenaient côte à côte, à dix mètres de moi environ, peu désireux de s'approcher encore. Ils mesuraient dans les un mètre cinquante, portaient des casquettes de tricot, de gros manteaux et des snowboots de caoutchouc ainsi que deux gros cachenez assortis, rayés de brun et de beige, enroulés autour de leur cou et noués par-devant, qui ne laissaient voir que leurs yeux. Ils étaient vêtus exactement de la même façon. Ils avaient tous les deux les mains dans les poches. Leurs yeux étaient gris. Je n'aurais pu dire ni leur âge ni leur sexe. Ils m'observaient dans un silence abject, mais pas forcément terrifié.

J'ai posé la tête par-dessus la seconde boule que j'avais mise en place et j'ai souri.

— Il vous plaît, pour le moment ? ai-je demandé.

Ils n'ont pas eu la moindre réaction. Je m'avisai qu'ils étaient peut-être étrangers. La teinte rose du peu de peau que j'apercevais autour de leurs yeux me fit me demander s'ils n'étaient pas scandinaves. C'était leur habitat naturel, la neige. Si ça se trouve ils ne portaient même pas de gants.

« Vous voulez m'aider à faire la tête ?

J'avais parlé sans hésiter, comme si j'étais persuadé que c'étaient des enfants, ce qui était idiot. Car rien ne l'indiquait. Rien n'indiquait rien, sinon ceci : ce qu'ils étaient, ils l'étaient tous les deux. Et puis non, me dis-je. Même ça ce n'est pas vrai. Il pourrait y avoir un garçon et une fille. Une femme. J'avais beau les avoir, là, sous les yeux, je n'avais aucune certitude. J'avais récemment lu un essai consacré au cerveau humain et au raisonnement par déduction. L'auteur donnait deux phrases en exemple :

1. Elle a entendu arriver la voiture du marchand de glace.

2. Elle s'est souvenue des sous qu'elle avait eus pour son anniversaire et a couru dans la maison.

Rien, dans les deux phrases qu'on vient de lire, rien de littéral, en tout cas, n'affirme que le sujet est une enfant, ni qu'elle a l'intention d'acheter une glace ni même qu'elle rentre chez elle pour chercher son argent. Pourtant, tout le monde comprend la saynète de la même façon. Mais tout le monde peut se tromper.

« Vous habitez par ici ?

J'ai essayé de me rappeler, pour les manteaux, la manière de les boutonner qui n'est pas la même pour les hommes et pour les femmes. Mais ça ne me revenait pas. L'haleine qui sortait par bouffées à travers leurs cache-nez faisait des petits nuages passagers devant leur visage. Ils auraient aussi bien pu avoir quatre-vingt-dix ans. Ça a commencé à me tracasser.

« Vous avez vu Jessica ? j'ai demandé. La jeune femme qui est avec moi — vous l'avez vue...

Ils ont échangé un regard puis reporté les yeux sur moi. L'un d'eux a sorti une main gantée d'une de ses poches. L'autre a fait mine d'en faire autant et j'ai tout juste eu le temps de voir que ses mains étaient nues. Elles allaient m'apprendre son âge et son sexe. Mais il s'est ravisé. Les mains sont restées dans les poches.

« J'ai d'abord envisagé de faire quelque chose d'inhabituel, dis-je. Puis j'ai décidé de rester classique. Vous savez...

Et j'ai tracé trois cercles verticalement dans les airs. Je me suis dit qu'ils pensaient peut-être voir un feu tricolore de circulation.

« Charbon pour les yeux et charbon pour les boutons.

Je n'avais évidemment pas de charbon. J'ai quand même mis les mains dans les poches et fait mine d'être surpris de les trouver vides. Les deux personnages se sont éloignés. Je me suis demandé s'ils pensaient que j'allais tirer un revolver, ou alors leur donner de l'argent. Je ne les ai pas rappelés. J'étais content qu'ils s'en aillent.

L'averse s'assombrissait à l'horizon et je voyais assez mal. J'ai appelé Jessica, mais il n'y a pas eu de réponse. Le vent me giflait le visage, et mes yeux pleuraient des larmes qui gelaient. Je me rendis compte que je n'avais pas non plus de carotte. Le clapotis des snowboots s'est éloigné puis éteint dans la neige, et je me suis retrouvé tout seul.

Je me suis hâté de terminer la tête avant le retour de Jessica pour lui faire la surprise. Je la déposai sur le corps et fis quelques petites retouches. Je cherchai des yeux des cailloux qui pourraient remplacer le charbon, mais il n'y avait rien. Je me suis dit, des coquillages, peut-être, ou un bout de bois. Ma créature sans visage se dressait solitaire sur la glace. On ne pouvait dire de quel côté elle était tournée puisqu'elle n'avait pas de visage. J'ai pensé : il n'a même pas de cul.

J'ai appelé Jessica de nouveau. Pas de réponse. J'ai hurlé : Bill ! Rien.

Je reprenais le chemin de la voiture quand j'ai eu une idée. J'ai arraché les cinq boutons de mon manteau et je m'en suis servi, deux pour les yeux, un pour le nez, un pour la bouche. Conservant le cinquième bouton dans ma main, j'ai repris le chemin de la voiture.

Jessica était derrière la cabane. Il y avait un bonhomme de neige à côté d'elle.

— Eh ! a-t-elle lancé. Regarde ! Qu'en penses-tu ? Je me suis approché d'elle.

— C'est très beau, j'ai dit. Je ne te voyais pas depuis la plage, la cabane te masquait. J'étais inquiet.

— J'étais ici, elle a dit.

Elle mettait les touches finales au visage que je ne voyais pas. Son bonhomme de neige était tourné vers la cabane.

— Tu as vu les jumeaux ? demandai-je.

— Quels jumeaux ?

— Il y avait des jumeaux, j'ai dit. Ils passaient par ici. Ils sont restés une minute à m'observer.

— Non, je ne les ai pas vus.

Elle enfonçait ses doigts dans la neige. Elle ne portait pas ses gants. J'ai remarqué aussi que son manteau était ouvert.

— Où sont tes gants ?

— Je ne sais pas.

— Tu devrais porter des gants, Jessica, tu vas être malade. Et attacher ton manteau.

Elle m'a regardé.

— Tu te prends pour ma mère ?

Il y avait de la colère dans ses yeux.

— Pardon, j'ai dit.

Elle a encore un petit peu travaillé à son bon-homme de neige, a examiné son œuvre, puis a reculé.

— De toute manière, je ne peux plus boutonner mon manteau.

Et elle a tendu la main. Il y avait un bouton dedans. J'ai fait le tour de son bonhomme. Il avait des boutons pour les yeux, le nez et la bouche.

« J'ai eu envie de faire mon bonhomme à moi. Voyons un peu le tien.

Mais on ne le voyait pas de là où nous étions à cause de la cabane.

— Bah, j'ai dit, laisse tomber. Il se fait tard et nous devons y être à six heures. Mettons-nous en route.

Nous avons marché jusqu'à la voiture. J'ai essuyé

le pare-brise et nous sommes montés en voiture. Notre haleine a aussitôt embué les vitres. J'ai fait tourner le moteur et mis le chauffage. La vitre s'est lentement dégagée. Au fur et à mesure qu'elle s'éclaircissait, mon bonhomme de neige est apparu. Il était tourné vers nous, de l'autre côté de la cabane, sur la plage. Jessica l'a vu.

J'ai beaucoup dérapé dans le parc de stationnement, d'abord incapable de bouger puis ensuite décrivant des cercles que j'étais incapable de maîtriser. Je suis enfin arrivé à m'engager sur la chaussée où les camions de salage étaient passés. Nous avons roulé en silence.

— Je ne veux pas y aller, a-t-elle fini par dire.
— Moi non plus, j'ai dit.
— Mais je ne veux pas ne pas vouloir, a-t-elle dit. Ce sont tes parents.
— Ils ne te haïssent pas autant que ta mère me hait.
— Non, mais c'est tout juste.
— C'est vrai.

Quelques centaines de mètres plus loin, nous avons doublé les deux personnages. Ils avançaient au pas sur le bord de la chaussée. Jessica s'est retournée pour les regarder. Ensuite elle m'a regardé moi, et puis elle a regardé droit devant elle par le pare-brise.

— C'est ce que nous allons être, elle a dit.
— Quoi donc ?
— Les bonshommes de neige, ces deux-là, nous. Trois paires de jumeaux.

6

Quand nous nous sommes engagés dans la rue Lauder, il neigeait à gros flocons. Tout le paysage était poudré à frimas, clair, cristallin, comme je l'aimais quand j'étais écolier, comme un rêve. Je me suis garé devant la maison. Dans la maison voisine tous les stores étaient tirés. Ils étaient restés tirés depuis l'installation des nouveaux propriétaires. Les Nemsick étaient partis directement pour Miami — paradis des retraités — sans passer par le séjour dans une banlieue résidentielle. Shrubs disait que ce gros tas de Morty était devenu physicien.

— Tu as de la chance qu'il ne neige plus. Je t'aurais tendu une pelle avant de te laisser entrer. Le toubib dit que c'est fini pour moi ce genre d'exercice. Qu'est-ce qu'il en sait, hein, je te le demande ? Je lui ai dit, ça ne fait rien, *Mein kind* vient dîner, il fera bien ça pour moi. Si tu savais ce que ça lui a fait plaisir !

Mon père a embrassé Jessica sur la joue et lui a pris son manteau. J'ai gardé le mien.

« J'aurais voulu que vous le voyiez à cette époque-là, a-t-il poursuivi en attendant qu'elle lui tende son chapeau. Il pelletait la neige à une telle vitesse que je pensais qu'il allait se tuer. Il détestait pelleter la neige. C'était pour ça. Il fallait qu'il fonce comme un fou jusqu'à ce qu'il ait fini. Il rentrait en nage, je me disais c'est la pneumonie assurée. On aurait cru qu'il avait le diable aux trousses. Ça me coûtait un *quarter*.

Et puis quand nous avons pavé la cour devant le garage, c'est monté à une *dime.* Mais les voisins, il le leur faisait gratuitement, le petit salopard.

— Il n'a pas changé, dit Jessica en lui reprenant son manteau et en pliant son chapeau. Seulement maintenant c'est pour la vaisselle. Il faut que je me réfugie dans le salon si je ne veux pas être renversée : il charge l'évier comme un bison.

— J'aime ça, j'ai dit.

— C'est toujours lui qui fait la vaisselle quand nous sommes invités chez des gens. Il fait semblant d'être poli. Mais c'est pour donner libre cours à ses tendances antisociales. Il reste enfermé tout seul dans la cuisine.

— Eh, elle est meilleure psychologue que toi, a dit mon père.

— Laurel et Hardy sont meilleurs psychologues que moi, j'ai dit.

— Où est-ce qu'ils consultent ? a demandé Jessica.

— Je croyais que vous aviez un lave-vaisselle, a dit mon père.

— On en a un, seulement votre fils ne croit pas à la technique moderne. Il pense qu'elle donne le cancer.

— C'est un fait, j'ai dit.

— Ne dis pas ça. Même pour plaisanter, a dit mon père.

— Votre lave-vaisselle est en panne ? a demandé ma mère en faisant son entrée. Moi, le bonhomme qui le répare...

— Bonjour, Charlotte, a dit Jessica en l'embrassant sur la joue. Non, tout va très bien. C'est votre fils qui aurait besoin d'un dépanneur.

Les baisers dans le vide. Cette cordialité rituelle, joue contre joue, mais on embrasse le vide. Jessica,

elle, insistait pour poser ses lèvres sur la joue. Nous
en avions parlé. L'hypocrisie, tout ça.

— Vous voulez boire un petit quelque chose ?

— Boire, oui ; un petit quelque chose, non, j'ai dit.

J'avais entendu ça quelque part, sur un terrain de
golf, probablement (mais non je ne joue pas au golf,
mais oui au cinéma !).

« On plaisante, tu sais, papa. Je vais très bien.

— Et vous, Jessica ?

— Je vais très bien aussi, papa. Je ne plaisante pas.
Tout le monde a ri.

— Vous n'avez pas eu de mal à venir ?

— Bah, ç'aurait pu être pire.

— Vous êtes passés par Lodge ?

— Moui.

— Comment, vous êtes passés par Eleven Mile
jusqu'à Greenfield et ensuite vous avez traversé ?

— Oui, papa.

— Ça glissait ?

— Un petit peu.

— Tu as tourné à Seven Mile ou tu as pris Eight
Mile jusqu'à Greenfield ?

— Seven Mile Road, papa.

— Ils avaient déjà salé ?

— Dites, Charlotte, c'est neuf, ça ? a demandé
Jessica. Je ne me souviens pas l'avoir vu la dernière
fois.

— Non. Vous pensez, un cadeau de mariage de ma
mère, qu'elle repose en...

— C'est charmant.

— Mon Dieu, ça a plus de quarante ans.

— C'est charmant, je vous assure.

— Vous boirez bien un petit quelque chose ?

— Boire, oui ; un petit...

— Trop tard les gars. A la bouffe !

Mmm, ça sent bon. Quel joli tablier. Comment faites-vous ça ? Ah, vraiment, l'électricité ? Une chaleur plus régulière, oui, bien sûr. Moi je prends les fiches recettes du *Lady's Home Journal.* Il faudra que je voie ça. L'art du cordon bleu ?

Tandis que Jessica papotait avec ma mère, j'examinais la table. Quatre chaises, la mienne contre le mur. Au-dessus de la table pendait, depuis le jour de ma naissance, une longue chaîne reliée à une trappe de fumée encastrée dans le plafond et qu'on déclenchait en tirant sur la chaîne — procédé qui m'avait toujours paru le comble de l'arriération.

— Alors qu'est-ce que vous buvez ? a demandé ma mère.

Je me suis « posé là », comme le suggérait papa, et j'ai cherché à me désintéresser de ce qui se passait près des fourneaux.

— Non, rien, maman. Un verre d'eau peut-être.

— Tu n'as pas chaud, mon Gil, avec ton manteau ?

Le premier jour qu'ils avaient vu Jessica face à face, on aurait dit un mauvais vaudeville. Vingt ans de ouï-dire, vingt ans à observer une âme dans les affres, la mienne, moi. Avec toutes les manières si simples et si ambiguës qu'ils avaient de me manifester leur amour ; après que je les ai entendus souhaiter sa mort parce qu'il n'en faudrait pas moins pour me faire reprendre le droit chemin, pour exorciser ce doux démon parfumé, mon autre motivation, mon aliénation, ce morceau de moi dont le manque était si permanent, si ostentatoire — bref, tout s'était résolu en une poignée de main. Enchanté.

En fait, mes difficultés avaient été des possibilités. C'est à cela que je songeai assis à la table en observant Jessica et ma mère. Je travaillais avec des amputés et j'ai découvert que le fait accompli, c'est ce qu'il y a de plus facile. Ce qu'on a perdu, on l'a perdu un point c'est tout. Mais la possibilité peut vous tuer à petit feu. Et voilà que la possibilité s'était réalisée. Je l'avais sous les yeux.

Le téléphone a sonné. Ma mère est allée répondre puis elle est revenue.

— C'est pour toi.

— Pour moi ? Qui, un patient ? Je n'ai pas laissé ce...

— Ce n'est pas un patient, mon petit. Un parfait inconnu.

— Allô ?

— Salut p'tit' tête. Comment vas-tu ?

Il y avait plusieurs mois que je n'avais pas parlé à mon frère alors que nous habitions la même banlieue, si proche et pourtant si loin.

— Très bien, et toi ?

— Et ce cessez-le-feu, ça marche ?

— Pardon ?

— J'ai eu maman au bout du fil ce matin, elle m'a dit que Jessica et toi vous dîniez là ce soir. Alors j'appelle au cas où ça tournerait au vinaigre.

— Au vinaigre ?

Jeffrey est resté silencieux quelques instants.

— Ecoute, Gil. Nous ne parlons jamais. Bof, j'imagine que je ne m'en plains pas trop. Pourtant, chaque fois que ça nous arrive, je m'empresse de rapporter à Marilyn le plaisir que ça m'a fait et de lui dire que j'aimerais que ça nous arrive plus souvent. Mais enfin, c'est comme ça, d'accord. Je l'accepte. Mais j'y ai réfléchi, hier soir. Figure-toi que je suis embrouillé dans un procès très compliqué avec un client qui habite l'Ohio. C'est là que le procès va avoir lieu. Alors j'ai sorti ma carte et ça m'a fait penser à Shrubs et toi, le bon vieux temps... bref, j'ai parlé à maman. Elle croit que je suis de son côté. Mais ce n'est pas vrai. Simplement, je n'aime pas les histoires et je ne voudrais pas couper les ponts, vous priver, Jessica et toi, d'un soutien possible, dont vous aurez peut-être besoin un jour. La famille, quoi. Voilà, je voulais te le dire. Au moins, chez les parents, je ne risquais pas de tomber sur ton répondeur.

— Je crois que je ne comprends pas.

— Bah, je t'appelle pour te dire que je suis avec toi. De ton côté. Si ça peut t'être utile.

— Avec moi ? Mon côté ? Utile ?

— Ah, très bien. Je vois que tu veux faire le malin. Comme tu voudras, ça ne me dérange pas. Je suis pour toi. Pour Jessica et toi, malgré tout ce que papa et maman peuvent raconter. Et ça, parce que — tu vas croire que je l'ai appris par cœur, eh bien oui, figure-toi, je l'ai appris par cœur — parce que je t'ai toujours pris pour exemple, pour modèle, pendant toute cette période dingue, à la fac, tu vois ? J'ai fait de toi mon grand frère malgré l'état civil. Tu m'as servi de carte et de boussole parce que, toi, tu as toujours su où tu allais. Ce que tu voulais, même si c'était inacceptable. Je veux dire, Jessica. Ça a toujours été ton seul but. Tu avais un but. Attention, je ne regrette rien — mon coup de folie — mais maintenant que je suis installé, marié, avec les enfants, un revenu confortable — bien juif, tout ça, bien orthodoxe — parce que j'ai bien tourné, voilà, je

veux te dire que je suis de ton côté. De votre côté à
tous les deux.

Je n'ai pas répondu.

« Alors voilà, Gil. J'ai fini, je crois. Bon appétit.

J'hésitais, le combiné en main.

« Et bonjour à Jessica, alors. Bons...

— Jeffrey.

— Oui ?

Il y a une leçon que l'on n'apprend jamais parce
qu'après tout ça n'est pas tellement important. Ça
concerne les connaissances que l'on fait et qu'on
trouve intéressantes. Alors, on se dit « On se téléphone, on se fait une petite bouffe ». Et on est sincère,
sur le moment. Sur le moment. Et puis voilà, tout
d'un coup, ce collatéral, ce frère, qui a toujours été un
inconnu. Mais enfin, on peut toujours compter sur la
gentillesse des inconnus si l'on en a envie. J'ai eu le
sentiment que j'en avais envie, après si longtemps.

— Jeffrey.

— Oui ?

— Merci.

Il s'est tu de nouveau. Je croyais le voir hocher
lentement du chef.

— Y a pas de quoi.

— Au revoir.

— Au revoir, p'tit' tête.

— Vous aimez l'entame ? a demandé ma mère en
tranchant le rôti. Gil a toujours aimé l'entame. Bien
dorée, croustillante. Il disait croutillante quand il
était petit. Une réclame, à la télévision, probablement. Il demandait toujours l'entame parce qu'elle
était croutillante. Gil, tu te...

— Je me rappelle.

— Ça a l'air délicieux, Charlotte. N'importe quel morceau. Je prendrais n'importe quel morceau.

— Ça crève les yeux, a dit mon père. Il suffit de regarder ce que vous avez épousé.

— Dave...

— Ecoute, chérie, si on peut même plus plaisanter. Tout de même...

— Ça a l'air rudement bon, j'ai dit.

— Il plaisante, lui aussi ? a demandé ma mère à Jessica. Il se moque de moi, ou pas ? Je ne sais même plus. C'est sa psychologie, il nous mène en bateau avec sa psychologie. N'est-ce pas, Gil, que tu nous mènes en bateau avec ta psychologie ?

— Les gens qui se laissent emmener en bateau n'ont qu'à s'en prendre à eux-mêmes, j'ai dit.

— Oh, c'est bien trop fort pour moi, qu'elle a dit en posant deux tranches dans l'assiette de mon père. Tu es bien trop fort pour ma vieille tête, Gil. Pitié pour ta pauvre vieille maman.

Je n'ai rien répondu et elle s'est perdu un moment dans la contemplation du rôti. Cinq secondes plus tard, elle adressait un haussement d'épaules impuissant à Jessica.

— Il n'y a pas de morceau plus maigre ? a demandé mon père.

— Rends-moi ça, chérie, et je vais te...

— Laisse tomber, ma petite chérie.

Il s'est tourné vers moi.

« Et alors, tu as vu Kenneth récemment ? Comment vont Kathy et les gosses ? Je les adore, ces gosses.

— Ils viennent de déménager.

— Voyez-vous ça ! Ils ont acheté du neuf. Dis donc dis donc ! Quand ça ?

— La semaine dernière. Ils ont obtenu trente-huit

mille cinq de leur ancienne maison et ils en ont acheté une pour soixante dix.

— Où ça ?

— Elle n'est pas vraiment neuve. Je voulais dire, nouvelle pour eux.

— Alors ils ont acheté de l'ancien ? Où ?

— On peut pas non plus parler d'ancien. Elle n'est pas neuve neuve, voilà. Pas comme dans le temps, tu sais, où le neuf était vraiment neuf. Aujourd'hui, le neuf...

— Vous voyez, a dit ma mère, c'est la psychologie, ça. Il est plus fou que ses malades.

— Bah, je vais le renvoyer à l'asile, a dit Jessica.

Tout s'est arrêté. Le silence est descendu sur nous comme un parachute et tout le monde a dévisagé Jessica qui faisait de son mieux pour ne pas rougir — mais c'est une réaction involontaire. Elle s'est excusée et a quitté la table.

— Il aurait probablement pu en obtenir un peu plus, mais Kathy était pressée de déménager.

— Il y a loin de la coupe aux lèvres, a dit ma mère. Elle n'avait vraiment pas besoin de dire ça. Je l'aurais crue plus maligne.

— Plus maligne que quoi ? j'ai demandé.

— C'est quelque chose dont nous ne parlons pas. De l'histoire ancienne. Voilà plus de vingt ans que ça s'est produit...

— Mais arrête donc de remuer ton genou comme ça, m'a dit mon père.

— Maman...

— C'est elle qui t'y a envoyé après tout.

— Oh, ça suffit, ferme-la. Personne ne m'y a envoyé.

— Dis donc, mon gars, tu es chez moi, c'est encore ta mère...

— Je vous demande pardon. C'est seulement que Jessica ne pouvait pas...

— C'est vrai, ça, je suis encore ta mère.

— Je vous ai demandé pardon. Mais ce n'était pas de sa faute. La faute de sa mère, peut-être. Oh, bon Dieu, vous savez bien que c'était votre faute.

— C'est ça, toujours les parents! Ils ont bon dos, les parents. Ça n'est jamais la faute des enfants, c'est bien ça?

— Mais non, ce n'est pas ça. Je disais seulement que... tu as raison, ça fait plus de vingt ans. C'est de l'histoire ancienne. Oublions tout ça.

— Ma faute, ah, il ferait beau voir, ma faute!

J'aurais voulu dire tu as bien signé les papiers, mais il y avait d'autres choses en jeu. J'entendais l'eau couler dans la salle de bains, et je ne pouvais m'empêcher de penser que c'était pour couvrir le bruit des larmes. J'ai essayé de manger.

— Tiens, la sauce, a dit ma mère en poussant la saucière vers mon père.

— Tout le monde déménage, il a dit.

— Pardon?

— Tous, ils vendent à des nègres et ils déménagent. Nous, nous ne déménagerons pas.

— Il ne reste plus que nous dans le quartier, a dit ma mère. Mais c'est très bien. Il n'y a rien à redire. C'est très bien.

C'est une chanson qu'elle chantait quand j'étais petit en dansant autour de la cuisine : ta bouche me dit non non non mais je lis oui oui oui dans tes yeux. En vieillissant, elle s'était contentée d'inverser les paroles. Elle avait toujours le oui aux lèvres et le non au cœur. La chanson du bonheur, qu'elle fredonnait toujours, elle la fredonnait en pleurant. C'est elle qui m'a appris à mentir.

— L'université, la vie d'étudiant, la bohème, tes plus belles années, qu'elle a encore dit ma mère.

— Quoi ?

— Oui, ç'aurait dû être tes plus belles années. Tu aurais pu faire comme Jeffrey, t'amuser, rencontrer une gentille fille.

— J'ai rencontré une gentille fille. Trop gentille pour moi.

— Au lieu de quoi, monsieur a traîné à travers tout le pays à la poursuite de celle-là ! Pour qu'elle te torture ! Même quand tu étais étudiant, tu as encore dû aller voir un psychiatre. C'est encore elle qui t'a fait ça...

— Tais-toi, ma petite chérie, ça suffit.

— Tu prends son parti toi aussi ? Elle t'a tourné la tête.

Mon père s'est levé et ma mère s'est couvert les yeux puis elle est allée trafiquer je ne sais quoi près de son fourneau. Jessica est revenue de la salle de bains. Elle souriait.

— J'adore cette salle de bains. Vous avez décidément un goût parfait, Charlotte.

— C'est gentil.

— Et toujours impeccable, un miroir.

— Bah, nous avons la petite jeune fille qui vient.

Jessica est revenue prendre place à la table.

— Tu entends ça, Gil ? Pourquoi ne prenons-nous pas une petite jeune fille, nous aussi ?

— Je suis contre l'esclavage. Pas question. Je fais ma moitié du ménage.

— C'est ce que font tous les jeunes gens, a dit ma

mère en revenant porteuse de nouveaux plats. Moi-
même, si je n'étais pas si vieille et à moitié impotente,
croyez bien...

— Et la salade, chérie ? Je croyais qu'il y avait de
la salade, j'ai rêvé ?

Elle se toucha le front.

— Ah, j'oublierais ma tête si elle n'était pas sur
mes...

Et elle retourna au réfrigérateur.

— Et de l'eau pour les enfants, pendant que tu es
debout, chérie.

— Ne me dis pas que j'ai oublié ça aussi ? Je ne sais
pas ce que vous en pensez. J'ai l'impression que la
sénilité me guette.

Jessica m'avait dit un jour que le grand âge c'est de
se regarder vieillir sans pouvoir s'arrêter. On sait
qu'on oublie des choses, qu'on en égare d'autres, mais
on ne peut que le constater et être triste. C'est ce
processus même qui est source de douleur et de
chagrin. Elle disait qu'il n'y a rien de douloureux à
être mort mais que c'est pour y arriver qu'on ne
rigole pas.

Le jour de notre mariage, elle m'avait dit que
c'était la soudaineté qui la fascinait. La manière
qu'ont tant de choses seulement graduelles de devenir soudaines. Les parents, ils n'ont jamais changé
depuis qu'on était tout petits, ils grisonnent un peu
peut-être. Et puis un jour, leur main se met à
trembler sur la tasse à thé et immédiatement ils sont
vieux. Ça ne me dérangerait pas de mourir dans un
accident de voiture, m'a dit Jessica. Ce qui me
terrifie, c'est d'attendre l'ambulance, allongée sur le
bas-côté.

— Combien disais-tu que Kenneth avait vendu la maison ? demanda mon père.

— Trente-huit mille cinq, papa.

Ma mère avait rempli d'eau une grande carafe de verre qu'elle avait les plus grandes peines du monde à porter jusqu'à la paillasse. Jessica se leva pour l'aider, mais elle ne voulut pas en entendre parler.

— Comment vont les affaires ? m'a demandé mon père. Tu n'as besoin de rien ?

— Non, papa, je n'ai besoin de rien, j'ai répondu.

Et puis, je ne comprends pas trop bien pourquoi, j'ai éprouvé le besoin d'ajouter :

« Et toi ? tu n'as besoin de rien ?

Il a suspendu le geste qu'il faisait pour se servir de salade et m'a dévisagé.

— Où veux-tu en venir ?

— Je ne sais pas, moi, est-ce que tout va bien ? Est-ce que tu n'as pas de mal à joindre les deux bouts ? Est-ce que tu as besoin de quelque chose ?

— Mais c'est une question qu'un fils pose à son père, ça ? Tu veux me mettre à l'hospice, c'est ça ?

Un jour, Jessica m'avait suggéré de donner des pourboires à mes parents. Pour leur montrer à quel point ça baigne pour moi. Glisser un *quarter* à ma mère quand elle prend mon manteau, laisser un dollar sur la table, après le dîner. Glisser un billet de cinq dans la main de mon père au moment de lui dire au revoir en disant avec un clin d'œil : Offre-toi un petit quelque chose à ma santé.

Il a laissé tomber toute la salade sur la nappe. Sa gêne était évidente, pathétique.

— Ce sont ces saletés, a-t-il dit en essayant soudain de casser la pince à salade, sans y arriver.

Ces couverts à salade montés comme des ciseaux

étaient dans la famille depuis plus longtemps que moi. Il a détourné les yeux jusqu'à ce que nous entendions un grand bruit et sentions nos chevilles devenir humides.

Ma mère se tenait au milieu de la pièce, les doigts dans la bouche, les yeux agrandis, à l'endroit même où elle avait laissé tomber la carafe, et il y avait du verre partout autour d'elle sur le plancher et jusque sous la table.

— Mais, bon sang de bonsoir ! a hurlé mon père. Tu ferais mieux d'aller te coucher, chérie, nous serions plus en sécurité, ici. Qu'est-ce que c'est que ce numéro de vieille dame à la fin ! Tu veux une chaise roulante, c'est ça ?

— Ce n'est pas une bien grande catastrophe, a murmuré Jessica en se levant pour aller chercher la serpillière.

Mais ma mère la lui a arrachée des mains.

— Moi vivante, sous mon toit...

Jessica est venue se rasseoir à table. Je m'étais à demi levé. Je ne savais plus que dire ni à qui. Mon père avait jeté les couverts à salade et s'était remis à chipoter dans son assiette, rouge comme un coq. Ma mère épongeait le plancher. Je me suis rassis. Ma mère est venue essuyer entre nos pieds. Jessica me regardait. J'aurais voulu l'emmener. Mon père ramassait lentement la laitue répandue sur la table. Ma mère est venue se rasseoir. Personne n'a rien dit pendant plus de dix minutes. Ma mère est allée chercher le dessert, une tarte au citron. Elle a poussé une pile d'assiettes devant Jessica, en signe d'alliance. Jessica l'a aidée à servir. Je ne disais rien.

— Très savoureuse, a dit mon père.

— Pas tout à fait assez, a dit ma mère.

Jessica a aidé à débarrasser et je me suis porté volontaire pour remplir le lave-vaisselle. Mon père est passé dans son bureau regarder les nouvelles à la télé et maman est montée à l'étage plier des torchons. Mon père me racontait autrefois que la mère de ma mère le haïssait parce qu'elle le trouvait méchant avec sa fille. Elle ne pouvait comprendre, disait-il, que l'amour revêt différentes formes. Il ajoutait que, bizarrement, il était le seul de ses gendres avec lequel elle acceptait de monter en voiture parce que la haine ne l'empêchait pas d'avoir confiance en lui.

Je pris Jessica dans mes bras et l'embrassai sans respirer.

Quand le lave-vaisselle fut plein, nous sommes allés dans le placard chercher nos manteaux.

— Mon Dieu, s'est écriée ma mère à l'étage avant de descendre. Vous avez regardé le temps qu'il fait dehors ?

La neige tombait à gros flocons et s'était accumulée. Notre voiture disparaissait dans un tourbillon.

— Ecoutez.

Mon père a monté le son pour nous permettre d'entendre le bulletin météo.

— Vous ne pouvez pas rentrer avec cette tempête, a dit ma mère. Vous allez vous tuer.

— Qu'est-ce qu'on fait ? j'ai demandé.

— On rentre, a dit Jessica.

— Pas question, a dit ma mère.

Nous nous sommes alignés devant la fenêtre pour regarder les tourbillons accumuler les congères. Le vent sifflait dans les stores. Une voiture est passée devant nous sur la chaussée puis s'est arrêtée au beau milieu, incapable d'aller plus loin

— Vous n'avez qu'à dormir ici, a dit ma mère. Je viens de changer les draps, dans la chambre de Gil.

7

Rien n'avait changé. Nous avons ouvert la porte et nous sommes entrés en gloussant, tournant autour de la chambre, examinant les détails : les choses qu'il y avait sur la commode, celles qu'il y avait au mur, celles qu'il y avait dans le miroir. Un animal en peluche, des photos, nous-mêmes. Les mêmes odeurs. Le tapis bleu. Le dessus de lit de velours côtelé rouge. La même lampe avec dessus les cow-boys qui s'animaient dans mon imagination pendant les longues heures où je les contemplais avant de m'endormir, rêvant que je participais à leurs feux de camp, quand j'étais petit garçon.

Jessica n'était jamais entrée dans cette chambre. C'était là que je lui avais si souvent parlé à l'intérieur de moi-même quand les lumières étaient mortes et que les ombres suspendues au-dessus de mon placard s'enflaient pour devenir des mastodontes dans la nuit. C'était là que je lui avais parlé en imagination pour ne pas avoir peur. C'était là que j'avais volé à son secours chaque nuit pour me sentir moi-même en sécurité.

Elle a posé le doigt sur une photo sous le dessus de verre de la commode.

— C'est toi, ça ? Je ne me souviens pas que tu avais de grosses joues.

C'était moi à neuf ans.

— Tu n'étais plus là, j'ai dit.

La photo avait été prise le jour même de mon retour de la Résidence Home d'Enfants les Pâquerettes. Le jour où avait commencé ma longue quête d'elle.

— Ah bon ? C'est bien toi ? Tu avais de grosses joues, non ?

— Tu ne te souviens plus de la tête que j'avais ?

— Si je me... ?

Elle m'a regardé en souriant avec de grands yeux. Je me suis assis sur mon lit. Au-dessus de moi, trois joueurs de basket couverts de sueur se précipitaient les uns contre les autres. Cette photo doit toujours y être accrochée aujourd'hui.

— Tu as oublié la tête que j'avais, Jessica ?

— Bah, ça fait si longtemps. Il y a si longtemps que...

— Mais à ce moment-là ? Est-ce qu'à ce moment-là aussi tu l'oubliais ?

— Je ne te comprends pas.

J'ai hoché du chef. Sur le palier, mes parents sont passés à pas de loup pour gagner leur chambre. Ils se chuchotaient les gentillesses que l'éternelle répétition conjugale avait transformées en mensonges. Dors bien. Fais de beaux rêves.

— Moi, il m'arrivait d'oublier ton visage.

Je m'adossai contre un polochon.

« La nuit, je m'endormais en pleurant parce que je n'arrivais plus à te voir dans ma tête, à voir ton visage. Je me donnais des coups de poing sur la tête toute la nuit. J'enfonçais mes poings dans mes yeux.

C'est drôle, quand on est petit, on croit que ce sont les yeux qui voient. Mais jamais, ton image ne me revenait. Ma mère était gênée quand elle m'emmenait chez le coiffeur. Elle ne savait comment lui expliquer tous ces bleus sur mon cuir chevelu.

Croisant les bras, Jessica m'examina. Je souris, incapable de la regarder.

« C'était un processus que je ne comprenais pas. Tu sais, voir des choses en esprit, je ne sais pas comment dire. J'entends, quand on les voit vraiment, à l'intérieur de sa tête. Ça me rendait fou. C'est peut-être pour ça que je me suis mis à ta recherche. Est-ce que ta mère t'a raconté cette histoire ?

— Non, quelle histoire ?

— Je croyais que c'était une espèce de cécité.

— Quelle histoire ?

J'ai appuyé mes coudes sur mes genoux.

— D'ailleurs c'en est peut-être une. On pourrait appeler cela la coordination psycho-optique. Ça fait un bon titre.

— Gil, quelle histoire ?

Je lui ai raconté comment je m'étais mis à sa recherche après être rentré de la Résidence Home d'Enfants les Pâquerettes et ma rencontre à Northland, avec sa mère. Ça devait être flatteur pour elle. Elle parut flattée. Elle me décocha un de ces regards qui veulent dire je t'aime mais signifie plutôt je m'aime. Mais elle, ça lui allait bien, à moins que ce ne soit un tour de mon imagination.

— Elle ne me l'avait jamais dit. Comment se fait-il que tu ne m'en aies jamais parlé ?

Mais j'en étais sorti et je n'ai pas répondu. Elle s'amusait à soulever des trucs sur la commode et à les reposer. Tout ce qu'on trouve toujours dans une chambre de garçon.

Elle m'a jeté un regard.

— Je suis effarée qu'il y ait eu quelque chose que je ne savais pas.

— Maintenant, tu sais tout.

— Quelle barbe.

— Oui, quelle barbe.

A travers la cloison, j'entendais le murmure confus du coucher de mes parents. L'idée qu'ils pouvaient baiser me donna la nausée. Jessica laissa tomber une balle de tennis.

Elle prit un collier de perles qu'elle fit rouler entre ses doigts, souriant à l'idée que j'avais pu être hippie. Elle les a enroulées autour de ses doigts en riant et a tiré dessus très fort. Elle a lâché seulement quand sa main a viré au bleu.

— Jessica, tu as oublié la tête que j'avais ?

— Jamais.

Ce n'était pas vrai. Je déteste la naïveté, en tout cas quand c'est moi qui suis en question. Elle s'est baissée pour ramasser la balle, et j'ai bien failli l'écarter d'elle d'un coup de pied. Mais quand elle s'est relevée, j'ai vu qu'elle pleurait.

— L'après-midi de l'enterrement de mon père, tu es resté toute la journée devant chez moi sous la pluie.

Elle a pressé la balle de tennis contre son cœur.

« Tu n'as jamais su que je t'avais vu, là. Ton ciré était trop grand pour toi. Les manches pendaient sur tes mains et ton petit chapeau masquait la totalité de ton visage. Mais je t'ai vu. Tu attendais comme une petite sentinelle sous la pluie, montant la garde sur moi parce que mon père était mort. Comment j'aurais pu oublier ?

Elle a posé la balle de tennis sur la commode et l'y a maintenue pour l'empêcher de rouler.

« Comment j'aurais pu t'oublier, Gil ?

A l'intérieur de ma poitrine une petite main s'est crispée.

— Je me disais que tu pourrais avoir besoin de moi.

— J'avais besoin de toi.

La petite main est descendue à l'intérieur de moi jusqu'à l'endroit qui se serre quand on a peur.

— Et maintenant, tu as besoin de moi ?

Ne posez jamais les questions dont les réponses peuvent vous faire mal. Jessica a tracé un cercle en l'air avec sa main. Elle m'a tourné le dos et la balle de tennis a vibré vaguement puis elle a roulé sur le verre comme le globe terrestre plongeant dans la nuit.

— Non.

Je me suis senti mourir. Dix secondes plus tard, j'ai un peu remué la tête. Mes yeux se sont baissés tout seuls.

— Bien, j'ai dit, incapable de dire la vérité. C'est une bonne chose. Toi qui t'en faisais toujours pour ton indépendance. A cause de notre interdépendance.

Elle a écrasé comme d'une gifle les larmes sur ses joues, presque violemment en les y enfonçant. Elle a reniflé, le cou en arrière, puis elle a pris une profonde inspiration.

Moi, j'ai continué :

« C'est une relation saine, tu comprends. C'est très bien que tu ne sois soumise à aucun des rôles traditionnels...

Mais ma voix s'est éteinte d'elle-même parce

qu'elle n'écoutait pas et parce que je ne disais rien. C'était un magnétophone en moi. Ce n'était pas moi.

— Je suis bien contente, elle a dit, tournant sur elle-même. Il y a tellement de gens qui parlent d'indépendance de nos jours, mais ce n'est que du vent. Tu le sais bien, tu dois le voir dans ton travail. C'est chouette, que nous puissions nous dire pour de bon ces choses que tu dis à tes patients.

J'ai fait oui de la tête. Je fais souvent des démonstrations avec mes mains. Je ferme les poings et je dis que c'est un couple. Je dis que, quand l'un dépend de l'autre, pour s'y raccrocher ou pour que l'autre s'y raccroche — et j'en fais la démonstration en couvrant mon poing de mon autre main ; alors, si la relation se termine — je sépare mes deux mains, l'une n'est plus qu'un pauvre petit poing sans protection et l'autre une main avec un gros trou dedans —, il reste une victime, sans protection, livrée au monde, et un gros trou. Une relation saine, j'explique, c'est deux poings indépendants et égaux qui choisissent d'être ensemble et qui, séparés, restent deux poings complets.

Alors bien sûr, j'ai fait oui de la tête.

— C'est bien, a-t-elle encore dit.

Je lui ai fait un clin d'œil. Elle a hoché du chef. Nous promenions tous deux à travers la pièce des regards absents, fixant de petits sourires sur divers objets. J'étais en train de me regarder dans le miroir quand elle a dit :

« Tu ne vois donc pas quand je mens ?

Je me suis observé pour voir comment j'allais réagir, mais comme ma réaction a été de la regarder elle, j'ai cessé de me voir, mais je n'en suis pas sûr.

Je ne trouvais plus mes mains. Je suis devenu tout rouge. Ça l'a fait sourire, son expression d'adoration et de réprobation, le regard que l'on jette à un nourrisson parce qu'il amuse et qu'il prend au piège tout à la fois. Elle a effleuré mon visage brièvement. Quand je me suis retourné pour embrasser sa main, elle n'était plus là.

— La gêne te va bien, elle a dit.

— Merci.

J'ai retrouvé mes mains sur mes genoux, s'étreignant l'une l'autre, comme un petit garçon voulant montrer qu'il est sage. Je me suis assis sur mes mains.

— Moi aussi, j'ai dit, je mens, moi aussi.

Elle a fait oui de la tête. Elle savait que mes mains se sentaient mal partout, sauf sur elle.

Elle a marché jusqu'à la fenêtre. Dehors, la neige tombait, épaisse et opaque mais silencieuse. Chaque flocon est différent des autres, petits cristaux de glace dans le vent. Elle était calme, de son calme à elle qui me faisait si peur, différent du mien. Mon calme signifiait j'ai déjà vu tout cela. Le sien voulait dire je ne vois rien.

— Tu étais là, debout sous la pluie, elle a chuchoté. Comment t'oublierais-je jamais ?

J'ai senti de la glace dans mon estomac, qui dégouttait en veines gelées jusqu'à mon rectum, et remontait dans ma poitrine.

— C'est ça que tu veux ?

Ma voix s'est brisée.

Elle a fait oui de la tête sans cesser de regarder par la fenêtre.

J'ai fermé les yeux. De petites larmes pendaient à mes cils, et ne voulaient pas tomber.

— Je ne suis pas un petit garçon perdu, a-t-elle dit.

J'ai ouvert les yeux et je l'ai regardée sans comprendre.

« Je l'ai été, mais aujourd'hui c'est fini.

Elle a longtemps regardé par la fenêtre. Je ne savais pas quoi faire. Je me suis assis sur mon lit, mon lit d'enfant, et j'ai senti le silence de l'extérieur presser contre mes tempes comme de l'acier. Quand j'ai regardé Jessica, ses lèvres remuaient. Peu à peu, très lentement, je l'ai entendue. Elle chantait une chanson.

> *... tu n'as qu'à penser à de jolies choses*
> *et ton cœur aura des ailes.*

Derrière elle, en face de moi, était accrochée une photo de chevaux sauvages galopant dans le désert. J'avais découpé le bon de commande dans *Parade*, quand j'avais neuf ans. Le plus grand cheval la fixait de son grand œil bestial.

> *... Ici, tu découvriras si tu restes un trésor*
> *beaucoup plus précieux que l'or...*

Une bouffée de vent a fait vibrer la vitre. C'était par une nuit pareille que la fenêtre s'était ouverte dans la nursery et que Peter Pan était entré. Quand j'ai reporté les yeux sur la photo, j'ai vu que c'était moi que le cheval regardait maintenant.

> *... car une fois que tu seras parvenu en ces lieux*
> *tu ne pourras jamais, jamais vieillir.*

Je me suis levé. Câlinot-Singe était sur la commode, le dos appuyé contre le miroir tournant vers la pièce son visage vide. J'ai ramassé la balle de tennis et je la lui ai lancée de toutes mes forces. Il ne s'est pas écarté à temps. Je l'ai tué.

Je suis allé fermer la porte du palier.

Quand j'étais petit, je pensais que les ombres étaient noires. J'ai appris ensuite qu'elles n'ont pas de couleur propre. Mais comment fait-on pour les peindre ? J'observais la mienne sur le mur derrière mon lit. J'ai fait des chiens avec mes mains. Je les ai fait avancer devant moi, jusqu'à elle, jusqu'à son ombre — tout ce qui semblait rester d'elle dans ma chambre. Et les mains de mon ombre ont entouré son ombre, le mouvement que je connaissais si bien, pour l'avoir répété toute ma vie. Jessica dans toutes mes cellules.

— Je t'aime, j'ai dit. Nous avons besoin l'un de l'autre.

— Toujours, elle a dit.

— Oui.

Elle a fermé les yeux.

« Dans le pays de toujours toujours...

Le miroir se reflétait dans la vitre noire et j'ai vu derrière nous l'image de Câlinot-Singe dans ce reflet, couché de côté près de la balle qui l'avait tué. J'ai embrassé Jessica. Elle s'est écartée.

« Tu es trop dur avec tes parents, elle m'a dit, si brusquement que j'en ai été éberlué.

— Quoi ?

— Ils font ce qu'ils peuvent.

— Vraiment ?

— Oui.

— C'est pour ça que tu as dû quitter la table, ce soir ?

— Je me suis conduite comme une enfant.

— Tu n'es pas une enfant.

— Nous sommes tous les deux des enfants, Gil. Dans cette maison, dans ce quartier. Dans ce...

— Pays de jamais jamais ?

— Toujours.

— Qu'est-ce que tu fais ? Qu'est-ce que tu fais maintenant ?

Ses yeux se sont agrandis. Ça pouvait être aussi bien la colère que la peur. Elle a cligné des paupières et ils sont devenus normaux.

— Je ne sais pas.

Et puis elle a eu l'air d'avoir une idée subitement, comme si elle en avait besoin, et elle a poursuivi :

« De toute manière, on finira comme eux. Pourquoi résister ? Toutes ces petites scènes. Nos scènes rétréciront, jour après jour, et deviendront leurs petites scènes. Pour le moment au moins, nous avons de grandes scènes.

— T'es complètement cinglée.

— Venant de toi, c'est un diagnostic assez cavalier.

C'est difficile d'être objectif quand on est en question. Mais il m'a paru manifeste que c'était un truc dont elle venait de se servir.

— Jessica, dis-moi ce que tu as dans la tête.

— A toi de le trouver, Gil. C'est pour ça qu'on te paye.

— Pas toi.

Elle a pris une pièce de monnaie dans sa poche et me l'a lancée. Je l'ai laissée frapper ma poitrine et tomber par terre. Elle l'a ramassée et lancée sur mes genoux.

— Alors ?

— Alors quoi ?

De la pause, tout ça. Je mentais moi aussi. Mon estomac était si noué que je tenais à peine debout.

Quand je me suis levé, je me suis rendu compte que je suais et que ce n'était pas la chaleur. C'était le trac, le trac qui saisit tous ceux qui vont passer une audition. Je savais que j'auditionnais pour son amour. Ou plutôt, pour notre avenir à tous les deux. Je n'avais aucune chance. Son siège était fait soudain. Je le voyais bien derrière chacun des mouvements de sa respiration. Je me suis mis à pleurer.

— Non, je t'en prie... elle a dit en fermant les yeux.

Cette peur immédiate de l'isolement. Ce désir d'être étreint mais cette peur d'étreindre. Certaines choses soudain ne sont plus permises. Etait-ce fini ? J'ai enroulé mes bras autour de ce que j'ai pu trouver de plus proche d'elle — moi-même.

« Gil.

Elle m'a regardé, mon reflet dans la vitre noire.

« Faut-il vraiment que je te le dise ?

Elle s'est retournée pour me regarder directement.

« C'est seulement une question de celui qui sera assez fort le premier. Si ce n'est pas toi, ce sera moi.

— Assez fort pour quoi faire ?

— Pour nous sauver la vie.

J'ai secoué violemment la tête. Je me suis détourné d'elle. Elle a poursuivi.

« Ça nous tuera, et tu le sais très bien. Même si c'est très lent, si ça dure toute ma vie, ce sera pire.

— La force, ce serait peut-être d'y faire face, au contraire. La lâcheté, c'est d'abandonner.

— Abandonner, ce serait continuer. C'est si facile de souffrir. Regarde tes parents. Non, la force, c'est de se battre. C'est de choisir de vivre.

Elle s'interrompit.

« De partir.

Je me suis pressé la tête à deux mains. Je me suis

rassis. De l'autre bout de la pièce, les étalons sauvages se sont précipités au galop dans mon cerveau.
Leurs sabots me trituraient le crâne, chacun d'entre
eux était Jessica.

— Je veux bien mourir, j'ai dit.

— Moi pas.

Bien sûr, elle s'égarait. Moi je gardais ma tête. Rien
n'est plus essentiel que l'objectivité pour analyser
quelqu'un qui vous est proche et, avec de la pratique,
on y arrive. Le thérapeute expérimenté apprend à
divorcer ses propres sentiments pour le bien du
patient. Freud s'est beaucoup étendu sur le transfert.
Il faut se donner bien du mal pour être indifférent.
Dans le cas présent, la situation était absurde à en
devenir mélodramatique...

Quelqu'un hurlait tout près de moi. Le volume
sonore était assourdissant et suffit à me faire perdre
l'équilibre. Mon front heurta la table et je glissai de
côté sur le plancher, le lit se dérobant sous moi. Les
gémissements se rapprochèrent encore, au point de
pénétrer dans mon crâne, une explosion de pure
souffrance, qui me plongea dans un absolu désarroi
jusqu'à ce que j'aperçoive des marques de dents de
cheval sur mes poings et comprenne que c'était les
miennes. C'était comme si j'avais été debout au-
dessus de moi-même, observant la scène, tandis que
je me redressais sur les genoux et martelais le
plancher à coups de poing furieux.

— Ne me fais pas ça !

J'enfonçais mes poings dans mes yeux.

« Je t'aime, je t'ai toujours...

Alors elle fut là, essayant de me toucher partout,
dans tous les endroits, cherchant à attraper ce que je

lui laisserais prendre. J'écartais ses mains avec de grandes claques.

« Mais pourquoi, pourquoi est-ce que nous allons nous tuer comme ça !

J'ai balancé la chaise contre le mur. Un tableau est tombé. La vitre s'est brisée en mille morceaux qui ont couru jusqu'à moi comme des souris. A reculons, je me suis recroquevillé sous la table. Elle essayait de m'atteindre mais je reculais encore. Et puis je me suis effondré sur le ventre, secoué de sanglots, soulevé puis affaissé au rythme de mes poumons, ma gorge comme un morceau de viande crue, grondant, grognant, crachant. J'ai compris que j'essayais de vomir mon cœur.

Alors Jessica m'a tiré de force, m'a fait glisser jusqu'au mur où elle m'a adossé et s'est assise à côté de moi. Je m'accrochais à elle d'une main et je la frappais de l'autre. Les drogués font ça, ils méprisent la seule chose qui peut les maintenir en vie.

— Là, là, voilà, elle m'a dit. Je suis là, doucement, je suis là...

Je me suis étendu sur elle sur le plancher, regardant le plafond. Je me suis demandé soudain si elle avait mal, si je l'écrasais. J'aurais voulu dire quelque chose de drôle pour montrer que j'allais bien, mais j'allais mal.

Brusquement, je me suis calmé. Elle m'avait pris sur ses genoux. Ma respiration s'est adoucie, lentement, a retrouvé le rythme de la sienne, qui montait et descendait, sous moi, derrière moi. Elle a posé sa main sur mes yeux. J'ai remué doucement la tête. Tout au fond de mon cerveau, un vieux disque rayé s'est mis à tourner qui jouait une chanson des années soixante.

> *La seule chose que j' me rappelle, docteur*
> *C'est que j' me suis mis à zigzaguer*
> *Et c'est là qu' j'ai vu la Jaguar*
> *S'amener de face dans le tournant.*

Je me suis mis à sourire sur ses genoux. Jessica a baissé les yeux sur moi. Elle a écarté mes cheveux de mes yeux et froncé les sourcils. La lumière de la lampe de chevet l'éclairait par-derrière. Elle avait l'air d'une star d'Hollywood, la fille de mes rêves.

— Qu'est-ce qu'il y a ? m'a-t-elle demandé curieuse.

Derrière mes yeux, un saphir montait et descendait au rythme d'un vieux disque noir gondolé.

> *Jamais j' n'oublierai le spectacle affreux*
> *Du soir où j'ai découvert*
> *Que tout l' monde avait raison.*

J'ai gloussé. Un peu d'humeur s'est coincée dans ma gorge et je me suis étranglé un instant. J'ai toussé et craché du sang et elle m'a tenu entre ses bras jusqu'à ce que ce soit fini.

— Qu'est-ce que c'est ? a-t-elle encore demandé.

J'ai levé les yeux sur elle en souriant, et je la lui ai chantée :

— *You won't come back from Dead Man's curve.* (Tu ne rentreras pas du virage de l'Homme Mort.)

Elle a souri et m'a embrassé. J'ai ouvert les yeux et je l'ai vue.

Tout le monde avait raison.

8

Personne, jamais, ne s'est étreint plus fort ou n'a pleuré plus désespérément que nous. Personne, jamais, n'a essayé de dire des choses autant que nous, quand il n'y avait plus rien à dire. Nous l'avions compris depuis bien longtemps. Nous-mêmes, nous deux, l'un l'autre. Nous essayions seulement de dire la différence.

Nous avons pleuré jusqu'à savoir que ça ne s'arrêterait pas.

Ça avait duré trop longtemps pour s'arrêter. Ça s'était arrêté trop souvent pour continuer.

Ça fait six mois qu'elle est mariée de nouveau. Je me demande où elle va maintenant.

Je passe le plus clair de mon temps à la Résidence Home d'Enfants les Pâquerettes. Surtout en compagnie d'un petit garçon coupable de viol. Finalement, c'est une question d'opinion. Les siennes, les miennes, les leurs.

La nuit dernière, je me suis éveillé d'un sommeil sans rêve. J'ai eu l'impression d'entendre un bruit sous mon lit. J'ai regardé, mais il n'y avait rien que mon journal. C'est là que je le garde. Je l'ai pris et je l'ai emporté jusqu'à la table. Je l'ai ouvert et je me suis mis à écrire. J'ai écrit tout ça. C'est là que j'écris en ce moment.

Quand je lève la main, les pages tournent toutes seules. Elles tournent jusqu'à une page près du début. Dans une écriture enfantine, on peut y lire :

Je fais un rêve la nuit. C'est toujours le même. Voilà. C'est que je traverse une rue, très loin de la maison, comme en colo. Je m'arrête sur la chaussée. Je ne sais même pas pourquoi. Je regarde. Il n'y a rien.
Et puis je l'entends. C'est un bruit qui vient de très loin. C'est une voiture. Je ne la vois pas. Je ne la vois pas, et puis je la vois. Elle est bleue. Elle arrive. Je suis debout au milieu. Elle devient de plus en plus grosse. Le bruit est très fort dans mes tympans. Je suis debout sur la chaussée. Je suis debout, debout, debout, je peux plus bouger. Et juste avant qu'elle me cogne, je me réveille. Quand je me réveille je suis tout seul. Je suis dans mon lit. Je serre Pougnougnou contre moi. J'essaye de me rendormir mais j'y arrive pas. J'ai peur pasque je suis tout seul.
Alors je fais quelque chose. Je mets mon oreiller à côté de moi comme si c'était quelqu'un. Je le regarde. Je le touche avec mes mains. Je lui fais un câlin. Je lui dis, Jessica.
Et puis je dis quelque chose. J'arrête pas de le répéter avec une toute petite voix qui fait comme la voix d'une fille.
Là, là, je suis là, Gil. Je suis là, Gil. Je suis là.

GROUPE CPI

Achevé d'imprimer en juin 2001 par
BUSSIÈRE CAMEDAN IMPRIMERIES
à Saint-Amand-Montrond (Cher)
N° d'édition : 50591. - N° d'impression : 012697/1.
Dépôt légal : juin 2001.
Imprimé en France

POINTS VIRGULE

Des livres pour déshabiller le prêt-à-penser,
reconnecter nos neurones,
sourire sans se forcer, décoder le monde,
rescotcher les générations éclatées…

À paraître en septembre 2001

Collection Points

PE-A

Ville de Montréal

**Feuillet
de circulation**

À rendre le		
− 7 SEP '04		

06.03.375-8 (05-93) ♺

RELIURE LEDUC INC.
450-460-2105